As Melhores Novelas Brasileiras de FICÇÃO CIENTÍFICA

Editado por Roberto de Sousa Causo

CB014164

As Melhores Novelas Brasileiras de
FICÇÃO CIENTÍFICA

Editado por Roberto de Sousa Causo

AFONSO SCHMIDT   ANDRÉ CARNEIRO

RUBENS TEIXEIRA SCAVONE   FINISIA FIDELI

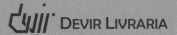

Copyright desta seleção © 2011 by Roberto de Sousa Causo
Copyright da introdução © 2011 by Roberto de Sousa Causo

Capa: Vagner Vargas
Revisão: Glória Flores
Diagramação Eletrônica: Tino Chagas

DEV333066
ISBN: 978-85-7532-476-9
1ª Edição: publicada em julho/2011

Dados Internacionais de Catalogação na Publicação (CIP)
(Câmara Brasileira do Livro, SP, Brasil)

As melhores novelas brasileira de ficção científica / Afonso Schmidt... [et al.]; editado por Roberto de Sousa Causo. – São Paulo : Devir, 2011.
    Outros autores: André Carneiro, Rubens Teixeira Scavone, Finisia Fideli.

    1. Ficção científica brasileira I. Schmidt, Afonso. II. Carneiro, André. III. Scavone, Rubens Teixeira. IV Fideli, Finisia. V. Causo, Roberto de Sousa

11-06034   CDD-869.9308762

Índices para catálogo sistemático:

1. Ficção científica : Literatura Brasileira   869.9308762

Todos os direitos reservados e protegidos pela Lei 9610 de 19/02/1998. É proibida a reprodução total ou parcial, por quaisquer meios existentes ou que venham a ser criados no futuro sem autorização prévia, por escrito, da editora.

Todos os direitos desta edição reservados à

ᑕᓴᑊᑊᑊ DEVIR LIVRARIA

Brasil	Portugal
Rua Teodureto Souto, 624/630	Pólo Industrial
Cambuci	Brejos de Carreteiros
São Paulo — SP	Armazém 4, Escritório 2
	Olhos de Água
CEP: 01539-000	2950-554 — Palmela
Fone: (11) 2127-8787	Fone: 212-139-440
Fax: (11) 2127-8758	Fax: 212-139-449
E-mail: duvidas@devir.com.br	E-mail: devir@devir.pt

Visite nosso site: **www.devir.com**

"Zanzalá" © 1936, 2011 by Os Herdeiros de Afonso Schmidt. Primeiro publicado em *O Estado de S. Paulo*, em 1936. Republicado mediante acordo com os Herdeiros do Autor.

"A Escuridão" © 1963, 2011 by André Granja Carneiro. Primeiro publicado na coletânea do autor, *Diário da Nave Perdida*, São Paulo, Editora EdArt, 1963. Republicado com a permissão do autor.

"O 31.º Peregrino" © 1993, 2011 by Os Herdeiros de Rubens Teixeira Scavone. Primeiro publicado como *O 31.º Peregrino*, São Paulo, Estação Liberdade, 1993. Republicado mediante acordo com os Herdeiros do Autor.

"A Nós o Vosso Reino" © 1998, 2011 by Finisia Rita Fideli. Primeiro publicado na antologia *Estranhos Contatos: Um Panorama da Ufologia em 15 Narrativas Extraordinárias*, São Paulo, Caioá Editora, 1998. Republicado com a permissão da autora.

A citação de *Murder in the Cathedral* de T. S. Eliot, presente em "O 31.º Peregrino" de Rubens Teixeira Scavone, foi extraída da edição de 1974 pela Faber and Faber de Londres.

— Para Marcello Simão Branco, por *Outras Copas, Outros Mundos* e *Assembleia Estelar: Histórias de Ficção Científica Política*. E para Walter Martins (1933-2010), por sua dedicação ímpar à memória do Primeiro Fandom Brasileiro.

Sumário

Introdução:
  Extensão, Desenvolvimento, Envolvimento 11
  Roberto de Sousa Causo

Zanzalá (1936) 27
  Afonso Schmidt

A Escuridão (1963) 99
  André Carneiro

O 31º Peregrino (1993) 131
  Rubens Teixeira Scavone

A Nós o Vosso Reino (1998) 177
  Finisia Fideli

INTRODUÇÃO
EXTENSÃO, DESENVOLVIMENTO, ENVOLVIMENTO
Roberto de Sousa Causo

Contos, noveletas e novelas — as formas curtas — são especialmente populares na ficção científica. Tanto que, em várias partes do mundo e apesar de viverem em crise perpétua, as revistas de contos se recusam a morrer. Essas revistas são resultado da evolução iniciada na era das *pulp magazines*, que foi de fins do século XIX até meados do século XX, quando elas constituíram o entretenimento literário de milhões de pessoas, os veículos de maior difusão em países como Estados Unidos, Inglaterra, Canadá e França.

Em suas páginas amareladas de "papel jornal", muitos dos modernos gêneros literários populares assumiram as suas primeiras configurações, especialmente quando as revistas *pulp* entraram em fase de especialização. Nessa fase, costumavam apresentar um gênero por título. Assim, *Amazing Stories*, lançada em 1926, foi a primeira revista especializada em FC nos Estados Unidos, e títulos como *Detective Stories*, *Western Stories*, *War Stories* e *Love Stories* anunciavam em si mesmos os gêneros que pretendiam cultivar — ficção de detetive, faroeste, ficção militar, histórias de amor, além de outros gêneros que deixaram de existir — como o de aventuras ferroviárias — ou que foram reabsorvidos pelo *mainstream* — como as histórias de esportes.

No Brasil do mesmo período, o baixo índice de alfabetização impediu a formação de um mercado semelhante para a literatura popular, mas não deixamos de ter as nossas *pulp magazines*. A primeira foi a quinzenal *Detective*, lançada em 1936 no Rio de Janeiro, pelo Editorial Novidade Limitada e sob a edição de J. T. de Alencar Lima. Outro título foi *Mistérios*, aparentemente lançada no mesmo ano pela Editora "LU", do Rio de Janeiro. Rubey Wanderley foi o editor. *Contos Magazine* (1937-1945) combinava vários gêneros populares, incluindo mistério, aventura e *western*.

Finalmente, no início da década seguinte surgiria a x-9. Segundo o pesquisador português Nuno Miranda, "este *pulp* brasileiro parece ser uma compilação de várias revistas americanas", que seriam *Black Book Detective* (1939-1953), *The Phantom Detective* e G-*Men Detective*. x-9 foi aparentemente uma revista de grande difusão e impacto entre seus leitores, ultrapassando 650 edições. O seu título teria vindo do personagem de quadrinhos "Secret Agent x-9", e que no fim das contas virou nome de escola de samba.

Geraldo Galvão Ferraz identifica uma "época de ouro dos *pulps*" no Brasil, que teria ocorrido na década de 1950, coincidindo com a decadência dessas revistas nos Estados Unidos — com a sua substituição pelos livros de bolso. Títulos nacionais incluiriam ainda *Meia-Noite* (1948-1968) e *Emoção*, *Mistério Magazine*. Muitas delas publicaram histórias de FC, fantasia e horror. Mas existiram revistas nacionais especializadas em FC e fantasia. A primeira delas foi *Fantastic*, lançada em 1955, via Edigraf de São Paulo, por Mário M. Ponzini. Encerrou-se em 1961 e foi a versão brasileira de uma revista americana homônima no formato *digest* (como o da revista *Seleções do Reader's Digest*), publicada de 1952 a 1980. No Brasil, o redator-chefe foi Zaé Júnior. Em 1956, Vero de Lima tornou-se o novo redator-chefe, e em 1958, Manuel Campos entrou em seu lugar. O escritor da Primeira Onda da Ficção Científica Brasileira (1958-1972), Nilson D. Martello chegou a ser o redator-chefe, em 1960.

Fantastic foi a revista brasileira especializada em ficção especulativa que circulou por mais tempo. Mas não excedeu a uma dúzia de edições. Nilson D. Martello editou apenas o Nº 12, a edição derradeira. Um segundo número também editado por ele nunca foi distribuído.

Introdução: Extensão, Desenvolvimento, Envolvimento

A segunda revista nacional de FC, *Galáxia 2000*, também não foi longe, com apenas meia dúzia de edições. Foi publicada por O Cruzeiro, e lançada em janeiro de 1968. Circulou durante quatro ou cinco meses, depois desapareceu. Desta vez o material era oriundo de *The Magazine of Fantasy & Science Fiction*, de imensa relevância para a literatura especulativa em língua inglesa. Surgiu em 1949 publicada pela Mercury Press. Seus criadores foram o empresário Lawrence Spivak (que também publicava a *Ellery Queen's Mystery Magazine*), e os editores Anthony Boucher e J. Francis McComas. Boucher foi o principal editor, até sair em 1954, passando-a para Joseph W. Ferman. O editor durante o período em que a versão brasileira foi publicada foi o seu filho, Edward L. Ferman. A edição brasileira tinha direitos sobre o material publicado também nas versões alemã, inglesa (*Venture*), francesa (*Fiction*), italiana (*Fantasia & Fantascienza*) e argentina (*Minotauro*). As Edições O Cruzeiro também publicaram uma coleção de livros com o mesmo nome, que durou de 1967 a 1971 e produziu 17 títulos.

The Magazine of Fantasy & Science Fiction retornaria ao Brasil em 1970, agora baseada em Porto Alegre. Chamou-se *Magazine de Ficção Científica*. A editora era a Revista do Globo S.A., sob a direção de José Bertazzo. O editor responsável foi o já veterano autor e fã, Jerônymo Monteiro (1908-1970). A Revista do Globo já havia tentado o mercado para revistas antes, com a publicação mensal *A Novela* (1936-1937). Num formato semelhante ao *pulp* mas apresentando ficção literária ao lado de romances góticos e histórias de fantasmas, *A Novela* teve Erico Verissimo como editor.

Infelizmente, Jerônymo Monteiro faleceu ainda no primeiro ano de existência do *Magazine de Ficção Científica*. Sua filha, Therezinha Monteiro Deutsch (1933-2008), assumiu os trabalhos — embora Flávio J. Cardozo aparecesse como editor. A revista foi encerrada em novembro de 1971. Muito se especula quanto à influência que a morte de Monteiro teria tido sobre a decisão de fechá-la. Therezinha afirma que a revista foi fechada assim que acabou o material selecionado por seu pai. Oficialmente, foram citadas razões mercadológicas.

O *Magazine de Ficção Científica* teve 20 números em dois anos (seis a mais que *Fantastic*), cada um deles com um conto de autor nacional. Material traduzido e já publicado na revista foi ainda reaproveitado em uma série de antologias lançada pela mesma editora, a *Antologia de Ficção Científica* (três números em 1972), mantendo inclusive o formato em duas colunas e imprimindo anúncios. Alguns dos brasileiros publicados foram Nilson D. Martello, Walter Martins, Clóvis Garcia, Walmes Nogueira Galvão, Rubens Teixeira Scavone, Jerônymo Monteiro, Luciano Rodrigues, José Coiro, Oswaldo Baucke, Marinho Galvão, Alfredo Jacques e Fernando G. Sampaio.

Outra revista brasileira a conter o tipo de estrutura interna consagrada na era das revistas *pulp* (contos, coluna de cartas, resenhas e artigos), mas em formato *digest* como as anteriores, foi a *Isaac Asimov Magazine*, versão nacional da então *Isaac Asimov's Science Fiction*. Nos Estados Unidos, ela apareceu com muito sucesso em 1977, então editada por George H. Scithers. Passou em seguida para Shawna McCarthy, de 1983 a 1986. Foi assumida então por Gardner Dozois, o mais importante editor de FC no final do século XX, e principal agente no processo de transformação da publicação na mais influente e importante das décadas de 1980 e '90. No Brasil, estreou em 1990, com Ronaldo Sergio de Biasi como editor e Adélia Marques Ribeiro como supervisora editorial. A partir do Nº 13, de Biasi passou a publicar material de *Analog Science Fiction/Science Fact*, revista irmã da *Asimov's*. A IAM deixou de circular em 1993, com 25 números. Entre os autores que colaboraram estão André Carneiro, Ivanir Calado, Jorge Luiz Calife, Finisia Fideli, Carlos André Mores, Carlos Orsi, José Carlos Neves e Sylvio Gonçalves.

Todas essas revistas especializadas nacionais apareceram no formato *digest* (cerca de 14 x 19 centímetros), típico do período pós-*pulp* das décadas de 1940 e '50. Dentro da mesma tendência, em agosto de 2001 a revista *Quark* adotou o formato *digest* a partir do seu Nº 8. Ela existira primeiro como fanzine, e a partir de 2001 ressurgiu no formato revista, com reportagens sobre FC no cinema e na televisão, mas incluindo contos de autores nacionais. O Nº 8 marcou a tentativa de torná-la mais propriamente uma revista *de* ficção científica, com a maior parte do espaço destinado a contos de autores nacionais, tornando, pela primei-

Introdução: Extensão, Desenvolvimento, Envolvimento

ra vez, as traduções minoria. O publicador foi Marcelo Baldini, e o editor-chefe foi Aldo Novak.

Duas semanas depois do aparecimento da *Quark* 8, a 67 Editora lançou a revista *Sci-Fi News Contos*, uma companheira da *Sci-Fi News*, revista existente desde 1997 e destinada à cobertura da FC e fantasia no cinema, televisão e quadrinhos. Fábio Barreto foi o editor, e apenas brasileiros foram selecionados. Nenhuma das duas revistas chegou até o início de 2002, mas publicaram nomes como Carlos Orsi, Finisia Fideli, Gerson Lodi-Ribeiro, Jorge Luiz Calife e Leonardo Nahoum.

A partir de 2005 todas as tentativas de se criar um novo fanzine ou revista brasileira de FC se restringiram ao espaço virtual da Internet, com títulos como *Black Rocket, Fantástica, Fantazine, Kaliopes, Terra Incógnita* e *TerrorZine*, entre várias outras.

O acadêmico brasileiro Raul Fiker escreveu que "a forma literária que melhor se adapta ao gênero — e que tem produzido um número muito grande de obras-primas — é, sem dúvida, o conto". No Brasil, isso se faz ainda mais verdadeiro considerando que o mercado sempre foi estreito e os romances, raros. De fato, a contribuição da ficção curta para a FC brasileira tem sido mais substancial que a dos romances. Os motivos são compreensíveis: um romance leva mais tempo para ser escrito; pode exigir mais pesquisa e maior esforço para manter a consistência. Enquanto o conto muitas vezes se sustenta com uma única ideia, o romance precisa de uma riqueza de conceitos, de personagens e relações internas, para realizar seu potencial. Quando o mercado é incerto, o empenho em escrever um romance não parece se justificar. Também é comum que as tentativas de importantes autores *mainstream* de escrever FC no formato longo, como Erico Verissimo com *Viagem à Aurora do Mundo* (1939), Ruy Tapioca com *Admirável Brasil Novo* (2001), entre outros, produzam resultados pálidos porque esses autores não levaram o gênero com seriedade e aplicação.

A definição costumeiramente adotada pela ficção científica para conto, noveleta e novela abole as definições acadêmicas usuais em favor de uma divisão de natureza puramente editorial: obras de até 7.500 palavras se configuram como conto; de 7.501 a 17.500 palavras, como noveleta; e de 17.501 a 40.000 palavras, como novela. Qualquer texto de ficção com mais de 40 mil palavras consequentemente será um romance.

Essa convenção vem da era das revistas *pulp* nos Estados Unidos, quando as histórias eram pagas em centavos de dólar por palavra. Ela contorna as definições acadêmicas de "conto", "novela" e "romance", definições antigas que a própria literatura pós-modernista se encarregou de enfraquecer — ao instituir o fragmento, a descontinuidade, a mistura de ficção e ensaio — e que a ficção de gênero nunca fez questão de obedecer.

Massaud Moisés expressa a ortodoxia acadêmica, na definição do conto:

> Contém um só drama, um só conflito, uma só unidade dramática, uma só história, uma só ação... Todas as demais características decorrem dessa unidade originária: rejeitando as digressões e as extrapolações, o conto flui para um único objetivo, um único efeito. O passado anterior ao episódio que nele se desenrola, bem como os sucessos posteriores, não interessam... Efetivamente, os ingredientes da narrativa devem convergir para um único objetivo e ocasionar uma única impressão no leitor: ofertar-lhe uma imagem, um aspecto, do dia-a-dia multitudinário.

Ao tratar da novela, ele observa que alguns estudiosos "adotam uma distinção mecânica, baseada no número de páginas ou de palavras", ficando a meio caminho entre o conto e o romance. Moisés rejeita tal tendência e favorece a definição estrutural: "[A novela] ostenta pluralidade dramática. Constitui-se de uma série de unidades ou células dramáticas encadeadas e portadoras de começo, meio e fim. De onde semelhar uma fieira de contos enlaçados." Enquanto o conto se prestaria à investigação do cotidiano, a novela se reserva ao grotesco, patético, extraordinário, fantástico. Por sua vez, o romance "caracteriza-se pela pluralidade de ação", "pela coexistência de várias células dramáticas, conflitos ou dramas", e é concebido como retrato da

Introdução: Extensão, Desenvolvimento, Envolvimento

época ou da condição burguesa contemporânea, expresso pela vivência dos seus personagens.

Tais divisões desmoronam diante da ficção científica, cujos contos em geral pouco têm a oferecer em termos da investigação do quotidiano, enquanto o caráter especulativo da maioria de seus romances a desvia de uma adesão estrita à exploração ou ao questionamento do *ethos* burguês.

Na era das revistas *pulp*, a noveleta costumava ser a estrela dessas publicações, frequentemente destacada nas capas. O que a noveleta podia fazer pelos gêneros em voga — além da ficção científica, a fantasia, o horror, o *western*, a ficção de detetive, a ficção militar e de aventura, a *love story* — era gerar mais envolvimento e mais contorções da intriga. Para a FC, ela permite também um maior desenvolvimento.

Isso se dá porque, em geral, uma história de ficção científica exige mais *ambientação*. Lidamos com espaços e tempos que podem diferir radicalmente do nosso, e com os quais precisamos nos familiarizar, para o entendimento e a apreciação da narrativa. Não conhecemos o futuro, não conhecemos outros planetas e outras tecnologias, e tudo isso demanda um esforço de caracterização do ambiente, até mesmo de *construção de mundo* — e mais páginas. Quanto mais breve, como na frequentemente supervalorizada forma do conto curto ou "miniconto", mais dependente do lugar-comum uma história pode ser, ou mais satírica ou autorreferencial.

O escritor norte-americano Orson Scott Card, bastante publicado no Brasil em anos recentes,[1] é um dos que defendem esses formatos intermediários:

> A extensão da noveleta é a extensão ideal para a ficção curta... Nas dimensões da noveleta o escritor pode experimentar. Há espaço bastante para se fazer algo realmente bom; todavia sem demandar tanto tempo e papel quanto um romance. Não há tanta perda quando uma noveleta fracassa, em relação ao fracasso de um romance. Talvez mais importante, é difícil fazer alguma coisa nova — você sentindo o terreno enquanto avan-

---

[1] Veja os romances *O Jogo do Exterminador*, *Orador dos Mortos*, *Xenocídio* e *Os Filhos da Mente*, publicados pela Devir.

ça, explorando, descobrindo, construindo conforme progride. Mas isso não é tão difícil nas dimensões da noveleta. Uma noveleta pode ser absorvida inteira; é mais fácil vê-la claramente, e entender o que você está realmente fazendo, ao experimentar e explorar.

Se a noveleta tem o sabor de um conto melhor realizado, de efeitos mais duradouros, a novela (também chamada de "romance curto") parece um romance mais compacto, de efeitos marcantes. É o que afirma Robert Silverberg, um dos grandes autores de FC do século XX:

> Uma novela de ficção científica pode ter a riqueza de detalhes de um romance, e em alguns casos... a riqueza da caracterização dos personagens. Mas por não precisarem recorrer necessariamente a subenredos e resoluções, elas podem contar em torno de 25 ou 30 mil palavras algo tão poderoso quanto um romance contaria em três vezes esse tamanho. Eu volto sempre às novelas, repetidamente, por essa razão. É um formato sedutor. As melhores novelas de ficção científica... são a melhor ficção científica que existe, eu creio. Acho que é um formato perfeito.

Enfim, Gardner Dozois defendeu que

> a novela pode ser a extensão perfeita para uma história de ficção científica: longa o suficiente para encorpar os detalhes de um estranho mundo alienígena ou de uma bizarra sociedade futura, para dar a tais ambientações alguma profundidade, complexidade e peso... e ainda assim ser curta o bastante para que a história contenha uma força real, algum poder e elegância e fisgada, livre da atenuação ou obscurantismo que vêm de se encher linguiça — ao contrário de tantos romances inchados de hoje, alguns dos quais são centenas de páginas mais longos do que realmente precisam ser.

No Brasil e em anos recentes, noveletas e novelas têm encontrado mais espaço, e percebe-se que têm causado repercussão positiva.

Introdução: Extensão, Desenvolvimento, Envolvimento

Falando historicamente, no Brasil são poucas as novelas e noveletas dentro do gênero, mas elas tendem a se destacar. O primeiro exemplo maiúsculo é "Zanzalá", de Afonso Schmidt (1890–1964), publicada originalmente no *O Estado de S. Paulo*, em 1936. Essa novela também apareceu impressa como "Zanzalás", em 1938. Em formato de "rapsódia" — enfeixando situações diferentes, sem propriamente uma intriga com o arco narrativo clássico de apresentação, desenvolvimento e clímax —, que Schmidt também empregou em outros livros, possui impressionante riqueza de sentidos. Oferece a primeira visão de uma utopia brasileira, em que nossa sociedade adotou a simplicidade e a vida sossegada diretamente em contato com a natureza. São traços centrais do "sonho brasileiro", também visto em obras como o romance *A Filha do Inca* ou *A República 3000* (1930), de Menotti del Picchia (1892–1988), e em contos como "Água de Nagasaqui" (1965) e "Sociedade Secreta" (1966), de Domingos Carvalho da Silva (1915-2003), ou "A Nuvem" (1994), de Ricardo Teixeira.[2]

Em "Zanzalá", Schmidt expressa simpatias anarquistas, modelo político que seria discutido em obras posteriores da FC brasileira, como *A Casca da Serpente* (1989), uma história alternativa de José J. Veiga (1915–1999) em que Antonio Conselheiro sobrevive ao Massacre de Canudos, e parte para reconstruir sua comunidade com bases anarquistas; *Não Somos Humanos* (2005), distopia de Domingos Pellegrini; e *Labirinto Digital* (2005), romance futurista de intriga política de Mário Kuperman. Publicada no mesmo ano que *Macunaíma*, de Mário de Andrade (1893–1945), "Zanzalá" — utopia anarquista, cristã e espiritualista — também é sincrética, mas não adota os cacoetes formalistas do Modernismo da década de 1920. Em tudo, é uma das poucas obras de ficção científica que poderia ter surgido apenas no Brasil.

Em 1948, aparece a muito republicada "A Desintegração da Morte", de Orígenes Lessa (1903–1986), novela que satiriza e critica, assim como "Zanzalá", o belicismo e o comércio de armas, crítica que também aparece no romance de futuro distante *3 Meses no Século 81* (1947), de Jerônymo Monteiro. Lessa viveu

---

[2] "Água de Nagasaqui" e "A Nuvem" estão na antologia *Os Melhores Contos Brasileiros de Ficção Científica* (Devir, 2008), e "Sociedade Secreta" em *Os Melhores Contos Brasileiros de Ficção Científica: Fronteiras* (Devir, 2009).

nos Estados Unidos em 1942, e sua novela abre com pistoleiros invadindo o laboratório do Prof. Klepstein, em uma cena que certamente deve muito à ficção *pulp* de crime, ou ao uso que o cinema fez dessa literatura. A partir daí, a narrativa se acomoda em uma visão panorâmica (comum também no seu conto fantástico "A Gargalhada", de 1935), que descreve o que se dá com o mundo após a invenção de Klepstein, a anulação global da morte, concentrando-se nos seus efeitos sobre as indústrias bélica, funerária e de publicidade.

"A Escuridão" (1963), de André Carneiro, é uma noveleta que foi chamada de "clássico internacional" pelo seu tradutor para o inglês, Leo Barrow, então um professor da University of Arizona. A história apareceu primeiro na coletânea de Carneiro, *Diário da Nave Perdida*, e mais tarde, como "Darkness", na antologia *The Best SF of the Year*, de 1972, organizada por Harry Harrison & Brian Aldiss, dois grandes nomes da FC anglófona. Ela também apareceria na edição inglesa desse livro, *The Year's Best Science Fiction No. 6* (1973), e em outros países.

Carneiro, o decano dos autores brasileiros de FC e um poeta da Geração de 45, é um adepto da noveleta, como atestam histórias como "Diário da Nave Perdida" (1963); "A Máquina de Hyerónimus" (1997); "O Mapa da Estrada" (2007); "Solidariedade" (2007); "O Inenarrável" (2007) e "Um Homem Esquisito" (2007) — estes quatro últimos exemplos reunidos em *Confissões do Inexplicável* (2007), a sua quarta coletânea e o maior livro de histórias de um único autor de FC jamais publicado.[3] Em Carneiro, o formato noveleta possibilita um mergulho mais profundo na psicologia dos protagonistas e a fusão da subjetividade deles ao ambiente.

Ambientada na órbita da Terra, "Estação Espacial Alfa" (1969), de Jerônymo Monteiro, é uma das poucas tentativas, realizadas por um nome da Geração GRD (1959–1965), de escrever uma ficção científica *hard* de futuro próximo. Reitera uma condenação da Guerra Fria e da ameaça de ataque nuclear bastante típica da FC brasileira desse período. Monteiro, porém, tropeça em alguns conceitos científicos, traindo uma carência de muitos autores da Geração GRD.

---

[3] Publicado pela Devir.

Introdução: Extensão, Desenvolvimento, Envolvimento

A FC *hard* teria outros momentos com Gerald C. Izaguirre e seus romances *Espaço sem Tempo* (1977) e *Fenda no tempo* (1980). Izaguirre, que, segundo o escritor americano Joe Haldeman, representou o Brasil num encontro internacional em Dublin, em 1976, teria sido influenciado por Isaac Asimov. A FC *hard* retorna ainda com os romances de Jorge Luiz Calife, *Padrões de Contato* (1985), *Horizonte de Eventos* (1986), *Linha Terminal* (FC GRD, 1991) e *Angela entre dois Mundos* (Devir, 2010),[4] além dos muitos contos do autor; e com *Projeto Evolução* (1990), romance de Henrique Flory.

"Diário do Cerco de Nova York" (1984) é uma noveleta de guerra futura de autoria do franco-brasileiro Daniel Fresnot, parte da sua coletânea *O Cerco de Nova York e Outras Histórias*. Como o título esclarece, ela é escrita como o diário de um emigrante francês na megalópole americana, quando da ascensão de um político populista, e da guerra civil que ocorre em seguida. Fresnot é autor do apreciado romance de pós-holocausto, *A Terceira Expedição* (1987).

De 1985, *O Outro Lado do Protocolo*, novela escrita por Paulo de Sousa Ramos, revisita a utopia sexual à moda de Aldous Huxley (e da qual André Carneiro foi um grande praticante), mas com um jogo muito sutil de dizer e desdizer. Nesse jogo, o texto denuncia os limites expressivos da linguagem, no tipo de prática metaficcional que se tornaria dominante na literatura brasileira dos últimos vinte anos. Foi publicado quando o Ciclo de Utopias e Distopias (1972–1982) na FC brasileira esmorecia, mas não deixa de ser um dos melhores exemplos dessa tendência.

"Príncipe das Sombras" (1989), de Braulio Tavares, é a primeira narrativa da fiada de histórias interligadas que forma a segunda parte de sua extraordinária coletânea *A Espinha Dorsal da Memória*. A história mais longa do livro, exibe todos os dotes estilísticos e expressivos de Tavares, um dos melhores escritores da Segunda Onda da Ficção Científica Brasileira (1982 ao presente). As histórias interligadas do livro tratam de um primeiro contato com alienígenas e de suas consequências para o futuro da humanidade, e traem certa influência da *New Wave* da FC anglo-americana, especialmente em históricas como "Mestre-de-Armas".[5]

---

[4] Os três primeiros foram publicados em um único volume pela Devir em 2009 como *Trilogia Padrões de Contato*.
[5] Incluído em *Os Melhores Contos Brasileiros de Ficção Científica: Fronteiras* (Devir, 2009).

Desse período também é preciso mencionar "A Janela do Segundo Andar" (1990), de José dos Santos Fernandes; é uma noveleta sobre viagem no tempo que recupera algo do clima do romantismo brasileiro do século XIX. "Lost" (1991), de Cid Fernandez, foi uma das três histórias classificadas no Prêmio Jerônymo Monteiro, o primeiro concurso nacional de contos de FC, promovido pela *Isaac Asimov Magazine*. Mais tarde, foi considerada a história brasileira mais popular, dentre as 16 publicadas naquela revista, em pesquisa feita entre os sócios do Clube de Leitores de Ficção Científica. "A Pedra que Canta" (1991) deu título ao segundo livro de contos de Henrique Flory, e é outro raro exemplo nacional de FC de guerra futura (assim como o romance de José Antonio Severo, *A Invasão*, de 1979). Narra um conflito com a Argentina, sentido por um menino com um implante cerebral que é decisivo para aplicar ao inimigo um cruel e decisivo golpe.

O texto vencedor do Prêmio Nova 1993, "Os Fantasmas de Vênus", de Roberto Schima (o autor que ganhou o Prêmio Jerônymo Monteiro), é uma novela sobre o encontro de técnicos humanos com criaturas inteligentes na alta atmosfera de Vênus. O herói é um brasileiro que não encontra grande satisfação na sua aventura espacial, apenas angústia e o desejo de voltar para casa. Portanto é possível ler a novela de Schima como um texto que contesta o "futuro de consenso" da FC norte-americana, em que o espaço é o novo destino manifesto da humanidade, lugar de espírito pioneiro, heroísmo, grandes descobertas e soluções científicas e tecnológicas para todos os problemas que possam surgir.[6] No mesmo livro que Schima publicou a sua novela, *Tríplice Universo* (FC GRD, 1993), Cid Fernandez aparece com "Julgamentos", noveleta que combina suspense e uma intriga envolvendo ciborgues insurrectos.

"A Ética da Traição" (1993), de Gerson Lodi-Ribeiro, é outra história publicada originalmente na *Isaac Asimov Magazine*: uma noveleta de história alternativa de valor reconhecido internacionalmente (publicada em Portugal e na França). Imagina um presente em que, tendo perdido a Guerra do Paraguai, o Brasil é um país bem menor do que em "nossa" realidade. A história

---

[6] "Exercícios de Silêncio", conto de Finisia Fideli, é outra narrativa que subverte lugares-comuns do futuro de consenso. Está em *Os Melhores Contos Brasileiros de Ficção Científica* (Devir, 2008).

Introdução: Extensão, Desenvolvimento, Envolvimento

apresenta um raro herói afro-descendente e um dilema ético palpável e intrigante, bastante central para a experiência brasileira nos séculos XIX e XX. Lodi-Ribeiro, assim como Carneiro, também tem investido em noveletas, muitas delas reunidas no seu quarto livro de histórias, *Taikodom: Crônicas* (2009),[7] dentro de um universo de aventura espacial elaborado por ele para servir de *background* ao primeiro jogo massivo brasileiro de Internet, *Taikodom*. Noveletas de história alternativa também estão no seu *Outros Brasis* (2006), em especial aquelas da série de vampiros científicos em uma certa "República de Palmares" do século XVII, a partir do famoso quilombo liderado por Zumbi.

Na antologia *Vaporpunk* (2010), organizada por Lodi-Ribeiro e pelo escritor português Luís Filipe Silva, as noveletas são privilegiadas. Lodi-Ribeiro, que comparece com "Consciência de Ébano", escreve na introdução (talvez citando Raul Fiker):

> Em termos de ficção curta, ao contrário do que ocorre na ficção científica, na história alternativa o conto não constitui a forma narrativa por excelência. Em seu lugar temos a noveleta, uma peça mais extensa, de modo a possibilitar tanto o desenvolvimento do enredo e da trama quanto o delineamento do cenário histórico alternativo.

Vaporpunk é uma antologia de textos *steampunk*, um subgênero que vem crescendo muito no Brasil em anos recentes. Extrapola tecnologias associadas ao passado do século XIX e princípio do século XX, numa ficção científica recursiva que retraça os caminhos tomados pelo gênero como *scientific romance* e *dime novel* (na Inglaterra e Estados Unidos), e como *voyage extraordinaire* (na França). A noveleta de Lodi-Ribeiro faz parte do seu ciclo sobre a República de Palmares.

A Ilha dos Cães (2005), de Rodrigo Schwartz pode ser lido como história alternativa em que Richard Burton, o famoso explorador inglês, deixando o Brasil em 1865 depois de uma temporada como cônsul em Santos, SP, torna-se náufrago em uma ilha deserta. É acompanhado apenas de Nikolai, um catarinense que se salvara com ele do naufrágio, mas que perdera a visão no acidente. A estratégia do livro de Schwarz é apresentar-se

---

[7] Publicado pela Devir.

como uma caixa chinesa em que os vários compartimentos contaminam-se uns aos outros. Sua intrigante novela, que também apresenta vikings e astecas, é portanto uma exploração metaficcional com narrativas dentro de narrativas, mas de maneira menos instigante que *O Outro Lado do Protocolo*.

A narrativa tupinipunk de Ivanir Calado, "O Altar dos Nossos Corações" (1993), uma noveleta de qualidade indiscutível, é um dos melhores momentos desse tipo muito sincrético de *cyberpunk* brasileiro, especialmente pela descrição, irônica e ácida, de um Rio de Janeiro futuro ainda mais intensamente marcado pelo relacionamento íntimo entre o crime organizado e o poder público. De Guilherme Kujawski, *Piritas Siderais: Romance Cyberbarroco* (1994) é provavelmente mais novela do que romance — e o experimento tupinipunk que mais ousou em termos formais, com sua "prosa cubista" e imagens sincréticas, aliadas a um enredo *nonsense* em combinação que atraiu o interesse da crítica *mainstream*.

Misturando horror e ficção científica, em um assunto polêmico (as comunidades místicas em torno de discos voadores), há ainda a noveleta de Finisia Fideli, "A Nós o Vosso Reino", de 1998. Já "Sob o Signo de Xoth" (1996), de Carlos Orsi, transforma uma partida de futebol em um terrível ritual de sacrifício.

Mas é *O 31º Peregrino* (1993), noveleta de Rubens Teixeira Scavone (1925-2007), talvez o melhor exemplo do potencial do formato na década de 1990. O último livro de Scavone, é uma surpreendente ocorrência em um país tropical como o Brasil, combinando horror e ficção científica em uma *homage* ao escritor inglês do século XIV, Geoffrey Chaucer.

Terra Verde (2001), ganhadora do III Festival Universitário de Literatura, *O Par: Uma Novela Amazônica* (2008), ganhadora do 11º Projeto Nascente (da Universidade de São Paulo), e *Selva Brasil* (2010), formam um trio de novelas de FC ambientadas na Amazônia Brasileira, escritas por Roberto Causo e alternando subgêneros como as narrativas de alienígena infiltrado entre os humanos, de invasão alienígena, e de história alternativa.

Luiz Bras, pseudônimo de um importante escritor da Geração 90 do *mainstream* brasileiro, publicou em 2009 a noveleta-

Introdução: Extensão, Desenvolvimento, Envolvimento

título da antologia *Futuro Presente*, organizada por Nelson de Oliveira. Essa história sobre realidade virtual retorna no primeiro livro de contos do autor, *Paraíso Líquido* (2010), ao lado de outras como "Singularidade Nua", talvez a melhor do livro, e "Paraíso Líquido", sobre identidades pós-humanas *uploaded* em um ambiente digital. Na primeira, um experimento científico, que falha ao ser perturbado por um buraco negro, exige que um psicólogo perfure as barreiras protetoras de três crianças e as convença a cometer suicídio. Para isso, ele usa situações de realidade virtual que envolvem as crianças de maneira complexa, mas sem apagar o enredo e a intriga. Bras oferece uma voz literária nova e radical para a FC pós-*cyberpunk* escrita no Brasil, e seu primeiro livro de contos, que não se esquiva do experimentalismo, é o mais radical e potencialmente transformador a surgir na FC brasileira desde *A Espinha Dorsal da Memória* (1989), de Braulio Tavares, e *O Fruto Maduro da Civilização* (1993), de Ivan Carlos Regina.

A noveleta "Descida no Maelström" (2009), de Causo, também está em *Futuro Presente*, e é uma primeira aventura de FC *hard* de um herói espacial brasileiro, Jonas Peregrino, que também protagoniza "Trunfo de Campanha", noveleta incluída na antologia *Assembleia Estelar: Histórias de Ficção Científica Política* (Devir, 2010), organizada por Marcello Simão Branco. Esse livro traz ainda as movimentadas noveletas "O Grande Rio" de Flávio Medeiros, e "Anauê", de Roberval Barcellos, novas narrativas de história alternativa.

Finalmente, *Guerra Justa* (2010), de Carlos Orsi, é uma novela pós-*cyberpunk* sobre pré-cognição, narrando como um grupo de resistência ao regime teocrático global se adapta a um contexto em que os controladores do regime podem prever o futuro imediato.

Este volume apresenta três noveletas e uma novela que compõem um instantâneo do relativo alcance e leque de abordagens que a ficção científica alcançou no Brasil. Ao mesmo tempo, sugerem como a FC brasileira às vezes tende a subverter ou expandir, de maneira incomum em relação aos exemplos anglo-americanos, os limites do gênero. E são mais carregadas de *pathos* (o sentimento de tristeza associado à tragédia) do que a maioria dos contos brasileiros de FC.

A novela "Zanzalá" é um dos primeiros exemplos de utopia brasileira — uma utopia claramente devotada aos mitos nacionais de exuberância da natureza e da cordialidade do brasileiro, que propõe uma organização social baseada na simplicidade e na solidariedade. Abraçando a alegoria e o *nonsense* ocasional, fornece o argumento de que nem a natureza humana nem a catástrofe da guerra poderiam abalar essa utopia. Menos confiante na natureza humana, "A Escuridão" parece propor que a solidariedade pode se manifestar nos momentos mais dramáticos, se a catástrofe abalar os papéis sociais que delimitam as nossas vidas. Nessa noveleta clássica, respeitada internacionalmente, a percepção do mundo é relativa e precária, com o potencial de enfraquecer as hierarquias.

Por sua vez, "O 31º Peregrino", mesmo ambientado em uma cultura e uma época muito diferentes da nossa, sugere haver pouca solidariedade em uma sociedade hierarquizada (como a brasileira), perante os muitos e misteriosos horrores da existência, evocando um sentido genuíno do trágico. Nela o autor também sublinha, engenhosamente, o quanto os sistemas de valores e o conhecimento convencional delimitam a cognição. Finalmente, "A Nós o Vosso Reino", retornando à realidade urbana brasileira, questiona a própria ideia de uma utopia fundada no maravilhoso e no alternativo. Como na noveleta de Scavone — com a qual partilha o tema ufológico —, na noveleta de Finisia Fideli o horror paira por trás das retóricas e das hierarquias, enquanto a narrativa nos desafia a aceitar a veracidade da premissa, para além da superfície de um discurso místico rejeitado pela postura racionalista.

Juntas, as quatro histórias vão além dos enfoques costumeiros do gênero e nos desafiam a enxergar a ficção científica brasileira de maneira diferente e multifacetada.

— R.S.C.
São Paulo, abril de 2011.

AFONSO SCHMIDT

Escritor de características únicas na literatura brasileira, Afonso Schmidt nasceu em 1890 na cidade de Cubatão, no seio da Serra do Mar. Apesar de ambientar muitas de suas narrativas fora de São Paulo, acabou muito associado ao seu estado natal, tendo sido chamado de "o mais paulista dos escritores paulistas". Seu livro de estréia foi Janelas Abertas (1911), uma compilação de poemas. Schmidt foi primariamente poeta até publicar o primeiro livro de contos, Brutalidade (1922). Seu primeiro romance foi A Marcha, de 1941, também lançado na Polônia. Jornalista, trabalhou em vários veículos, em especial em O Estado de S. Paulo. Publicou peças de teatro, crônicas e panfletos políticos.

De origem humilde e espírito aventureiro, aos 16 anos viajou — sem dinheiro ou documentos — como clandestino em um navio para a Europa, onde passou por Portugal e França. Ele retornaria à Europa em 1913, vivendo alguns meses na Itália às vésperas da I Guerra Mundial (1914–1918), quando adquiriu simpatia pelo anarquismo. Neto de um mercenário alemão a serviço de D. Pedro I, cogitou alistar-se na Legião Estrangeira, enquanto procurava ocupação na França. Retornando ao Brasil, em 1920 trabalhou num jornal de esquerda, A Voz do Povo, do Rio de Janeiro.

Estes e outros dados de sua biografia se refletem na composição de "Zanzalá", novela que foi publicada em 1936, no "Suplemento" de O Estado de São Paulo. Foi publicada em livro (completado com vários contos) como Zanzalás, em 1938 pela Editora SPES, de São Paulo, e em 1948 num volume duplo do Clube do Livro, fazendo par com a novela "O Reino de Deus" (premiada pela Academia Brasileira de Letras), uma paráfrase ficcional da vida de São Francisco de Assis, de quem Schmidt era devoto.

"Zanzalá" descreve uma utopia brasileira encravada em um vale da área de Cubatão, em 2028, naquilo que Schmidt chamou de "O Século da Simplicidade", de grande desapego pela propriedade e pela ostentação: as pessoas adotaram uma forma de vegetarianismo, usam maiôs de fácil higiene, e vivem em lares despojados e desmontáveis; as crianças aprendem e trabalham em escolas agrícolas, há muitos artistas e as atividades públicas atraem multidões ruidosas. Nesse tempo, a competição comercial entre as nações parece estar ausente e a guerra é um anacronismo gritante, literalmente enterrado no passado. Ou quase, pois a narrativa reserva episódios de sátira aguda ao belicismo e imperialismo dos europeus — chamados de "caborés" pelos brasileiros do futuro. "Caboré" significa "homem do mato", em sarcástica inversão que enxerga no nacionalismo e no imperialismo traços do atraso e do primitivo.

Ainda há autoridades nessa utopia, também elas na área artística, e também elas reduzidas pela pena do autor, especialmente no episódio que narra um estranho concerto de "música da natureza", realizado pelo "idiota da vila". Como o frouxo enredo acompanha o casal Tuca e Zéfiro — ela condenada à morte por uma misteriosa síndrome de falta de energia vital —, também há espaço em "Zanzalá" tanto para um catolicismo singelo, afinado com as visões de São Francisco de Assis, quanto para uma excursão por diversas práticas espiritualistas, da umbanda à teosofia, passando pelo espiritismo, conforme Tuca e Zéfiro, ameaçados com a separação pela morte, se voltam para "o maravilhoso".

A reflexão religiosa é tão importante quanto a reflexão política embutida na novela, já que a visão de Schmidt do futuro da humanidade antecipa uma evolução do ser humano rumo à simplicidade, à solidariedade e a uma espiritualidade que admite a morte de maneira despojada, sem que isso leve ao endurecimento do espírito. A fantasia era uma das tendências de Schmidt, como vemos em contos como "Delírio"[1] e "As Rosas". Na introdução de 1949 a "Zanzalá", ele cita outros autores de ficção científica de pendor socialista, o inglês H. G. Wells e o americano Edward Bellamy, autor de Daqui a Cem Anos: Revendo o Futuro (Looking Backward), de 1888. "Zanzalá" menciona a alta tecnologia das viagens espaciais e a captação da força dos raios para fornecer energia elétrica. Schmidt, porém, tinha consciência de estar escrevendo contra a possibilidade futura de

---

[1] De 1934, e incluído na antologia Os Melhores Contos Brasileiros de Ficção Científica: Fronteiras (2009, Devir).

"uma humanidade inteiramente absorvida pela máquina, completamente dominada pelas forças sutis da natureza que sempre procuramos escravizar e que acabariam escravizando-nos".

Ao contrário, ao retratar uma utopia de vida simples, sossegada, cordial e integrada à natureza, "Zanzalá" foi mais longe do que qualquer outra obra da ficção científica brasileira na abordagem do "sonho brasileiro", caracterizado como um Brasil que, nas palavras do antropólogo Roberto DaMatta, "de algum modo se recusa a viver de forma totalmente planificada e hegemonicamente padronizada pelo dinheiro das contas bancárias ou pelos planos quinquenais dos ministérios encantados pelos vários tecnocratas e ideólogos que aí estão à espera de um chamado". É portanto especialmente trágico que, na década de 1980, a Cubatão de Schmidt estava transformada pela tecnocracia e pelo desenvolvimentismo do regime militar em uma imagem de pesadelo distópico, capital da poluição industrial e do nascimento de crianças mal-formadas.

Esta versão de "Zanzalá" preserva o texto da edição de 1949, mas exclui o capítulo "O Homem Silencioso" — na verdade um conto sobre robôs que apareceu n'O Estado de São Paulo em 1928, e que inspirou o autor a escrever "Zanzalá". Embora interessante por si, e apesar do formato de rapsódia que a novela assume, "O Homem Silencioso" não se integra bem a ela. O texto, da primeira para a segunda versão, difere em revisões de pequena monta, como alterações de pontuação e de vocabulário que tornam o texto mais fluente. Na edição de 1936, Schmidt se dirigia ao leitor de 1940, enquanto que na de 1949 ele se dirige ao leitor de 1928 — o que firma maior circularidade com a sua especulação do mundo de 2028. Além disso, o capítulo "A Destruição de Zanzalá" foi rebatizado como "A Insurreição". A mudança mais flagrante, porém, está na introdução de um novo capítulo, "Cariçuma", um dos mais belos da novela e que, segundo Schmidt, caiu de sua pena "quase sem querer".

Com mais de 40 livros, Schmidt foi muito prolífico e popular, tendo sido um favorito do Clube do Livro. Viveu da escrita, foi publicado no exterior e pertenceu à Academia Paulista de Letras. Alguns o compararam ao escritor russo Máximo Gorki, um cronista dos estratos mais baixos do povo. Péricles da Silva Pinheiro chamou Schmidt de "romancista da ternura" e viu no lirismo a "tônica predominante de toda a sua vastíssima coleção de livros e escritos avulsos". Em sua obra, "Zanzalá" se destaca como um clássico da ficção científica brasileira, e uma novela que, novamente na *visão de Roberto DaMatta, caracteriza a contribuição do Brasil para o contexto internacional — a de, a partir do sincrético, formular uma visão de mundo ligada à alegria, ao futuro e à esperança, "algo que permita ter aqui, neste mundo, as esperanças que temos no outro".*

Afonso Schmidt faleceu no dia 3 de abril de 1964, poucos dias depois do golpe militar.

ZANZALÁ

I
No Século da Simplicidade

Se um cidadão de 1928 ressuscitasse hoje no esquecido cemitério do Saboó, onde os antigos santistas enterravam os seus mortos, e fizesse o trecho de estrada que vai ter à raiz da serra de Paranapiacaba, custaria a reconhecer o cenário que, certamente, lhe foi familiar naqueles priscos tempos.

Os estudiosos da nossa história poderão, no entanto, fazer ligeira ideia de tal mudança. A referida serra, que não é mais do que a barranqueira do planalto, corta o caminho entre o porto de Santos e a metrópole de São Paulo. Ao longo do litoral, com diversas denominações, ela ramifica-se em numerosas cadeias de morros que, abaixando-se pouco a pouco, vão morrer no tijuco escuro do mangue. Entre essas enfiadas de elevações, que servem de contrafortes ao planalto e aos quais a natureza deu estranhas configurações, abrem-se profundos vales; são vastas as planícies entaladas entre desfiladeiros empolados de penhascos sujos de liquens e empoeirados de verde pela folhagem fina e crespa das samambaias.

No tempo a que nos reportamos, a serra ainda se apresentava coberta por densas matas em cujo seio serpeavam riachos

Afonso Schmidt

que, de espaço a espaço, se atiravam pelas grotas, formando alvas cachoeiras; sobre elas, reclinavam-se árvores felpudas de barba-de-velho, barulhentas de aves e de ninhos. Nos abismos, de um azul esfumaçado, passavam, ao cair da tarde, grandes asas espalmadas, num voo reto que ia de morro a morro.

A civilização, no seu trajeto do litoral para o interior, não havia parado sobre a serra. Esse suntuoso cenário apresentava algumas obras de engenharia, sinuosas estradas e muito poucas casas de residência. Ninguém morava naqueles pendores quase desertos. Uma das obras mais interessantes era a central elétrica. A eletricidade era ainda produzida pela massa de água canalizada, comprimida e atirada sobre turbinas que acionavam dínamos geradores. O seu fornecimento, como força e luz, era geralmente feito por empresas particulares que para tanto reuniam consideráveis capitais. Não procuraremos explicar aos possíveis leitores desta história a organização de tais serviços públicos, porque isso seria muito difícil. Há coisas simples que são impossíveis de contar. Exemplo: ninguém ainda explicou satisfatoriamente como um chinês da época de Sun-Yat-Sen[1] comia arroz solto, com dois palitos. No entanto, os chineses almoçavam assim todos os dias, quando almoçavam.

Mas continuemos. Uma dessas empresas fornecia força e luz à cidade de S. Paulo. Com esse intuito, represara as águas turvas do Tietê, formando grandes lagos no planalto e, na planície litorânea, mais ou menos na altura de Cubatão, instalara poderosas usinas que, à noite, iluminavam a massa escura das florestas com um risco luminoso, quase a prumo, feito de lâmpadas elétricas. Esse risco cortava a estrada de rodagem que fazia a ligação da metrópole com o velho porto. Era por essa estrada tortuosa que, em automóveis e ônibus, como se usava então, viajavam centenas de pessoas, diariamente, de uma cidade para outra. Segundo documentos existentes nos museus, pode-se hoje observar que as nossas lindas tataravós eram um tanto sapequinhas e davam a vida por uma estação de banhos nas praias das cidades praianas que já existiam por aquele tempo. Tendo adotado havia poucos anos a moda dos cabelos curtos, como hoje usamos, já manifestavam elas a sua predileção pelo *maillot* que

---

[1] Médico, revolucionário e líder político chinês, importante na derrubada da última dinastia imperial chinesa, e na fundação da república em 1912, tendo sido o seu primeiro presidente provisório.

com o decorrer dos tempos e algumas leves alterações, deveria ser a moda definitiva, aquela que faz o encanto deste século XXI, que os filósofos querem que seja "o século da simplicidade". Mas devemos esclarecer que não eram apenas o automóvel e o ônibus (como vemos nas gravuras antigas) os únicos meios de transporte entre o porto e a metrópole. Havia, igualmente, o que se chamava naqueles ominosos tempos uma "estrada de ferro", isto é, uns veículos compridos, cheios de janelinhas, que eram engatados uns aos outros e faziam grandes extensões puxados por locomotivas a vapor, a óleo ou a eletricidade, sobre duas fitas de ferro a que os coevos davam o nome de trilhos em língua portuguesa ou de *rails* nesta língua que já por aquela época se ia delineando pela mistura de vários idiomas. Naquele afastado tempo, começaram-se a usar palavras que tinham o mesmo significado no mundo inteiro: vagão, hotel, restaurante, etc. Logo depois, com o encurtamento das distâncias foi que se consolidou a língua geral, que hoje falamos. Mas seria muito trabalhoso explicar ao comum dos leitores o que era uma "estrada de ferro". Resta-nos, porém, o recurso da Enciclopédia, onde a explicação poderá ser encontrada no 724º volume. É verdade que atualmente nenhum particular poderia ser dono de uma Enciclopédia, pois essa mesma obra já conta 4.700 volumes, mas o governo é previdente e, tomando em consideração tal dificuldade, estabeleceu a Enciclopédia entre os serviços públicos. Qualquer lugarejo de 5.000 almas, conta hoje em edifício próprio e com carteiras para notas, a sua Enciclopédia. Também, para falar a verdade, é esse um dos únicos livros que ainda permanecem "mudos", antiquados, como no tempo de nossos maiores.

 Pela "estrada de ferro", a viagem entre Santos e São Paulo era feita em duas horas e meia. Mas já havia aeroplanos. Sim, aeroplanos. A verdade, porém, é que não se pareciam com os aparelhos que hoje empregamos nos nossos transportes de passageiros e cargas. Ali por 1928, época que escolhemos como ponto de referência do passado, os aviões não passavam de brinquedos de criança. As linhas de tráfego regular ainda eram escassas e cada aparelho, geralmente, não conduzia mais de vinte passageiros. Essa deficiência tinha a sua explicação. Os aeroplanos

Afonso Schmidt

eram obrigados a conduzir consigo pesados tanques de gasolina para abastecer os motores durante o trajeto, o que lhes impedia transportarem muitos passageiros. Foi só quando se tornou a eletricidade transmissível sem fios, que se pôde abolir tão incômodos trambolhos. E atualmente, como se sabe, os aparelhos recebem a energia em pleno voo, como um receptor de rádio de outros tempos apanhava a irradiação da estação transmissora.

A estrada de ferro a que nos referimos escalava a serra mediante cabos de aço que, puxados por grandes máquinas estabelecidas em cinco planos, arrastavam os trens (V. Enciclopédia *idem ibidem*) pela encosta acima. No começo do século xx, inaugurou-se uma estrada nova, paralela à antiga, mas a alteração introduzida no sistema foi quase imperceptível. Ambas corriam, mais ou menos, pelos terrenos atualmente ocupados pelos *boulevards* Atlântico e América. Debaixo deles, escancarava-se o vale do Zanzalá, como mais tarde passou a ser chamado. Essa palavra, a princípio, designava umas capoeiras de serra acima, mas, com o tempo, estendeu-se à região sem nome.

O Zanzalá hoje é um imenso funil; o lado esquerdo (de quem sobe) começa logo depois do Cubatão, num outeiro que se liga a morros e morros até perder-se na muralha sempre azulescente da serra; o outro lado começa em Piassaguera e logo se apruma em desfiladeiros cortados pelas duas grandes avenidas a que aludimos. A parte central é constituída por uma planície triangular que, espremida entre montanhas, vai afilando e subindo à proporção que penetra pela serra dentro. Esse vale, há cem anos, era coberto de bananais. Quando o Zanzalá chega — sempre num leve aclive — ao alto da serra, já não passa de um simples valo com o seu fio de água no centro, sobre o qual florescem em todas as estações os últimos lírios do brejo. Mas quem dali olha para baixo vê as duas muralhas fugirem uma de cada lado, deixando no meio aquela planície azul na qual caberia uma série de cidades.

Ao centro, ergue-se uma pirâmide verde, com uma gota de luz no topo.

Esse monumento, que se acha mais ou menos em frente ao segundo patamar da Serra, tem a sua história. Muitos pensarão que ele foi construído inteiramente pela mão dos homens, como as pirâmides do Egito. Mas estarão enganados. Ele já existia mais ou menos assim, no século XX. Era um morro como tantos outros, que os viajantes admiravam da janela do trem de ferro. Esse trem de ferro ainda existia ali por 1949, mas já era considerado meio de transporte muito atrasado, quase como o carro de bois.

De uma pirâmide, esse morro apresentava apenas as linhas principais; o resto era corrigido pela fantasia dos observadores. Foi para comemorar a passagem do ano 2000 que os santistas tiveram a ideia de transformá-lo, de fato, numa pirâmide. As obras duraram muito tempo. Utilizaram-se os maquinismos mais aperfeiçoadas da época. As três faces que se viam do vale foram retificadas, aplainadas e cobertas de impecável gramado que dá ao monumento a feição e a cor de uma fantástica esmeralda; a face posterior, que se confunde com a Serra, foi revestida de granito que o tempo vai escurecendo com as suas mãos invisíveis.

Nessa face, desapercebida de qualquer adorno, só vista pelos habitantes da região, encontra-se a porta quadrada que dá acesso ao Museu Geológico instalado em salões retilíneos, providos de uma iluminação que lembra a do sol, mas não produz sombras. Um elevador conduz os raros visitantes a duzentos metros de altura, isto é, ao ápice do monumento. Ali, no primeiro minuto do ano 2000, foi acendida a chama votiva que, como consta de uma lápide colocada sob a pira de ouro, arderá dia e noite, através dos séculos, através dos milênios, em louvor de Pai Sumé, o primeiro Mestre que, na noite dos tempos, passou pela América, ministrando às nações ainda nômades ensinamentos rudimentares da arte, da agricultura e das relações entre os homens.

Na planície, ao redor da pirâmide, estende-se grande lago cercado de bambus que, nos dias de vento noroeste, tão frequentes serra abaixo, produzem um estralejar de fogueira. Em certas horas, quem se encontra na avenida por onde passava, outrora, o caminho de ferro, pode apreciar um quadro assaz curioso: a pirâmide refletida pelas águas serenas do lago. Ela se nos apresenta como gigantesco poliedro, metade material, metade reflexo. É como um balão verde, a flutuar entre a terra e o céu.

Esta história começa ao cair de uma tarde quente, no Zanzalá. O sol havia desaparecido num acolchoado de nuvens desmanchadas e a paisagem sem sombras fizera-se de estranha nitidez. Edifícios de setenta andares, espalhados pelos recessos da serra, assinalavam outros tantos núcleos de população e os seus tetos refletiam docemente a pureza azul do zênite. O movimento das sete estradas que galgam os morros, que serpeiam pelas encostas ou cortam o vale ajardinado em diversas direções, foi desaparecendo aos poucos. Nas ramalhudas árvores que se inclinam para o nascente, ouviu-se a grazinada alegre e o bater de asas que se recolhem aos bandos. E um sabiá, ninguém sabe onde, continuou a cantar melancolicamente. Os jardins começaram a esfumar-se, o silêncio foi envolvendo tudo e a chama votiva, no alto da pirâmide, se tornou perceptível, como a primeira estrela no céu, a mais pálida de todas.

Foi a essa hora que um automóvel — aí vai um termo antiquado em falta de outro melhor — desceu a Avenida Atlântico e entrou pelo vale. A sua marcha era lenta e, seguindo as filas de casas desmontáveis que bordam os talvegues, ia parando em determinados pontos, para logo depois seguir de novo. Já nas proximidades do lago que rodeia a pirâmide, estacou de repente e dele desceram três pessoas, vestidas com o traje comum, que mais parece *maillots* brancos. Qualquer observador distinguiria nessa gente uma pequena família: marido, mulher e filha. Tal cena é bem comum no nosso século em que a vida, depois de se haver complicado ao infinito nos tempos passados, voltou a uma simplicidade encantadora e saudável de que ninguém, por certo, jamais se afastará.

Os que desejam mudar-se não têm mais que desmanchar a casa em que vivem, enrolar as paredes e o teto, de madeira seca, resistente e levíssima, fazer um feixe do madeiramento, igualmente desprovido de peso, e depois de acomodar tudo isso num dos veículos de serviço público, transportar a "mudança" para o ponto que mais lhe agrade. Já não há mais residências apalaçadas como outrora. Os grandes edifícios destinam-se a repartições, museus, escolas, bibliotecas, etc., isto é, para os serviços municipais que se desdobraram ao infinito; as residências particulares são portáteis, feitas de um papelão especial, montáveis com a maior facilidade, mediante encaixes e parafusos numerados. As casas podem acompanhar os donos para onde quer que eles se dirijam. E, como são feitas em séries, qualquer peça perdida pode ser facilmente obtida nos depósitos da Prefeitura. Com essa facilidade de transportar casas, as ruas surgem de uma hora para outra e quando advém algum inconveniente para os seus moradores, elas desaparecem com a mesma facilidade.

Aquela parte do vale, a que haviam chegado os viajantes, estava densamente povoada. Cerca de trezentas ruas de pequeninas casas formavam uma espécie de bairro onde, aparentemente, seria difícil encontrar alguém. Mas isso não se dava porque o correio local dispunha de fichário perfeito e não se limitava apenas a entregar a correspondência, mas também a informar os interessados sobre a residência de todos os moradores.

A rua em que parou o automóvel tinha o número LVII e a quadra vazia em que a sua casa ia ser imediatamente levantada apresentava num poste, bem visível, o número 209. O marido desceu, esquadrinhou o terreno e como lhe agradasse o local, tratou de fincar as estacas, correr as paredes, suspender e ajustar as quatro placas escuras do teto e parafusar as janelas teladas, reforçadas com persianas que desciam como esteiras pintadas de novo. Foi ao fundo do terreno que sobrava — duas braças em quadra — e ligou a água para o abastecimento da casa. Ao mesmo tempo, a mulher e a filha faziam os arranjos caseiros. Uma hora depois, já o fogão elétrico estava aquecido e na panela fervia a sopa.

Tudo isso se fez enquanto escurecia. Ao terminar o trabalho, o marido foi entregar o veículo na Prefeitura e as duas mulheres quiseram acompanhá-lo porque a noite estava muito linda.

O veículo desceu pela Rua LVII, contornou boa parte do lago e entrou pela Avenida Jabaquara, que era a principal do Zanzalá. Ali, parou diante de uma casa de aspecto simples, onde começaram a acender as luzes.

Os empregados da Prefeitura se revezavam nos *guichets* até tarde.

O chefe da família entrou e entregou um cartão.
O empregado interrogou-o:
— Trouxe o veículo?
— Está ali, defronte.
O homem fez soar uma campainha; à porta apareceu uma sombra.
— Examine o veículo e depois recolha.
A sombra desapareceu.
— Como se chama?
— João Antônio.
— Profissão?
— Biologista.
— Sua mulher?
— Maria Balbina.
— Profissão?
— Professora.
— Sua filha?
— Tuca.
— Profissão?
— Bailarina.

Tinham desaparecido os sobrenomes; os apelidos tinham se tornado outros tantos nomes.
— Onde se instalaram?
— Rua LVII, número 209.
— Está bem. Amanhã se dirijam à Repartição de Colocações.

Despediram-se e saíram. Em caminho, passaram pelo Entreposto da Escola Municipal e, embora fosse tarde, ainda conseguiram levar os primeiros mantimentos para o dia seguinte, mediante a apresentação do título de novos moradores do distrito.

Diga-se de passagem que a carne estava abolida havia algum tempo e com o aperfeiçoamento da agricultura, que atingira a verdadeira maravilha, as escolas de cada distrito se encarregavam do fornecimento de verdura e legumes à população. Cerca de 5.000 crianças em cada um desses estabelecimentos agrícolas ocupavam-se, a par dos estudos, na cultura da terra. A produção, por esse meio, era enorme e ia muito além das necessidades locais. Por isso, a direção dos estabelecimentos agrícolas havia organizado a permuta das sobras por peixes e moluscos que, por sua vez, eram excessivos nos distritos praianos. Tainhas do Itaipú e camarões de Cananeia era largamente distribuídos no entreposto e, às vezes, sobrava tanto pescado que servia para a fabricação de adubos no Departamento de Química.

A água, tão abundante, corria em canos ao longo das ruas e as famílias não tinham mais do que ligar o encanamento interno de suas casas ao encanamento público. A eletricidade, como já dissemos, era recebida como outrora os aparelhos de rádios recebiam as músicas irradiadas pelas estações emissoras. Mil pequenas máquinas, reduzidas à última simplicidade, elevadas ao mesmo tempo à máxima eficiência, deram motivo à renascença do artesanato da Idade Média, mas imensamente aperfeiçoado. Por exemplo: um tear doméstico, que trabalhar por si dia e noite, abastece a casa de tecidos.

João, Balbina e Tuca regressaram ao lar, e antes de entrarem para o repouso da noite ficaram algum tempo sentados à porta, com a vista perdida na paisagem cheia de novidade para eles. Para as bandas do mar, viam-se efêmeros clarões de calmaria. A pirâmide estava inteiramente negra e tinha lá na ponta, perdida no céu, uma gota de luz. Os bambus, cá embaixo, agitavam-se como leques de sombra. Os prédios de setenta andares, espalhados pela serra, mostravam fileiras de janelas iluminadas, como reticências de quadriláteros de ouro pálido. E sobre a concha escura do Zanzalá, pelo alto, silenciosamente, passavam umas larvas negras pontilhadas de luz, que pareciam perder-se muito longe, sobre o mar. Eram os navios-aviões, que trafegavam entre Londres e Buenos Aires, levando no seu bojo centenas de turistas ávidos de outros céus e outros climas...

II
Serra Abaixo

João Antônio foi trabalhar no Departamento de Saúde. Entrava na segunda hora do dia (cerca de oito horas), vestia o avental e abancava-se a uma extensa mesa, entre 38 homens debruçados sobre outros tantos microscópios. Durante as quatro horas de trabalho, ele examinava lâminas. Após cada exame, registrava numa ficha as observações. Era exclusivamente essa a sua tarefa. Nunca soube quem preparava aquelas culturas; nunca perguntou tampouco o que se fazia com o resultado das suas pesquisas. Quando o relógio do Departamento pingava as seis badaladas do meio-dia, o biologista interrompia o serviço no ponto em que estivesse, guardava o avental na gaveta que lhe pertencia e, numa balbúrdia de funcionários, ganhava a porta da rua.

O Departamento, com seus oito andares, parecia fincado no pendor de um morro. De um lado, alvejava o Columbário,[2] onde se cremavam os mortos do distrito; de outro, ficava o Éden que, por sinal, era uma instituição bem triste. Não dispondo propriamente de pena de morte, nem sequer de cadeias, o distrito mantinha uma espécie de jardim fechado onde eram exilados os assassinos, os bêbados e os que se entregavam ao vício do roubo. Ali estavam homens e mulheres em promiscuidade. Havia pipas de aguardente, com uma caneca ao lado. Havia montes de empolas de morfina com centenas de seringas de Pravaz. A cocaína andava em vasos fundos como se fosse açúcar. O Éden só tinha uma porta de saída: a que se comunicava com o Columbário. E os exilados acabavam depressa...

O biologista, descendo o caminho do Departamento, saboreava o profundo silêncio. Embaixo esperava-o o zum-zum da vida quotidiana.

Maria Balbina foi logo admitida como professora da Escola Municipal. Ficava no lugar que outrora se chamava Monge e era um estabelecimento de grandes proporções. Cerca de 50 pavilhões rústicos, cada um deles dividido em quatro classes, estendiam-se em linha no pendor de um morro. Para cada ma-

---
[2] Construção para a preservação de urnas cinerárias.

téria, a sua professora. Nos fundos de cada pavilhão escolar, um pavilhão de residências dos alunos, contando numerosos vigilantes e demais auxiliares. As refeições eram servidas nos largos alpendres, floridos de jasmins-do-imperador.

A vida nesse estabelecimento era a vida comum dos internatos. À primeira hora do dia, uma sineta acordava os alunos e estes tinham cinco minutos para se levantarem e correr à piscina correspondente a cada pavilhão, atravessando-a a nado. Saindo de outra banda, corriam novamente para o dormitório, vestiam-se e só então se dirigiam ao alpendre, onde lhes era servido café com pão. Meia hora depois, tomavam as ferramentas e seguiam para o campo. O serviço ali estava perfeitamente distribuído: havia classes que trabalhavam no preparar da terra para as sementeiras, na semeadura e na escolha e entrega das plantinhas já prontas para a muda. Outras preparavam as áreas de cultura; plantavam, adubavam, carpiam. Por último, os que se ocupavam na colheita e no transporte para o entreposto, lá embaixo, onde a população ia buscar boa parte dos gêneros de que necessitava.

Depois do almoço as crianças tinham duas horas de descanso e estudo, findas as quais iam para as classes, estudar nos livros. As professoras sucediam-se de acordo com as matérias e, ali pelo entardecer, todas saíam num tumulto de festa. Durante a tarde e o começo da noite havia esporte, música, teatro, conferências, bailados. Terminado esse curso de quatro anos, os alunos, de acordo com a observação dos professores, eram encaminhados para a arte, a ciência, a administração, etc. A maior parte, porém, ficava na boa vida da lavoura.

Maria Balbina entrava no serviço depois do almoço e saía ao cair da tarde. Ela gostava de ficar um instante parada à porta do pavilhão em que lecionava, com a vista perdida nos campos cultivados. Esses campos eram distribuídos por tabuleiros tão extensos que se perdiam de vista. Cada um deles tinha a sua cor característica.

Não via uma folha diferente, a destoar do conjunto. Eram plantações arroxeadas de repolhos, ou então com todas as tonalidades do verde, onde os olhos habituados distinguiam tabuleiros de couves, de nabos, de cenouras, de alfaces, de berinjelas, ou de tomates. Nos ângulos desses quadriláteros, distinguiam-se umas caixas negras com janelinhas envidraçadas, onde o sol poente acendia reflexos. Tinham sempre, quando a gente deles se aproximava, o zumbido surdo de um dínamo. Numerosos fios partiam do alto e mergulhavam na terra lavrada, comunicando-se a uma rede de arames de cobre que se estendia por toda a plantação. Era a eletricidade; à sua ação benéfica as plantas pareciam desenvolver-se à vista dos olhos.

Mais longe, para além dos vastos domínios da escola, o vale alargava-se em trigais e canaviais. Ali, a vida era diferente. Via-se sobre a terra escura uma espécie de poeira colorida que se movimentava: eram os trabalhadores. Entre essa gente, como animais de aço, deslizavam as máquinas. Umas movimentavam-se com rapidez; outras evolviam lentamente. Não raro, trabalhavam aos grupos, em linhas, como tropas que avançam. E, pauta luzente dessa página de vida, estendiam-se os drenos, paralelos, perdendo-se na fumaça do horizonte. Era dali que saíam o pão, o açúcar e outros produtos para o distrito.

As paredes das casas individuais, a que aludimos há pouco, tão secas, resistentes e leves, eram feitas daquela palha, mediante tratamento especial. Para além dessas culturas, ainda havia outras igualmente importantes, mas os olhos de Maria Balbina não alcançavam: eram arrozais, os algodoais, as fazendas de plantas fibrosas ou oleaginosas. E ainda mais distantes, segundo lhe contaram, estavam os laranjais, os bananais, os pomares apendeados de mil frutas capitosas dos trópicos. As estações do calendário haviam perdido em grande parte a sua importância agrícola; as terras produziam o ano inteiro.

Tuca, filiada ao Instituto de Cultura, passava as manhãs em ensaios e, de noite, geralmente, figurava em espetáculos e festas populares, notadamente no Teatro ao ar livre. Esse teatro não passava de um estádio, com a lotação de 40.000 espectadores, situado na parte mais estreita do Zanzalá. Era nesse local que se realizavam as grandes reuniões culturais do distrito. Geralmente, o espetáculo começava por uma das numerosas competições esportivas que sacudiam o entusiasmo dos moços. E a mocidade pouco tinha a ver com o número de anos. Seguia-se uma conferência sobre arte, ciência, religião ou ensinamentos relativos à vida quotidiana. Terminava com uma peça clássica, bailados, etc. Ardia por esse tempo uma competição verdadeiramente feroz entre as catorze bandas e as vinte e sete orquestras do distrito. Não raro, depois de uma dessas reuniões, os partidários de diferentes grupos esmurravam-se pelo caminho...

Uma tarde, João e Balbina estavam sentados à porta, esperando Tuca que havia se demorado no teatro. Começavam a manifestar cuidados pela demora da filha quando ela apareceu na embocadura da Rua LVII. Acompanhava-a um jovem alto, fino, de gestos elásticos e sorrisos de criança. Ficaram intrigados. Ela, porém, logo se aproximou e fez a apresentação:

— Este é o Zéfiro.

Os pais não compreenderam.

— O bailarino que dança comigo no Teatro.

Então os dois sorriram. Ela aproveitou o sorriso e declarou:

— Somos noivos.

Foi Maria Balbina quem falou:

— Se é para felicidade de vocês...

Zéfiro sentiu necessidade de abraçar a todos: depois, foi ele quem chorou, mas chorou e riu ao mesmo tempo.

Como a tarde estivesse bonita, depois de conversarem um pouco, saíram os quatro em direção ao lago. Ao desembocarem na Avenida Jabaquara, viram uma grande aglomeração de homens, mulheres e crianças.

Foram ver do que se tratava.

Os trabalhadores do arrozal, que deviam chegar à última hora do dia, tinham-se demorado no caminho. A explicação dessa demora era repetida por todos. Tendo de aprofundar um canal, as suas pás encontraram pesada máquina que devia estar sepultada no lodo negro havia um século. Um desses homens chamou a atenção dos demais e, logo depois, munidos de cabos e com o auxílio do guindaste, conseguiram levantar o estranho achado. Não passava de um par de rodas, tendo em cima um tubo de aço de dois metros de comprimento. Mas tudo aquilo estava deformado; os raios das rodas apareciam ligados por crosta negra e o cano entupido de ferrugem.

Guindado da lama e exposto à margem do valo, foi logo cercado por centenas de homens que, findo o serviço, ficaram ali a discutir o curioso achado... Alguns deles, com seus martelos, trataram de desbastar a camada espessa de ferrugem das rodas e, depois de muito trabalho, conseguiram fazê-las girar, embora perras, sobre o eixo. E como estavam de bom humor pela surpresa do achado, cobriram a estranha carriola com ramos floridos de capetingas e a arrastaram para o Zanzalá... Pelo caminho iam cantando... Para essa gente, tudo era motivo de alegria e toda alegria se manifestava por canções, que pareciam surgir da terra, espontaneamente, como as flores silvestres.

Ao entrarem no aglomerado de casas, foi um acontecimento... Saíram curiosos de todas as portas e, dali a pouco, a Avenida Jabaquara estava inteiramente tomada. A carriola parou. A molecada cercou-a, a espiá-la com olho comprido. A história era repetida por toda gente. Que seria? Que seria? Foi quando apareceu o indefectível erudito; ele tomou uns ares graves e foi dizendo:

— Isto é um canhão!
— Um o quê?
— Um canhão. Usava-se antigamente nas guerras que os homens faziam entre si, para destruir cidades e fortalezas.
— Guerras por quê?
— Para a conquista de terras, de mercados.

Os circundantes não compreenderam.

O homem que tinha achado a máquina gritou:

— Toca para o museu!

A mó de gente rolou pela avenida, levando para longe a máquina inútil.

João, Balbina, Tuca e Zéfiro prosseguiram no passeio. Subiram para a avenida que contorna o lago. A água estava levemente crespa, os bambus pareciam compridos demais e aflavam. Logo depois, chegaram à pérgola, onde havia gente reunida. Vasto vidro fosco servia como tela de cinema. Dentro, refletido, via-se conhecido professor, velhinho, fazendo uma conferência no Rio de Janeiro. A sua voz era calma e bem articulada. Dizia:

". . . Outra partida para o espaço sideral. Um sonho velho como o mundo vai, pouco a pouco, se realizando. Depois das fantasias de Cyrano de Bergerac, de Júlio Verne e de tantos poetas do infinito, começa a aparecer no horizonte a possibilidade das comunicações interplanetárias. . . Não têm faltado navegadores desse mar nunca dantes navegado. De quando em quando, audaz aventureiro de nova espécie, dentro de sua bala, projeta-se no azul, em direção de um dos mundos do nosso sistema solar. Poderíamos citar vinte nomes ao acaso.

"Mas nenhum deles, lá chegando, deu sinal de vida. Neste momento, porém, acontece algo de novo. O histórico observatório de Mount Wilson, na América do Norte, que há mais de cem anos já havia trazido o disco lunar a uma légua do seu telescópio, isto é, a uma distância em que se poderia ver até um homem, acaba de transmitir ao mundo a grande surpresa: um dos últimos viajantes parece ter sobrevivido e no nosso satélite se agitam formas e cores, evidentemente com o intuito de fazer sinais. Radiouvintes da Terra! Estamos em comunicação com a Lua!"

A visão amorteceu, apagou-se. Na assistência, ouviam-se conversas. Mas, os nossos passeantes, talvez mais no mundo da lua do que os outros, tomaram a parte escura da avenida e prosseguiram no caminho. Cada um deles foi pensando naquilo a seu modo, de acordo com as crenças e o temperamento. O problema, havia muito, fascinava a humanidade, talvez mais do que nos séculos passados. Assim que os homens conseguiram uma relativa facilidade em viver, assim que eles se emanciparam da parte mais grosseira da luta pela vida, que tinha surgido com a velha civilização, seu espírito se voltou para assuntos elevados. Velhas e novas correntes religiosas e filosóficas tinham tomado, nos últimos anos, importância até então desconhecida.

Quando voltaram à casa, pela mesma avenida sombreada de bambus, ficaram pensativos diante da Lua Cheia que se erguia sobre os picos distantes. Sua luz prateada quebrava-se em reflexos, sobre as águas. E, vendo aquele disco prateado, pensavam que lá dentro, algures, estava um habitante da terra e que, mediante sinais, desejava comunicar-se com os seus patrícios. Patrícios, não, os seus... E Zéfiro parou um instante, parafusando. Era preciso criar um novo termo; no dia seguinte, dirigir-se-ia, em tal sentido, ao Departamento de Artes e Cultura, onde 140 poetas ganhavam o pão nosso de cada dia em serviços desse naipe.

III
O Casamento de Tuca

Todas as tardes, Tuca regressava à casa acompanhada de Zéfiro. Enquanto o pai lia na sala e a mãe esmagava os espinafres na cozinha, os dois ficavam-se a ensaiar passos e ritmos debaixo de um pé de brincos-de-princesa que, de janeiro a dezembro, estava sempre coberto de flores. João Antônio tinha um fraco pelos escritores antigos: Cervantes, Victor Hugo, Euclides da Cunha, Tolstoi e Anatole France. As novelas de seu tempo, meio-prosa-meio-verso, curtas, de pouca emoção, quase nada o interessavam. Queria os contrastes, o passado, as lutas, a vitória taxativa do que se chamava bem sobre o que se chamava mal.

Agora, lia o *Dom Quixote*. Na sala escura, recostado numa poltrona, tinha diante dos olhos a caixa do livro. A voz lenta, pausada, límpida do locutor fazia-se ouvir na altura desejada pelo ouvinte. Mediante um botão, interrompia quando era necessário, para prosseguir depois. Ao mesmo tempo, na coberta da caixa, que era de vidro fosco e ficava diante do leitor-ouvinte-espectador, ia-se desenrolando a cena, como num antigo cinema, infinitamente aperfeiçoado.

No século XXI, os livros são caixas, com um lado de vidro. As "leituras" começam assim:

Obra: *Os Sertões*.
Autor: Euclides da Cunha.
Locutor: Quintela.
Diretor-artístico: Marcionilio.
Diretor-técnico: Kanayama.
Intérpretes... seguem-se nomes de artistas conhecidos.

Os livros de versos ainda são mais interessantes. As caixas são, geralmente, obras-de-arte, assinadas por grandes nomes da pintura. Vejamos uma dessas obras: *Fugindo ao Cativeiro*.

Autor: Vicente de Carvalho.
Declamadora: Aurimusa.
Poema sinfônico de Minhone Netto.
Intérpretes coreográficos: Tuca e Zéfiro.

Seguem-se cerca de 200 nomes de artistas que tomaram parte na interpretação dessa obra-prima do nosso passado.

Em certo ponto da leitura, Maria Balbina avisou que o jantar estava na mesa. João Antônio apagou o livro (o nome antiquado ainda subsiste...) e virou-o para o canto da sala. Em seguida chegou à porta e dirigiu-se aos jovens que dançavam:

— Pessoal, o grude tá na mesa!

A notícia foi recebida com duas grandes piruetas na pontinha dos pés.

A mesa era quadrada, de lâminas finas de ferro, coberta com alvíssima toalha de papel. Os guardanapos, igualmente de papel. Os pratos e travessas, de massa fina e resistente, mas cartão. Só os talheres eram permanentes. Ao centro da mesa, estava uma cesta com frutas frescas.

A sobremesa entrava antes da refeição. Por isso, depois de comerem goiabas e grossas talhadas de mamão, rachado de maduro, foi servida a sopa de legumes. Após a sopa, veio prato de resistência, "feijão com carne seca e toucinho". Ali estava o feijão, mas a carne seca era abóbora e o toucinho... era maxuxo.

Afonso Schmidt

Para finalizar, foi servido grande prato de nozes, já tiradas da casca, e à guisa de vinho, copos de refresco de caju e de maracujá, que perfumaram a casa inteira.

Naquela tarde, em honra de Zéfiro, havia um adendo: favos de mel oferecidos por Padre Benedito, que não era um homem, mas uma flor.

Durante a refeição, uma orquestra famosa de Iguape tocou, em estúdio de Cananeia, um programa escolhido. A seguir, certo professor falou sobre o Carnaval nos séculos passados. Todos pasmaram e riram do que o velho contava. Nas suas palavras, certamente, havia excesso de fantasia...

Quando terminou o jantar, Maria Balbina guardou os talheres e jogou fora o serviço usado. Então, todos saíram para o terreiro, porque o calor se tornara intenso. Havia mais de dois meses que não caía chuva natural. É verdade que, pela madrugada, da penúltima à última hora da noite, a Prefeitura punha em ação as altas torres de aço e, mediante descargas artificiais, fazia cair sobre a terra seca uma copiosa pancada de água. Mas não bastava. Os acumuladores elétricos, que eram abastecidos pelos raios captados no espaço, estavam esgotados. Já se falava num racionamento de eletricidade.

Quando chegaram ao terreiro, viram que, lá para a banda do mar, o céu se cobria de pesadas nuvens negras e que sucessivos relâmpagos lambiam com a sua claridade esverdeada o caótico amontoado do horizonte. Em seguida, um ronco surdo partiu de longe, reboou pelos costões da serra, perdendo-se na noite. As nuvens negras invadiram todo o céu; o trom da tormenta fez-se mais próximo e dentro de pouco, eles, dois na porta e dois na janela, viram um espetáculo animador: raios ziguezagueavam pela abóbada e iam embeber-se nas agulhas das torres do distrito. Estrondos de fim de mundo sacudiam a terra. João Antônio, referindo-se mentalmente à falta de eletricidade dos acumuladores, exclamava a cada raio captado:

— Mais 50.000 volts!
— Mais 100.000 volts!

Meia hora depois, a tempestade afastou-se para o sul e ele pôde convir com satisfação:

— Estamos providos de força e luz por mais alguns meses...

O casamento de Tuca e Zéfiro deveria realizar-se no ano seguinte, na pretoria do distrito, e na Santa Cruz mais próxima, tão florida que mais parecia um oratório em dia de festa. Aconteceu, porém, que...

A cena passou-se no estádio, ao terminar uma reunião em que se comemorava o primeiro cinquentenário da navegação normal estratosférica. Diante do retrato do Professor Piccard, um lente da Universidade falou dos seus primeiros trabalhos, das suas observações e das tentativas que se seguiram em outros países. No *écran*, foi projetado o filme histórico do lançamento do primeiro projétil estratosférico, que partiu de Nova York com destino a Paris e gastou meia hora no percurso. Era ainda rudimentar: pouco mais do que uma bala, provida de dispositivos que, iniciada a descida, a iam transformando em aeroplano. Abriam-se automaticamente as asas de um lado e de outro; na parte inferior, desciam as rodas para aterrissagem; na frente, moviam-se escamas de aço e três potentes hélices descobriam-se para rasgarem a atmosfera. Enfim, partia-se numa bala e chegava-se num poderoso aeroplano. Nos últimos anos, a revolução fora completa; era um aeroplano que partia e, pouco a pouco, se ia fechando num casulo, à medida que se afastava da massa atmosférica, para, na descida, automaticamente, voltar a ser aeroplano e pousar nos campos visados pelos seus pilotos. No momento, as viagens nesses aparelhos estavam mais ou menos no ponto que ali por 1940 se encontravam as viagens de aeroplano...

Depois dessa conferência, os dois artistas executaram o bailado da "Tentação de Ícaro". Zéfiro aparecia vestido à maneira grega. Tuca mostrava-lhe a serenidade do azul, a beleza das frutas de ouro dos astros e a alegria das asas. Nesse momento, o estádio enchia-se de pombas brancas. Então, Ícaro ia buscar as suas asas de cera e, depois de algumas tentativas, partia para o espaço. Ela viu-o subir, subir, até desaparecer. Então, fazia-se triste, chorava, por não poder acompanhá-lo no seu sonho velho como a humanidade. Abria os braços e voltava a olhar para cima. Nesse momento, asas derretidas pelo sol, ele caía a prumo diante da companheira. Esta debruçava-se lentamente sobre Ícaro, inclinando a cabeça e estendendo os braços num sinal de adoração.

Aí devia terminar o bailado, num churrilho de notas altas dos 134 violinos da grande orquestra. Mas Tuca, delineando esse gesto, caiu para a frente sobre o corpo de Zéfiro. Perdeu os sentidos. O estádio foi sacudido pelo estrépito dos aplausos, mas a moça não deu sinal de vida e ali ficaria não se sabe quanto tempo se a pajem do seu camarim, compreendendo o que se passava, não viesse buscá-la nos braços, como uma criança adormecida. Só então o público compreendeu que ela havia desmaiado.

Falou-se muito nesse caso. A direção deu-lhe férias. Ela recolheu-se à casa dos pais e entrou num regime de descanso. Dali só saía à tarde, pelo braço de Zéfiro, num passeio pelas vizinhanças da pirâmide. Quando fazia calor, tomavam uma embarcação e faziam curto passeio pelo lago, deslizando entre as folhas chatas e escuras das ninfeias. Tuca era melancólica. Gostava do luar sobre as águas e da orquestra das rãs. Zéfiro ria de tais criancices.

Um dia, ela, os pais e o noivo resolveram ir à clínica mais próxima. O médico de serviço àquela hora fez um exame rápido, não para medicá-la como adiantou, mas para enviá-la ao especialista. A medicina havia-se especializado ao infinito. Por outro lado, os remédios tais como se usavam nos séculos anteriores tinham entrado para a história. Terminado o exame, o médico fichou-a e deu-lhe uma apresentação para o especialista. Era um jovem professor da Universidade, que estudava tese antiga, mas sempre cheia de novidades: "não há doenças, nem doentes."

No dia seguinte, procuraram o consultório do especialista. Como professor, não servia em nenhuma clínica do distrito. Os poucos casos que lhe eram remetidos, ele os atendia em sua própria casa, muito mais rudimentar que as outras; era quase uma tenda de campanha. Quando chegaram, o cientista havia saído do banho e deitado sobre a relva, como um lagarto, enxugava-se ao sol. Conhecia Tuca e Zéfiro, nos seus bailados, e mostrou-se encantado com a visita.

Sentaram-se todos no chão, mas em outro lugar, debaixo de uns jacatirões floridos. E ali, onde só se ouvia o zinir das cigarras, conversaram por muito tempo. Ele falou de arte, agricultura, costumes de países exóticos que conheceu em suas viagens. No fim, como lhe chamassem a atenção para o caso que ali os levara, pareceu cair em si e com voz grave, tornando-se bruscamente professor, disse:

— Você é querida dos deuses. Eles a chamam para o seu seio.

— Como?

— Dou-lhe três meses de vida.

Os visitantes sorriram. Então o professor foi à tenda e trouxe um aparelho que, mediante correias, ajustou ao peito de Tuca. O ponteiro girou levemente sobre o disco esmaltado.

— Estão vendo? Ela, apesar de muito jovem, gastou o quinhão de vida que trouxe do berço. Não é doença: é falta de vida. Confirmo o meu diagnóstico.

— E que receita o professor?

— Nada. Ou melhor, muito pouco. Durma ao relento, exponha-se inteiramente ao sereno do alvorecer. Quando cair uma boa chuva, das naturais, faça o seu passeio debaixo de água e ao voltar para casa não se enxugue. Tenha mais contacto com a terra que é nossa amiga e o grande reservatório de vida. Talvez assim consiga viver mais algum tempo. Mas não creio...

A morte havia perdido muito da catadura assustadora que apresentava nos séculos passados. Morrer tinha deixado de ser uma coisa espantosa; morria-se como se nascia. A ciência começara por dizer: só envelhece quem quer. Naqueles dias, já anunciava pelo silêncio austero dos laboratórios: dentro de pouco, morreremos quando bem entendermos. Mas isso ainda era considerado utopia pelos conservadores da medicina.

Surgiam daí problemas espantosos que afligiam os chefes temporais e espirituais. Por outro lado, os grandes sentimentos humanos, com os novos aspectos da existência, tinham-se esfarinhado em múltiplos pequenos sentimentos. Outrora amava-se, odiava-se, temia-se ou revoltava-se profundamente. Agora, não. Cada um desses sentimentos apresentava-se dinamizado ao infinito, de acordo com uma humanidade infinitamente mais sensível. Parecia que o homem, pela evolução rápida realizada nos últimos séculos, sentia-se mais próximo da Divindade. Um novo sentido, desconhecido pelas gerações anteriores, dominava o ritmo das existências.

A notícia da morte próxima não perturbou Tuca, nem provocou manifestações de pesar nas pessoas que a queriam bem. Foi, pois, com um sentimento outrora inexplicável de recôndita doçura que os quatro se despediram do professor e seguiram para a Avenida Jabaquara. Em caminho, os noivos resolveram casar-se antes da separação definitiva. Os pais não viram inconveniente nisso. E o contentamento do próximo enlace dominou por inteiro o temor da prognosticada separação. Eram moços e amavam-se; depois de se unirem, poderiam opor as suas razões à morte.

O ato civil realizou-se num sábado, pela manhã, na pretoria do distrito, servindo de padrinhos os pais da noiva e músicos do teatro. À saída, o juiz deu a Zéfiro um papel mediante o qual ele foi à Prefeitura e retirou a casa, a mobília e o necessário para a constituição do novo lar.

A verdade é que eles já haviam procurado e encontrado, com a aprovação do rabdomanta[3] oficial, um lugar para a instalação da nova casa: era a Rua LVII, junto à residência dos pais, terreno vago e florido que parecia um canteiro. Os próprios noivos e os padrinhos montaram a casa, prepararam-na e floriram-na para as bodas. Seu almoço foi alegre e festivo. Cerca de quinze amigos, entre os quais colegas de João Antônio, de Maria Balbina e dos noivos. Os rapazes da Cultura organizaram uma orquestra e fizeram a sua oferta de música, tão linda como poucas vezes se ouviu num simples casamento. À tarde, todos juntos, numa espécie de romaria, tomaram o caminho do morro e se dirigiram à Santa Cruz.

Já não se viam templos pomposos, a não ser os que haviam chegado de outras eras. Nesse tempo, eram os grupos de fiéis que, de acordo com as necessidades dos núcleos de população, construíam pequeninas igrejas, numa espécie de mutirão que

---

[3] Pessoa que procura, com uma vara mágica, água, objetos ou lugares especiais.

lembrava poeticamente a obra dos cristãos primitivos. Era geralmente uma Santa Cruz. As moças e as crianças encarregavam-se de plantar roseiras em redor delas e conservar o altar enfeitado de flores frescas. O padre, geralmente, residia próximo à Santa Cruz, e ali dizia a missa matinal. Aos domingos batizava, confessava, comungava, realizava casamentos e, não raro, por noite alta, ia levar a extrema unção a alguém que se partia desta para melhor. Como padre, para não ficar pesado à paróquia, dedicava-se a uma profissão condizente com o seu sacerdócio. Uns lecionavam música, outros literatura, muitos entregavam-se à lavoura.

O Padre Benedito, daquela Santa Cruz, morava mesmo ao lado. Era um velhinho de outros tempos que repartia a existência entre os deveres do sacerdócio e a paixão pelos versos latinos. Havia cerca de trinta anos que trabalhava na sua "Rosa Mística", um poema que, certamente, nunca chegaria a aparecer porque ele, com excessos de agudeza crítica, punha de tarde ao fogo os versos que havia composto pela manhã. Mas isso não bastava para encher-lhe as claras e compridas manhãs do Zanzalá. Então, era de vê-lo vergado sobre as suas colmeias que, só por si, constituíam vasto estabelecimento de apicultura. Onde ia, acompanhava-o um enxame. Quando as abelhas o importunavam demais, abria o livro de orações e agitava-o no ar, pondo em fuga a nuvem zumbidora. Era ele quem fornecia o mel com que os alunos da Escola Municipal adoçavam, todas as tardes, a merenda de cenoura ralada, seguida de uma caneca de mate.

Mas para a Igreja daqueles dias não havia desaparecido totalmente a luta. A verdade, porém, é que as suas preocupações estavam num terreno muito alto. Depois da famosa encíclica de Pio XIII, em 1987, o clero havia voltado as vistas para os animais. A carne, no seu aspecto mais grosseiro, havia muito tinha desaparecido da alimentação, só sendo ainda usada, e isso mesmo às escondidas, por indivíduos que eram apontados a dedo, na rua, pelo feio pecado que cometiam. Os homens passaram a estimar e a respeitar todos os animais. Nessa campanha moral, a Igreja tomou papel saliente e conquistou os intelectuais de toda a terra. São Francisco de Assis era o patrono do movimento vencedor. Um discurso antiquíssimo, de Monsenhor Bolo, de Marselha, iniciara a esplêndida campanha.

O casamento de Tuca e Zéfiro foi naquela Santa Cruz; uniu-os o Padre Benedito. Depois do ato religioso, levou-os a visitar o colmeal, e a propósito de qualquer coisa, leu-lhes alguns versos da "Rosa Mística". Mas já estava escurecendo e os recém-casados despediram-se, seguidos pelos padrinhos e amigos. Ele acompanhou-os ainda um bom pedaço morro abaixo. Ao despedir-se, colheu do barranco uns ramos de trepadeira azul e deu-lhos. Tuca beijou as suas mãos com um profundo reconhecimento, orvalhando-as de lágrimas.

Alguns passos mais adiante, ela voltou-se e viu o padre de pé, no barranco, a abençoá-los de longe.

Os noivos, os pais e os amigos entraram no povoado exatamente como se fazia no tempo de seus antepassados: ao som de música... Chegando à casa, Tuca plantou a trepadeira embaixo da janela; e a muda pegou.

Uma canção anônima, daquelas que surgiam e desapareciam ao acaso, cantou enternecidamente o idílio da Rua LVII, Nº 211.

Os jovens que passavam pelo local, mostravam a única janela, com a sua cortina de rendas e as trepadeiras azuis, sem nome, e diziam:

— Ali é que mora o amor.

IV

O Maravilhoso

Mas os dias iam passando. Tuca, nas horas de apreensão, repetia esta frase proferida pelo Padre Benedito, quando soube da ameaça que sobre eles pairava:

— Vivam e amem-se. Não pensem na morte. Se Deus nos deu a morte é porque é boa e útil. Deus não erra...

E a serena confiança com que foram ditas essas palavras enchia-a de uma infinita doçura. Zéfiro, porém, não se conformava com a ideia de perder a querida companheira. Desvairado, fez no século XXI o que nossos antepassados fizeram ao longo de todos os tempos: recorreu ao maravilhoso. A verdade, no entanto, era que o maravilhoso, no "século da simplicidade", já não parecia tão maravilhoso; a ciência havia explicado e adotado muita coisa que por aí andava como do outro mundo.

Liquidadas, na maior parte, as preocupações materiais, graças ao progresso da nação, os homens tiveram tempo e até mesmo uma certa necessidade de se ocuparem dos problemas do Além.

Coisas que se realizavam comumente em 1928 se fossem feitas em 1828 poderiam levar o experimentador à fogueira; pelo mesmo motivo, coisas que em 1928 eram tidas como embuste ou bruxaria, ali pelo ano de 2028 já estavam incorporadas ao patrimônio comum e não admiravam a mais ninguém. É que, onde chega o conhecimento, o maravilhoso desaparece, o rictus do pavor transforma-se num saudável sorriso de compreensão.

Pensando nessas coisas, Zéfiro levou Tuca ao feiticeiro. Nas proximidades, havia um preto chamado Simeão que era o digno sucessor dos pais de santo, isto é, dos que nos séculos passados faziam macumbas e cangerês. Tinha, no entanto, sofrido a influência do seu tempo. Com um século de atraso, ele complicava as coisas precisamente na época em que os outros, cansados de complicações, procuravam simplificar o que os rodeava. Assim, o feiticeiro já não morava num rancho perdido à beira do velho caminho: o seu terreiro já não se estendia numa tapera, sob felpudas árvores. O preto Simeão tinha progredido, a seu modo.

Vivia numa espécie de templo, com seus orixás, ritos e concubinas. Para lá entrar era preciso um convite que não se dava a qualquer pessoa. Mas a Zéfiro e Tuca foi relativamente fácil conseguir entrada no zungu. Uma noite, tomaram o caminho do Monge e, depois de algumas voltas, chegaram ao templo.

Era uma casa branca, feita de pedra, com arrebiques arquitetônicos em toda a frontaria. A entrada apresentava-se estreita, defendida pelo porteiro agaloado, de bastão, que mais parecia um marechal de França. Vencidos os poucos degraus, entraram no único salão, vasto e frouxamente iluminado. Já havia

Afonso Schmidt

ali muita gente reunida. Fumava-se e conversava-se em segredo. Quando a vista se habituou ao ambiente, puderam admirar uma espécie de palco, todo escarlate, onde avultava a imagem de São Jorge matando o Dragão. Numerosas velas ardiam ao pé do santo, que para os fiéis tinha o nome de Exu.

Nem bem haviam entrado, já sentiam vontade de sair; não era precisamente o que procuravam. Seu desejo seria encontrar aquilo de que as velhinhas de outros tempos falavam: um homem rústico que sabia rezas fortes, que fechava o corpo ou que cortava mandinga com uma folha de capim cidrão. Dispunham-se, pois, a sair quando sete pretos altos, de carapuça vermelha, subiram para o tablado com seus atabaques e ganzás. Logo irrompeu a música selvagem, numa toada enervante. Instintivamente, os bailarinos firmavam-se num pé e no outro, à procura de ritmo. Logo depois, entrou uma fila de doze mocinhas vestidas de cores vivas, mostrando a cada movimento pernas finas e braços em ângulos agudos. Elas, sim, compreendiam o ritmo dos instrumentos e esboçavam com seus meneios uma dança que devia datar da aringa africana de onde haviam chegado seus ancestrais, congos e nagôs.

Foi aí que apareceu Simeão, crioulo baixo, atarracado, com cabeça redondinha como de criança. Vestia-se à moda antiga, ostentando vestes que só eram encontradas, agora, nos museus e nas peças teatrais representadas por artistas nômades, daqueles que às vezes passavam pelo distrito e se faziam anunciar como circenses. O preto envergava uma casaca irrepreensível do século passado, sobre colete vermelho e calças de linho branco, que lhe chegavam aos sapatos de couro, com polainas. Uma fita de três cores atravessava-lhe o peito a tiracolo, por baixo da casaca. Tinha também várias medalhas e uma bengala cujo castão era, de quando em quando, tragado pelos punhos de uma brancura anilada.

Quando ele entrou, os instrumentos troaram e a assistência, que já enchia o salão, prosternou-se. Um cheiro forte de resinas queimadas inundou o ambiente, toldando a pouca claridade que havia e fazendo o ar ainda mais irrespirável. Então, o homem parou diante do auditório e pôs-se a proferir palavras em língua africana que lhe haviam custado muito trabalho de pesquisa nos *in-folios* antigos que atulhavam os porões de determinados museus.

Logo depois, uma das moças adiantou-se e começou aquele canto lento e pesado, seguido pelos atabaques e canzás, em surdina. As outras moças de quando em quando faziam o coro a boca fechada. Ele explicou, no fim. Era uma tradição velha como o mundo.

Os bailarinos escapuliram-se, desanimados. Não. Não era aquilo que os velhos de outros tempos contavam, tecendo picarés de tucum nas portas de suas casas. E, já na estrada, ao ar livre, respiraram profundamente.

Certo domingo, voltou-lhes ainda mais forte o desejo de recorrer ao maravilhoso.

Procurariam outros meios.

O espiritismo, por exemplo, havia atingido uma espécie de realidade capaz de satisfazer a muita gente. Por toda parte, encontravam-se desses homens simples e bons, um tanto exaltados por verdades que entreviam, e sempre dispostos a arrastar os indiferentes para o seu meio. Não faltou, pois, uma mulher sorridente para convidar os dois jovens a assistirem a uma sessão no centro local. Quem sabe lá... Tem-se visto tanta coisa... E certa noite não resistiram ao convite da mulher sorridente. Foram.

Era na casa de benquisto relojoeiro. Tiradas as paredes internas, afastadas as bancas de trabalho, ficava-se num vasto salão. No meio, grande mesa com dez ou doze pessoas sentadas. Na parte dos fundos, em aberto, viam-se assentos rústicos, nos quais se comprimia muita gente. O dono da casa era quem presidia a sessão. A filha, magra, de grandes olhos atônitos, auxiliava-o.

Em dado momento, a moça trouxe grosseira taça de bronze com brasas vivas e colocou-a sobre a mesa. Um fio de fumaça azul subiu a prumo e foi desmanchar-se no teto. Depois, ela tomou de um cofrezinho e com a espátula colocou resina sobre os carvões. Ao redor da moça, muito contritos, os homens rezavam baixinho. Então, da taça ergueu-se comprida nuvem branca que se pôs a rolar sobre a cabeça dos convidados, tomando formas extravagantes mas que, pouco a pouco, iam delineando os contornos ora vagos ora precisos de uma criatura evanescente. Pelos bancos, ouviu-se, mais forte, o cicilar das preces.

No silêncio, passaram sons vagos que se aproximavam da voz humana. Dentro de pouco, esses sons chegavam a formar palavras descosidas e, por último, até frases inteiras. Eram conselhos a alguns, ou a todos. Em certo ponto — talvez fosse ilusão — a figura de fumaça voltou-se para o local onde se encontravam os dois jovens e, estendendo um filamento que bem poderia ser um braço, disse:

— A morte não é castigo, é antes uma bênção da Divindade!

Ambos se deram por satisfeitos e saíram. A noite estava esplêndida, mas fria. Na massa escura da pirâmide, a chamazinha votiva cintilava como estrela perdida nos caminhos da terra.

Na semana seguinte, também ao anoitecer, um teosofista passou pela porta dos bailarinos e, dirigindo-se a eles, disse-lhes com ar inspirado:

— Eu é que conheço a verdade!

Os dois ficaram hesitantes.

— Se a verdade lhes interessa, venham comigo!

Então, Tuca e Zéfiro tomaram as túnicas de lã e seguiram o iluminado. Entraram na Avenida Jabaquara, seguiram na direção da serra e quando as casas desapareceram, eles alcançaram muitos homens e mulheres que seguiam para um local, entre morros. Era gente simples, alegre, perenemente enamorada da vida. Uns chamavam os outros de irmãos. No meio deles ia um homem alto, escuro, sem idade, que parecia caminhar num ritmo certo. Vestia túnica branca e tinha larga faixa de linho, enrolada de certo modo na cabeça. Sobre a testa, uma estrela de prata.

Procuravam os lugares isolados para aí se reunirem. Diziam sentir-se melhor em contato com a natureza. Mas as suas reuniões não estavam fechadas para ninguém.

No fim do caminho, surgiu uma assentada entre rochedos

escuros. No centro dessa assentada, ardia grande fogueira ao redor da qual havia muita gente de cócoras, ou à maneira oriental. Os que chegaram foram recebidos com abraços pelos que lá se encontravam. Zéfiro e Tuca viram-se imediatamente reconhecidos e aos artistas foram prestadas homenagens carinhosas. Uma jovem, também da Cultura, como eles, cantou suave invocação, erguendo os braços finos e nus para o céu palpitante de estrelas. Quando terminou, os teosofistas pediram ao casal que dançasse alguma coisa. Logo, um violoncelo e vários violinos saíram da sombra e foram colocar-se à sua disposição. Eram, também eles, seus amigos, lá do teatro. Tuca consultou Zéfiro e disse algumas palavras aos músicos. Então, no silêncio daquela assentada, entre morros quase a prumo, começou-se a ouvir a "Dança Ritual do Fogo", de Falla.[4] E, logo a seguir, os dois jovens, com passos curtos e meneios rápidos, executaram bailado anguloso, no qual parecia escutar-se o estralejar de ossos. Projetadas pela fogueira contra a massa escura dos desfiladeiros, as suas sombras realizavam outro bailado, ainda mais impressionante.

Terminada a parte artística que sempre dava início às reuniões, os adeptos ergueram, mediante varas, extenso pálio de seda azul celeste. Debaixo do pálio, sobre a terra nua, estenderam esteiras. Mestre Sidóneo, que era o homem da estrela de prata, sentou-se ao centro e dirigindo-se aos dois bailarinos disse-lhes:

— Meus irmãos, convido-os a visitar o plano astral.

Tuca hesitou, mas Zéfiro tomou-a pela mão e conduziu-a para a tenda improvisada. Sentaram-se na esteira. Uma mulher de sobrancelhas horizontais ensinou-lhes a posição adequada: abraçando as pernas e com a cabeça entre os joelhos. Nesse meio tempo, viram passar a sombra de Mestre Sidóneo, que lhes tocou na nuca, com a ponta dos dedos. Imediatamente, viram-se de pé, ao lado do iniciado. Olharam em redor de si. O quadro parecia infinitamente mais claro; no entanto, a paisagem havia-se tornado fluída, com leve tonalidade azul.

Mestre Sidóneo chamou-os. Os dois jovens seguiram-no por uma estrada onde se via muita gente. Lá estavam os que

---

[4] Manuel de Falla (1876–1946) foi um compositor espanhol de música clássica.

tinham morrido pouco antes. Cada uma dessas pessoas parecia inteiramente voltada para as suas preocupações terrenas. Havia os que continuavam a trabalhar nos campos, os que liam, os que dançavam, os que oravam, os que se propunham realizar os seus pequenos sonhos de felicidade. Havia também os que se desesperavam a fumar cachimbadas de mentira, a beber em copos horrivelmente vazios, a espetar nas carnes de sombra agulhas de seringa, perfeitamente inúteis. Viram um assassino conduzindo às costas, pesado como chumbo, o cadáver da vítima. Ouviam-se estrepitosas gargalhadas, uivos de cólera, choro e ranger de dentes. Era o purgatório e o inferno. Mestre Sidóneo disse-lhes:

— Ninguém chega ao céu sem passar por aqui...

Subiram mais e tudo clareou; como que amanhecia. Aí encontraram os namorados absorvidos no seu grande amor; os sábios que haviam passado a vida na luta contra o mistério da vida; os artistas que se tinham sacrificado pela sua arte; as boas mães, os bons filhos, aí viviam docemente. Os esposos, que se haviam amado, reconstruíam aí o seu lar, numa felicidade que duraria o tempo que eles quisessem; os poetas compunham versos estranhos nos quais as frases tinham, de fato, música; todos os que de qualquer forma beneficiaram o seu semelhante aí estavam. Era o paraíso dos que haviam amado, sofrido, amparado a alguém na sua passagem pela terra.

Mestre Sidóneo estava mais acima e chamou-os; quiseram acompanhá-lo, mas não conseguiram. A ladeira tornava-se muito íngreme e a terra — a terra fina do céu — parecia fugir de baixo de seus pés. Então o místico voltou, tomou-lhes as mãos imponderáveis e, depois de mostrar o quadro esplêndido que dali se via, conduziu-os de regresso pela mesma estrada. À medida que desciam, a atmosfera voltava a fazer-se espessa, a terra pedregosa, as cores menos vivas. Em certo ponto, começaram a encontrar os escuros habitantes daquele mundo inferior. Uma mulher aflita, que ali devia estar há mais de um século, contava moedas de ouro. Fazia montes de dinheiro e, quando acabava, tudo aquilo se ia desmoronando, transformando em cinzas. Então, ela recomeçava o trabalho. Havia os que se aborreciam, por não poderem fazer nada. Súbito, passou sobre eles uma nuvem de pombas brancas que escureceu o céu. Mestre Sidóneo sorriu e disse-lhes:

— São almas que descem à terra, para nascer. Certos lares são verdadeiros pombais de almas em flor. Elas esvoaçam por toda parte, fazem grandes voltas em bando sobre as cumieiras!

Estavam chegando à terra. Nuvens vivas e alvas toldavam a paisagem invertida dos jardins: eram elementares que queriam ser flores, borboletas, besouros, cigarras... Depois o quadro, já no nível da matéria bruta, tornou-se outra vez confrangedor: de quando em quando um corpo despedaçado rolava nas correntes etéreas e, vendo-os, sorria, com a boca podre, rasgada até às orelhas. Animais ferozes fugiam de um lado e de outro da estrada, ao gesto branco do Mestre Sidóneo. Em certo ponto, eles sentiram que estavam à altura da planície de onde haviam partido. Dali para baixo, era um abismo espantoso. O mestre mostrou-lhes jaula imensa como um planeta, que se estendia pela terra dentro. As grades eram feitas de matéria luminosa que as sombras acorrentadas não podiam forçar.

— Vocês sabem o que é isto?

Não sabiam.

— Nesta jaula, é que a Divindade mantém os espíritos planetários que nós, na terra, dizemos do mal. Quando a humanidade estaciona e se torna incapaz de evoluir, de acordo com as leis do Amor, a Divindade abre esta jaula e solta algumas das potências das Trevas. Elas precipitam-se no planeta e encarnam-se entre os homens. São os que fazem as guerras, os que desencadeiam os baixos sentimentos, os déspotas e os perseguidores. Eles revolvem o mundo como quem mexe um tacho. Aqui é que se encontram os Herodes, os Átilas, os papas danados, todos os que oprimiram e ensanguentaram a terra. Se a humanidade para no caminho, é preciso sacudi-la, agitá-la, como se faz com um rebanho indolente. Quando estas almas torvas se incorporam na humanidade há uma espécie de pânico universal. A evolução precipita-se, os endurecidos morrem, os capazes sofrem, e nesses rodamoinhos espirituais a humanidade adianta-se de séculos na sua evolução. Dos que aqui se encontram muitos perseguiram a Cristo, desencadearam as Cruzadas, perseguiram os Templários, operaram na Revolução Francesa, espantaram o século passado... Mas, felizmente, estão presos neste momento, até que um dia seja necessário soltar os cães do Senhor.

Os dois olharam por entre as frestas. Na jaula havia sombras mais escuras do que a escuridão. Olhos vítreos espiavam da profundidade. Garras de aço raspavam as grades de luz. Lobrigaram vultos da sinistra dinastia dos Li. Eram Li-Napoon, Li-Ther... Ouviu-se, então, um urro espantoso e uma cara glabra apareceu na jaula. Era meio homem, meio animal. Calvo, gordolhufo, de queixada proeminente e olhos globulosos, a girarem nas órbitas. Embrulhava-se em panos negros e tinha no peito a caveira sobre as tíbias em cruz, emblema das forças do mal.

Ambos gritaram:

— Li-Sonimus!

E acordaram assustados. O mestre também. A assembleia parecia ter suspensa a respiração. Depois de algumas palavras, os bailarinos partiram. Iam perplexos com o que lhes fora dado ver. Mas os seus pensamentos foram perturbados por um homem que estava sentado numa pedra e, ao vê-los passar, chamou-os com ar divertido, feliz. Seguia a doutrina de um certo Jiddu,[5] que vivera no século anterior. Explicado isso, disse-lhes:

— Para quê religião? Vocês já viram um homem fisicamente perfeito andar de muletas? Quem deixa uma religião não deve adotar outra. É como o pássaro que escapa de uma gaiola e, não sabendo o que fazer da liberdade, procura imediatamente outra gaiola. A verdade está no desenvolvimento da individualidade, no despertar, no conceber, no perceber, no intuir as coisas. A contemplação é o caminho. A poesia é a linguagem da alma. Não há nada fora de nós mesmos. Devemos viver não no plano físico, nem no plano espiritual, mas em todos os planos ao mesmo tempo. Viver amplamente. Sermos revolucionariamente nós mesmos. O homem vale pelo perigo que representa para o estabelecido. Nem céu, nem inferno, nem mestre, nem discípu-

---

[5] Refere-se provavelmente a Jiddu Krishnamurti (1895-1986), guru indiano vinculado à teosofia.

los. Um ser que morre é uma flor que se fana, murcha, cai. Nada mais, nada mais...

    Os dois fugiram e o homem sentado na pedra do caminho continuou falando, na ânsia de quebrar todas as formas do pensamento, de romper todos os diques que se antepunham à vida. Esperava que no fim desabrochasse a consciência individual, completa, como uma grande flor. Mas ninguém o ouvia naquela noite estrelada, fria, em que os namorados passeavam pela avenida do lago e os bambus se inclinavam docemente à viração do mar...

V

Os Cabórés

Com o desenvolvimento das máquinas, muitos animais que tanto auxiliaram o homem no seu progresso estão destinados a desaparecer. Esta observação que não é nova pode ser comprovada na vida pacata e comum de Zanzalá. Bois e vacas ainda são encontrados em pequeno número nos estábulos do distrito, embora a maior parte do leite consumido seja vegetal. Os cães, empregados em diversos serviços, também aparecem. Pode mesmo dizer-se que nas noites de lua cheia, as pessoas insones ainda ouvem pela rua o escandaloso namoro dos gatos. Mas, os equinos, os caprinos e os ovinos só podem ser vistos nas páginas da Enciclopédia, ou nas avenidas do Jardim Zoológico.

    Esse jardim, que fica próximo dos Areais, é muito visitado, principalmente nos dias de festa. Professores param diante daqueles bichos, um tanto ariscos, e explicam coisas interessantes a crianças de olhos arregalados:

— Vocês precisam amar e respeitar os animais. Eles representaram importante papel na história do homem, notadamente do homem da América. Nos primeiros séculos da nossa civilização, o transporte terrestre era feito com auxílio dos animais. Ali está aquele cavalinho cor de pinhão...

— O Guaicuru!

Todas as crianças conhecem o cavalinho do Jardim Zoológico.

E o professor continuava:

— ... Sim, o Guaicuru. Ele é descendente de uma nobre estirpe. As estradas eram vencidas nos lombos dos cavalos. Depois, vieram os banguês, os diversos carros urbanos, os veículos de transporte de mercadorias. Houve tempo em que o Brasil produziu dois terços do café consumido no mundo. Esse café era acondicionado em sacos de aniagem e transportado dos armazéns para os navios em carretões puxados por animais desta espécie. Um dia, surgiram carros grandes que trafegavam sobre fitas de aço e aos quais os nossos antepassados chamavam de "bondes". Os primitivos bondes eram também puxados por animais. Os exércitos de todos os países utilizavam milhares e milhares de cavalos para o transporte dos víveres e para os combates. Mas não devemos esquecer o auxílio grandioso que nos prestaram os bois. O primeiro progresso de São Paulo passou por aqui, pelo Zanzalá, arrastado por parelhas de bovinos; os primeiros engenhos, caldeiras de vapor, dínamos elétricos e outras máquinas subiram a serra em pesados e lentos carros-de-bois, daqueles que ainda se encontram nos museus. Foi só quando a eletricidade, o vapor e o motor de explosão se adaptaram às necessidades do transporte que o animal desapareceu. Imaginem vocês que por aquele tempo já havia cidades, como Londres, com seis milhões de habitantes. Seria curioso saber como viviam e eram tratados os incontáveis cavalos utilizados nos transportes urbanos, públicos ou particulares correspondentes às necessidades dessa formidável população. Felizmente, a máquina substituiu a tração animal. Os carros elétricos libertaram milhões de burros; os automóveis, caminhões e aeroplanos libertaram os restantes. E, com o correr dos anos, os equinos foram desaparecendo, a ponto de os governos terem de recolher exemplares nos museus para que a humanidade não perdesse de vista os seus velhos amigos. Com as ovelhas, deu-se quase a mesma coisa. Nossos avós utilizavam a lã dos carneiros para tecer as suas pesadas vestes; utilizavam a sua pele para numerosos artefatos e até mesmo a carne...

— A carne?
— Sim, a carne para alimentação. Nossos antepassados, na sua maioria, alimentavam-se de cadáveres de animais...
— Os índios?
— Os índios e os civilizados.

Aquele cavalinho chamado Guaicuru era o encanto da molecada do Zanzalá. Na mangedoura, havia sempre milho, mas os seus amiguinhos não deixavam de levar-lhe braçadas de capim cortado na beira dos córregos. O Guaicuru, por seu lado, tinha um fraco pelas crianças e pela erva fresca que elas lhe levavam. Era um animal muito inteligente. Contavam-se anedotas a seu respeito. Uma canção popular daquelas que nasciam, floresciam e morriam pelas ruas, espontâneas como o lírio do brejo, cantava a doçura melancólica do bicho aposentado.

Imagine-se, pois, o barulho que fez em todo o distrito esta novidade que, certa manhã, andou de boca em boca:
— Raptaram o Guaicuru!

Foi um sucesso. Grupos de meninos correram logo para o Jardim Zoológico e ficaram pasmados diante do que viram. As cercas de arame haviam sido cortadas com alicate e o animal retirado da cocheira de sapé, onde habitualmente passava horas com o focinho mergulhado na mangedoura, mastigando o penso. Seu rasto podia ser seguido até a Avenida Jabaquara, depois desaparecia no asfalto negro e luzente. Aonde teriam levado o pobre bicho e para quê? Quando a notícia chegou à Escola Municipal, foi um corre-corre, um diz-que-diz-que... Naquele dia, todas as tarefas ficaram em meio, por mais que os professores se esforçassem em manter a criançada em ordem.

À tarde, as ruas e praças do Zanzalá regurgitavam.

Não se falava em outra coisa.

Uma mulher subiu numa pedra e gritou:
— Foram os caborés!

Os circunstantes acharam que a mulher tinha razão. E desde aquele momento, quando se falava no Guaicuru, havia sempre alguém que ficava indignado e repetia a terrível frase:
— Foram os caborés!

Afonso Schmidt

"Caboré" quer dizer homem do mato. Mas, no Zanzalá, ali pelo ano de 2029, quando se falava em caboré, toda gente emprestava a essa palavra um significado particular. Aqui há lugar para uma explicação. No século anterior, antes de ser suspensa a imigração de europeus, tinha-se registrado um fenômeno interessante. Alguns desses povos, nascidos e educados num ambiente de inquietações políticas e guerras, orientados por uma filosofia desumana, se haviam tornado inadaptáveis à vida de trabalho e de concórdia que é tão própria da América. Onde eles estavam surgia logo uma questão, muitas vezes um conflito. A Europa — embora hoje não pareça — já foi um continente civilizado. As ruínas que ainda lá podem ser vistas dão ideia do seu antigo esplendor. Como se sabe, a rápida decadência começou em 1914 e acentuou-se com as guerras que se sucederam. Em 1950, era um montão de ruínas fumegantes. Daí para cá, ficou sendo uma espécie de museu em ponto grande, onde os estudantes de outros continentes vão veranear todos os anos e consultar os arquivos. Hoje, a Europa vive das glórias do passado. Nas conversas, os europeus falam com voz tremida de descobridores, de poetas e de filósofos. Só resta um povo envenenado, inadaptável, que a América e a África recebem com justificada reserva...

Essa gente era encontrada em grande número no litoral, mas a sua atitude tornou-a há muitos anos mal vista nos centros populosos. Por isso, ela isolava-se em povoações perdidas nas dobras da Serra do Mar. Homem civilizado não tinha comércio com europeu. No entanto — e isso era muito da sua conduta — alguns caborés arriscavam-se em frequentes incursões nos distritos mais próximos, fazendo valer armas que ainda eram a sua preocupação, apesar de a humanidade ter evoluído muito no cumprimento do Sermão da Montanha.

O núcleo de caborés mais próximo do Zanzalá chama-se Assunguí e fica entre Piassaguera e o braço do mar, num recanto inutilmente defendido por poderosas máquinas de matar gente. A aldeia está situada à margem de um desses riachos de água vermelha que cortam as praias e se lançam no mar. Daí, talvez, o seu nome que significa — rio de sangue. No Assunguí, vive uma tribo de homens que, depois de alcançarem a civilização, regrediram à barbárie. Moram em sobrados de pedra ou cimento armado, numas gavetas que chamam de apartamentos. Governam-se por uma rígida hierarquia, cheia de complicações e mesuras. Exercitam-se no tiro-ao-alvo e dedicam-se ao jogo de paciência de amealhar rodelinhas de ouro, como os seus ancestrais. São, portanto, anticristãos. O motivo do seu afastamento da vida comum é o apego que têm pelas formas arcaicas, a intolerância, o desejo sempre presente de dar à vida americana formas antiquadas, numa clamorosa incompreensão das belezas da simplicidade.

Frequentemente, os caborés apresentam-se em grupos de três ou quatro no vale do Zanzalá. Quando aparecem mais numerosos, os homens são prevenidos, deixam o trabalho e vão obrigá-los a se dispersarem pelo distrito. Sua presença é sempre recebida com certo receio. É que alardeiam ideias e vícios que a América já deixou muito para trás, no seu progresso. São altos, escarlates, e usam na cabeça umas cápsulas de feltro a que chamam de chapéu, e que muito divertem as crianças. Os cabelos são compridos e a longa barba ruiva chega à altura do umbigo. Usam também roupas grossas e coloridas, de difícil higiene. Quase todos calçam uns canudos de couro para proteger-lhes as pernas, sobre sapatos igualmente de couro. Fumam cachimbo, desmandam-se em bebidas feitas com cereais apodrecidos e muitos deles são carnívoros. Há até no seu meio, segundo se afirma em voz baixa, os antropófagos. Mas, isso deve ser lenda. Em todo caso, aí fica a versão...

Não fazem camaradagem com os habitantes de Zanzalá. Chegam, passeiam, escarnecem das mulheres e crianças que encontram no caminho e, em caindo a tarde, quando os homens voltam do trabalho, tomam cautamente a estrada do Assunguí. São assim os caborés.

Levantada a suspeita de que o Guaicuru fora raptado pelos caborés, alguns homens lembraram-se de que, na véspera, um grupo deles andara pelo vale e ninguém os vira tomar a estrada do reduto. Havia, pois, motivos para atribuir-lhes o fato que alarmava a população do distrito. Discutiu-se muito a tal respeito. E, depois de ouvidos os habitantes de Piassaguera, que não tinham visto os caborés regressarem ao Assunguí, ficou estabelecido com segurança que eles, depois de haverem arrombado o jardim e raptado o cavalo, ter-se-iam escondido em alguma dobra da serra, com sinistros intuitos. Tal convicção generalizou-se. Então, grupos de rapazes e moças tomaram a si a incumbência de procurar os bárbaros e — se ainda fosse tempo — retirar-lhes das garras o pobrezinho do Guaicuru. O rádio botou a boca no mundo. Um apelo insistente convidava a população de todos os recantos a denunciar a passagem dos raptores e de sua presa. Até ao anoitecer, os alto-falantes atroaram os costões azulados da serra. Nada de novo, porém.

Tuca e Zéfiro corriam de um lado para outro, verdadeiramente interessados na sorte do animal. Só conseguiram jantar muito tarde e, assim mesmo, a moça permaneceu abstrata durante a refeição. De quando em quando, sem conformar-se, exclamava:

— Estou com pena do Guaicuru!

Veio a noite. Pelas ruas e praças, ajuntou-se muita gente. De quando em quando, uma voz elevava-se e malsinava os caborés. Sentia-se em toda a população um agudo nervosismo.

Lá pela terceira hora da noite, um moleque qualquer, brincando na avenida que contorna o lago, apontou de repente as bandas do Monge e mostrou aos circunstantes um fio de fumo que subia da parte negra da serra e se perdia no ar parado da noite de luar, clara como o dia. Todos tiveram a mesma ideia.

— Lá estão os caborés!

A descoberta circulou rapidamente pela povoação e dentro de pouco uma gente alegre dirigiu-se para as bandas de cima, em busca do lugar assinalado pelo fio de fumaça. A Avenida Jabaquara encheu-se logo de homens, mulheres e crianças e todos se puseram a correr com o mesmo destino. Queriam saber o que os caborés estavam fazendo do cavalo. Mas o sítio em que eles se encontravam, se de fato eram eles, devia ser muito distante. Já no fim da Avenida Jabaquara, escalaram as escarpas e tomaram por estradas, depois por caminhos, por trilhos, por picadas. E chegaram ao mato. Talvez o último reduto de floresta da Serra de Paranapiacaba. O luar prateava as copas, mas não descia até o chão. Por isso, aquela gente, ansiosa e disposta a ir até o fim, aceitou como guias os que naturalmente já haviam passado por ali mais de uma vez. Entre esses homens estava Zéfiro. Seguia na frente, abrindo caminho com os braços; atrás dele, enroscando-se nos cipós, tropeçando nas pedras soltas, escorregando no limo dos desfiladeiros, caminhavam homens e mulheres. Ouviam-se gritos, pragas e, de quando em quando, cristalinas risadas.

Entraram num caminho velho entre barrancos altos.

Zéfiro parou e disse:

— Estamos na Estrada das Caveiras.

Uma mulher das que o acompanhavam exaltou-se.

— Por que tem ela esse nome?

Destacou-se das trevas um homem grave que conhecia a história da região e falou:

— Eu sei por quê. Vou contar-lhe. Ali por mil oitocentos e trinta e tantos existia lá longe, no chamado Cubatão-de-Cima, um engenho de cana pertencente a Dona Josefa Ferreira Bueno, que ali vivia, em companhia de duas filhas moças e alguns escravos. Essa senhora de engenho parece que não poupava os seus pretos. E tanto fez que, uma tarde, eles se revoltaram. Cheios de cólera, abandonaram a senzala e entraram de roldão pela casa grande. Prenderam Dona Josefa e começaram a torturá-la. Uma das filhas, meio enlouquecida, tomou o caminho de São Vicente, distante algumas léguas, e saiu a correr em busca de auxílio. A outra trepou no fogão e com grande esforço conseguiu esconder-se entre os jacás de toucinho atravessados no fumeiro, onde ficou muito tempo, escapando da cólera dos negros. Quem mais sofreu foi a fazendeira.

— "Pra qui é que sinhá tem este tronco?"

Ela não respondeu; eles amarraram-na no tronco.

— "Pra qui é que sinhá tem este bacaiau?"

Ela continuou muda; eles vesgastaram-na.

Isso durou parte do dia e a noite inteira. Pela madrugada, a filha voltou de São Vicente acompanhada de soldados e capitães-do-mato. Deram o cerco à fazenda, prenderam os escravos e levaram-nos para a cidade. No entanto, durante a viagem,

Afonso Schmidt

muitos deles foram degolados. As cabeças foram espetadas em estacas e estas fincadas ao longo do caminho, onde ficaram por muito tempo. Daí, o nome da Estrada das Caveiras...

Quando o homem terminou, lançou a vista em redor e viu que estava só; a mulher que o interrogava caminhava adiante, seguindo as pegadas de Zéfiro.

Estavam agora num encontro de morros, coberto de mato, onde se ouvia o ruído alegre de uma cachoeira branca. Mas, a floresta apresentava-se escura e eles não quiseram aventurar-se mais longe sem estudar melhor o terreno. Corria, como foi dito, muita lenda a respeito daqueles europeus. Eles eram capazes de recebê-los com o fogo sinistro de suas máquinas de morte. Foram então determinadas algumas providências. Nada de gritos. O menor ruído possível. Então, Zéfiro e os mais afoitos tomaram a incumbência de caminhar à frente, seguidos pela multidão. Assim se fez. Os pioneiros paravam a cada instante, comunicando as suas impressões aos que os seguiam. Em certo ponto, Zéfiro parou com os braços abertos a fim de impedir a marcha dos demais. Esse gesto só poderia ocorrer a um bailarino. Todos pararam. Então ele, afastando com as mãos um galho de aleluia, mostrou qualquer coisa à distância...

A mata terminava bruscamente, seguindo-se pequeno vale de ervas rasteiras com o seu regato, as suas árvores esparsas. No centro dessa larga clareira, intensamente banhada pelo luar, ardia um fogo alegre. Via-se o quadro com todos os pormenores. À beira do fogo estavam sentados dois caborés. Muito próximo, junto a um jacatirão, via-se o cavalo. Dois outros caborés agitavam-se diante dele. Zéfiro estendeu o braço mostrando aquela cena e certamente ia dizer muita coisa, mas só pôde articular estas palavras:

— Chegamos tarde demais!

E era verdade. Um dos caborés que estavam diante do cavalo meteu-lhe uma faca comprida no sangradouro. O animal nem se agitou. Ficou ali parado como bêbado, a inclinar-se para a direita e para a esquerda; depois, abriu as pernas, como se lhe faltasse o equilíbrio. O sangue jorrava. Vendo aquilo, o outro caboré, que devia estar muito embriagado, aproximou-se da fonte improvisada e fazendo concha das mãos começou a beber avidamente o sangue. Nessa operação lambuzou a cara. O matador, ainda com a faca na mão, começou a rir. Ele, como satisfeito, pôs-se a dar grandes cambalhotas na relva, de modo que a comprida barba quase tocava nas compridas botas. Nesse ponto, os dois outros caborés que se mantinham mais afastados aproximaram-se. Um deles, vendo o cavalo cair morto, atirou-se sobre o animal e colou a boca peluda na chaga do sangradouro. Os demais torceram-se de tanto rir.

Foi nesse ponto que prorromperam gritos e assobios na mata, pondo os caborés em fuga. As suas botas escorregaram no limo dos barrancos. E como estivessem mais ou menos cercados, a fuga se lhes tornou difícil; dentro de pouco, eram presos pela gola e arrastados pelo meio do mato. Ainda assim fizeram uso das armas explosivas, mas os tiros perderam-se na noite como estalidos de galhos que se partem. Isso, porém, não amedrontou ninguém e a massa humana levou-os consigo, entre gritos e apupos.

Com as mãos amarradas nas costas, seguiram para o distrito.

Já muito tarde, aquela gente desembocou na Avenida Jabaquara. A notícia da morte do cavalo e da prisão dos caborés havia-se espalhado. Apesar de muito tarde, via-se a população ainda acordada.

As casas estavam abertas e claras. Nas portas, as famílias saudavam com gritos e risadas os excursionistas noturnos. Os caborés iam à frente, fazendo barulho com as botas, as barbas ruivas emaranhadas, enroscadas de folhas e gravetos. Alguns haviam perdido na fuga as cápsulas de feltro a que chamavam de chapéu.

Ninguém perguntou pela sorte que esperava aqueles seres atrasados. Mas, como se o povo tivesse tomado previamente uma resolução, os que os haviam prendido prosseguiram no caminho até alcançarem as imediações de Piassaguera, de onde se ia para o Assunguí. Aí chegando, desamarraram as mãos dos presos. Estes ficaram silenciosos, à espera do castigo que esperavam receber. Mas o povo de Zanzalá não tinha (era uma tradição) a ideia de castigar ninguém. Depois de soltá-los, mandou-os para o seu núcleo perdido nas dobras da serra, convidando-os a não voltarem mais ao vale, sob pena de serem novamente expulsos. Os caborés não esperaram por mais e puseram-se a correr pelo caminho do Assunguí, quanto lhes permitiam as suas compridas e ridículas botas.

Mas aconteceu que era um sábado, véspera do segundo dia de descanso da semana. Por isso, voltando de tão acidentada excursão, os habitantes do vale reuniram-se na avenida que contornava o lago, a fim de melhor discutirem a aventura. Dentro de pouco, não se sabe como, apareceu uma orquestra e quando o relógio do distrito bateu as três badaladas da meia-noite, já se dançava animadamente. As danças prolongaram-se pela noite, até que a luz mortiça da pirâmide se apagou no azul pálido do céu.

VII

Cariçuma

Muito cedo, os dois bailarinos foram passear à borda do lago que circunda a pirâmide do Pai-Sumé. As paisagens da serra e do vale estavam estranhamente nítidas, como se observa nos dias de noroeste. Admiraram as sete estradas cheias de homens e veículos, que coleiam pelas encostas, ou que riscam a planície coberta de mangue cor de azinhavre. O ar cheirava a almêcega, a lírios do brejo, a flor de cambará.

Aragens quentes, espaçadas, vindas das bandas do mar, agitavam os altos bambus, atritando levemente as varas, as folhas compridas e ásperas, tirando-lhes ruídos de fogueira. Zéfiro falou à sua gentil companheira:

— Estamos no verão. O céu amanheceu estriado de rabos-de-galo. Vamos ter vento noroeste.

Tuca pensava em outra coisa:

— Estive ontem no Instituto. O Zanzalá conta atualmente dez mil bailarinos. Acho que devemos procurar outro distrito onde a nossa arte não tenha tantos cultores.

Caminhando assim, passaram pelo marco de pedra onde os meteorologistas afixam diariamente as previsões sobre o tempo. Zéfiro leu em voz alta:

— Zanzalá, 13 de janeiro de 2029... Hoje pela manhã, vento fresco, dois metros por segundo. À tarde, vento forte, oito metros por segundo. Lufadas intermitentes, de três em três minutos. À noite, chuva grossa até ao alvorecer.

O bailarino ficou orgulhoso de ver confirmados seus prognósticos sobre o noroeste e perguntou a Tuca:

— Eu não lhe dizia?

Ao virar a primeira curva da avenida, diante de uma aresta da pirâmide que parecia boiar sobre o lago, a moça segurou com força no braço do companheiro e mostrou um vulto, a vinte braças de distância:

— Que susto!

— Por quê?

— Olhe quem está ali...

Era Flanela, o músico. Muita gente o conhecia no Zanzalá. Nas rodas familiares, contava-se as suas excentricidades. Os bailarinos estavam habituados a vê-lo todas as tardes, sentado na escadaria do Teatro. Era um pobre maluco, que não fazia mal a ninguém. Mas Tuca, sem saber por que, tinha medo dele.

Prosseguiram no caminho. Flanela encontrava-se em pé, à borda da água, o rosto voltado para a serra e, com uma varinha na mão, à guisa de batuta, fingia dirigir a orquestra dos bambus, das cigarras, das avezinhas que chilreavam na folhagem. Passando-lhe, ao pé, cumprimentaram-no, disseram-lhe algumas palavras, mas ele de tão entretido que estava não os viu, não os ouviu. Continuou absorvido na música dispersa.

Era um homem alto e magro, curtido pela vida ao relento. Cabelos compridos, barba emaranhada. Vestia-se ainda menos que o comum dos homens. E não usava calçado. Não tinha companheira, teto ou qualquer coisa que o prendesse ao vale, ou à vida. De seu, só possuía meia dúzia de cadernos de música, e os trazia sempre consigo.

Os bailarinos fizeram o passeio habitual e duas horas depois regressaram pelo mesmo caminho. Flanela ainda lá estava. Mas já não dirigia a orquestra imaginária. Sentara-se num banco, à sombra de um jambolão, e escrevia freneticamente no caderno, enchendo-o de rabiscos a pauta musical. Zéfiro parou e puxou conversa:

— Trabalhando?

O músico acordou e, dando conta da sua presença, pôs-se a rir. Tuca comoveu-se:

— Está compondo alguma coisa?

— Estou. É um concerto, grande como a serra. Mas as notas são poucas e a variedade de sons é enorme. E para lá dos sons estão as ressonâncias. E para lá das ressonâncias há as projeções abstratas...

— Que nome vai dar ao seu concerto?

— "Cariçuma".

— Que quer dizer essa palavra?

— O romper da manhã sobre a serra.

— Em que língua?

— No dialeto das rãs.

Os dois jovens sorriram. Ele, de fato, não regulava bem. Tinha ficado assim por causa de uma mulher. Uma linda história de amor. Os poetas de Zanzalá contaram-na numa canção que, por muito tempo, andou de boca em boca, na música de uma valsa de Brahms. O estribilho começava assim:

Você deve deixar
(Bis)
Que eu volte a ser feliz...

Flanela, durante muitos anos, fora organista da Catedral de São Paulo. Dos quinze aos quarenta anos, viveu exclusivamente para o seu instrumento. Conheceu-lhe todos os mistérios. Tirava-lhe sons e silêncios que outros haviam ignorado. Mas um dia aquela moça pálida, de olhos de ouro, começou a frequentar o templo. Parecia reunir na alma todas as delicadezas. Quando se lhe dirigiu era como se o seu coração estivesse falando. Ao entardecer, entrava no templo e ia sentar-se perto do músico. Conversava com ele. Sorria-lhe em silêncio. E pouco a pouco o organista foi-se deixando prender pela visitante. Certa vez, descobriram que se amavam. Fizeram longos passeios nos jardins, nos bairros velhos. Mas a vida não era aquilo. Ela resolveu casar-se com um patrício, montar casa, ter muitos filhos. E não voltou. Embalde Flanela passou manhãs e tardes inteiras diante do instrumento, tirando-lhe sons velados e profundos que mais pareciam gemidos. A música transcendeu à técnica dos seus dedos. Elevou-se tanto que tocou o limiar do céu. De muitos países, vieram homens e mulheres para ouvi-lo. Uns acharam-no genial, outros julgaram-no louco. Como não mais a encontrasse na cidade, meteu-se pelos campos e pelos matos. Desaparecia semanas inteiras. Nas festas mais pomposas da catedral, o órgão permanecia mudo. Flanela? Flanela? E o instrumento não acordava na sombra, sob as rosas de luz que lhe atiravam por cima os vitrais. Os clérigos acabaram por substituí-lo diante do teclado, da floresta de tubos sonoros. Foi então que ele apareceu no Zanzalá e ali ficou abandonado no vale, esquecido dos homens e de si mesmo. E, com o intuito de encher os seus dias, começou a compor aquele imenso concerto. Para descrevê-lo, andava à cata de harmonias. Sabia a árvore onde, todas as madrugadas, gorjeava um sabiá-coleira. Conhecia o pé de piúva que tinha mais cigarras do que folhas. E a fonte que, se o vento estava de feição, cantava com voz de mulher. A serra não escondia segredos para ele. E era com os segredos da serra que ele, havia trinta anos, compunha o seu concerto...

Os bailarinos, comovidos com a maluquice de Flanela, retomaram o caminho da casa. Decorreram dias, semanas. Certa manhã claríssima, ao abrirem a porta, encontraram o músico sentado na soleira, com os cadernos debaixo do braço. Ele estava radiante:

— Já terminei o concerto!

Os esposos fizeram-no entrar, servindo-lhe café. E enquanto ele fazia ligeira refeição, debruçaram-se no *spartito*,[6] estudando-o, mas sorrindo com tristeza. E conversaram entre si, de modo que o visitante não ouvisse:

— É uma coisa fora de todas as normas!
— Irrealizável!
— Maluca!
— A menos que...
— Eu também pensei nisso...

Então a conversa mudou de tom e dali a pouco os três saíram, dirigindo-se ao Instituto. Pediram uma reunião de diretores, a qual foi marcada para a tarde. A ela compareceram compositores e executores, cujos nomes eram conhecidos e acatados cem léguas em redor. Mas todos conheciam de sobra o Maestro Flanela, quer como organista quer como maluco. Por isso, ao vê-lo, sorriram com tristeza. Um regente chegou a perguntar aos dois bailarinos:

— Que querem vocês que a gente faça com a composição do nosso infeliz colega?

Zéfiro tomou a defesa do maníaco.

— Por que motivo o senhor diz isso?
— Ora, porque ninguém o compreende...
— E a culpa é de quem? Naturalmente dos senhores. Ninguém o compreende porque ele é diferente!

Diante de tais palavras, houve um sussurro pela sala. O diretor, levando em conta a sua opinião, pediu-lhe que mostrasse onde estava a grande inovação de Flanela. Zéfiro abriu o caderno sobre a mesa, pôs-se a folheá-lo, a indicar aqui e ali as belezas que tinha surpreendido na obra do compositor.

O diretor não se convenceu:

— Flanela é um maluco!

Zéfiro, posto em brios, ripostou:

— Flanela é um gênio!

Nesse ponto, a controvérsia pegou fogo. Oitenta composito-

---

[6] Palavra italiana para "partitura musical".

res, trezentos maestros, quatrocentos e nove críticos atiraram-se contra o intruso. Um deles chegou mesmo a lembrar-lhe que, na sua qualidade de bailarino, não devia subir além dos sapatos de ponta. Muitos riram da facécia. Foi marcada outra reunião para a noite. Dela só deveriam participar músicos. Zéfiro entregou o caderno ao diretor e saiu seguido de alguns artistas que — há sempre desses casos — se colocaram a seu lado. A notícia correu pelo vale, despertando curiosidade. A população começou a discutir o concerto. Formaram-se partidos. Pró-Instituto, pró-Flanela. Duas horas depois, na Avenida Jabaquara, apareceu um grupo de populares que chamou logo a atenção dos passantes. Um rapaz, acompanhado por violão e flauta, gorjeou:

> Eu quero ouvir "Cariçuma"
> Do Maestro Flanela...

Dali a pouco, apareceu outro grupo. O dirigente, acompanhado por vários instrumentos, pôs-se a cantar:

> Não quero ouvir "Cariçuma"
> Desse Maestro Flanela...

Quando os grupos se encontraram, irrompeu um conflito. Os passeantes fugiram. E quando a briga terminou, só se viam pelo chão fragmentos de violões, de flautas, de cavaquinhos. Mas foram os instrumentos os únicos a sofrer no embate; quanto aos partidários, escaparam a tempo, sem o mais leve arranhão.

À meia-noite, terminou a reunião do Instituto. Um comunicado foi afixado por todo o vale. Nele, o Instituto declarava não estar disposto a executar o concerto do conhecido Maestro Flanela, por não encontrar no mesmo qualidades que o recomendassem. Esse movimento em favor daquela partitura — insinuava o referido comunicado — era obra de alguns modernistas, descontentes com a conduta austera do grande centro coordenador e orientador dos artistas do Zanzalá.

Tal publicação despertou comentários. Uns pró, outros contra. E naquela mesma noite foi organizada uma comissão encarregada de fazer executar o discutido concerto, mesmo sem o apoio da instituição oficial. Enfim, a obra de Flanela ia ser divulgada. A boa nova espalhou-se logo pelo vale, pelo litoral, pelo planalto, pela América e pela Europa. Os rádios esguelaram-se. De mil pontos do globo chegaram pedidos de informações sobre o maestro, sobre a sua composição, sobre a luta entre os artistas independentes e os diretores do instituto. E o Zanzalá ficou em foco.

Depois de consultar o Instituto de Meteorologia, a Comissão de Artistas Independentes do Zanzalá (C.A.I.Z.) marcou a grande audição para o dia 13 de fevereiro. Por quê? É o que se vai saber linhas adiante. Imediatamente, começaram os trabalhos. Sim, os trabalhos, visto que aquela execução não se parecia com as outras. Sob a direção de Flanela, que de certo modo parecia ter recobrado a razão, foram construídas 178 harpas gigantescas, de nove metros de altura.[7] Umas eram encordoadas com arame de diversas espessuras, outras com lâminas de latão ou de vidro, dispostas obliquamente, como tabuinhas de venezianas. E ainda as havia com fileiras de guizos, de cabaças ocas ou feixes de bastões de cristal. Essas harpas foram postas, escalonadas, nas duas bandas do vale, no brejo, nos lados da pirâmide, nos desvãos dos morros, no cume dos espigões. Das suas caixas de ressonância, saíam fios que eram ligados a imenso órgão situado num pavilhão improvisado no centro do vale. A voz das harpas era difundida por alto-falantes dissimulados nos bosques, nas lapas, nos barrancos, por toda parte. Sentado diante do seu instrumento, o maestro poderia dar voz ou fazer calar qualquer das harpas espalhadas pelo Zanzalá, e — movimentando a posição dos fios e lâminas que as encordoavam — obter delas o som que desejasse.

Aproximava-se a execução do concerto. Não se cuidava de outra coisa. Homens e mulheres rodeavam incessantemente as instalações, fazendo prognósticos. Muitos se interessavam particularmente pelas informações meteorológicas. E se o vento noroeste, pela primeira vez desejado, faltasse ao apelo? Mas os meteorologistas, também eles desejosos de ouvir a música de Flanela, começaram a apresentar as suas previsões. Diziam elas: "Dia 13 de fevereiro de 2029 — calor intenso — Ao alvorecer, iniciar-se-á o noroeste. — Ondas frequentes, de 8 e 10 metros

---

[7] A descrição é a da "harpa eólica", um instrumento conhecido do mundo antigo, redescoberto no século XVII. Ganhou popularidade durante o Romantismo.

por segundo, soprarão sobre o vale. — Essa primeira refrega durará até ao nascer do sol, depois o vento mudará de quadrante." Zéfiro e Flanela estavam diante do marco de pedra, vendo o funcionário afixar os avisos.

— O vento virá como você deseja? — perguntou Zéfiro.

E o maníaco:

— Sim. Como se eu tivesse encomendado ao céu, sob medida...

Os homens do Instituto de Música reuniam-se todas as tardes na avenida dos bambus, próxima ao lago, e chefiavam a chusma que não acreditava no êxito do concerto. Eles mostravam as harpas espalhadas pelo vale e pela serra, vestidas com a sua túnica de pano branco, como instrumentos que ainda estivessem encapados, e diziam: "O vento passará e elas permanecerão mudas. Se algum som for obtido, não se parecerá em nada com aquele que o maestro deseja. Tanta gente a trabalhar inutilmente, para chegar ao maior fracasso de que há notícia nos anais do Zanzalá..." Certa noite, ao verem Flanela trepar numa árvore para instalar ali o microfone destinado a captar a voz de um sabiá, deram-lhe ruidosa vaia. Logo depois, num bosque, onde o maestro fazia a mesma coisa para irradiar o zinido das cigarras, meninotes suspeitos de servirem à política do Instituto atiraram-lhe pedras. E Flanela, sem interromper o trabalho, riu-se deles.

Dia 12 de fevereiro — um dia claríssimo. Chegou a noite. A Comissão de Artistas Independentes do Zanzalá (c.a.i.z.) dobrou de atividade. Zéfiro e Tuca puseram-se à frente dos dez mil bailarinos do vale e depois de uma reunião na Praça Vicente de Carvalho, dispersaram-se pelas estradas que subiam a serra ou que desciam o vale. Eram homens e mulheres que, a par de artistas, exerciam profissões correntes no distrito. Levavam às costas, presa por correias, a roupa com que deviam tomar parte no bailado. Como a serra estivesse escura, conduziam lanternas. Na Avenida Martins Fontes, um rádio gritou:

— Lá vão os vaga-lumes! Lá vão os vaga-lumes!

E os oposicionistas do Instituto riram gostosamente daquela comparação. Mas o Zanzalá, por aquela altura, já estava tomado pelos turistas. Eles procediam do Norte e do Sul, do Leste e do Oeste. Havia uma semana que as estradas, durante o dia, se apresentavam apinhadas de homens e veículos. Legiões de pedestres espalhavam-se pelas grotas, pelos desvãos de morros. Ônibus aéreos desciam de minuto em minuto nos campos Xavier da Silveira e João Guerra. Ou nos Parques Ângelo Sousa e Fábio Montenegro. Deles desembarcavam chusmas de curiosos. Na Esplanada Paulo Gonçalves, foi improvisado imenso barracão para abrigar os duzentos poetas estrangeiros que tinham vindo ao Zanzalá para assistir ao concerto. Na planície, ali pela altura do Distrito de Areais, surgira da noite para o dia um aglomerado de tendas de campanha. Os panos eram de cor. A cidade efêmera mais parecia um canteiro de dálias.

Meia-noite. Calor intenso. Céu limpo, faulhante de estrelas. De espaço a espaço, um hálito escaldante, característico, acariciava o rosto dos espectadores, agitava levemente as varas dos bambus. Os rádios e televisores anunciavam a aproximação do concerto. Ouvia-se a voz dos locutores:

— Começará ao alvorecer, com a primeira lufada do noroeste. O Maestro Flanela está no seu pavilhão, diante do instrumento, rodeado de músicos e escritores de toda a América, que lhe pedem informações. O Instituto está em sessão permanente. Entre os seus membros, até há pouco convictos do fracasso de "Cariçuma", começam a surgir vozes discordantes. Lá mesmo há quem acredite naquilo a que ainda ontem chamavam desvario.

Duas horas depois, ouviu-se grande voz:

— O Instituto de Meteorologia confirma o prognóstico sobre a chegada do vento, a intensidade e a frequência das lufadas.

Essa notícia foi recebida com aclamações. Pelo mar de vozes que se ergueram na noite, a assistência foi avaliada em mais de um milhão de pessoas.

Quando o céu entrou de fazer-se carmesim na direção do mar, a mesma grande voz passou de novo sobre a treva palpitante de almas:

— Dentro de vinte minutos o Zanzalá será varrido pela primeira lufada do noroeste!

Então, fez-se um pesado silêncio de expectativa. Só se ouvia, apagadamente, o sussurro dos bambuais. Um bando de pássaros gritadores atravessou o céu, do Norte para o Sul. Uma cigarra acendeu a sua lâmpada de som. Milhares de curiosos correram, batendo os pés, à procura dos melhores pontos de observação.

Começou a clarear, rapidamente. A paisagem tumultuosa da serra desenrolou-se no fundo azul do céu. Na encosta do vale, tornaram-se visíveis na atitude de pernaltas meditativos, os vultos brancos das harpas. As avenidas que contornam o Zanzalá pareciam assentos de arquibancada gigantesca. Apresentavam linhas tremulas e coloridas. Era a multidão de espectadores. Pelas encostas, as sete estradas eram como claros desenhos decorativos. De repente, subiu para o ar um rojão que, no alto, explodiu, desmanchando-se em rosas de luz.

— Vai começar! Vai começar!

Flanela, diante do grande órgão, teve medo. Foi a primeira vez que isso lhe aconteceu, depois que anunciara "Cariçuma". Dirigiu-se ao painel elétrico instalado na parede e começou a apertar botões. A cada botão, que calcava, uma harpa desnudava-se lá longe. E assim, uma a uma, elas foram despindo no vale e na serra as túnicas que vestiam. Dentro de pouco, as harpas apareceram nuas, vibráteis, expondo à claridade do alvorecer a nervatura paralela de metal e vidro. Mas permaneciam mudas.

Os que olhavam para a banda do mar viram a vegetação mudar de cor. Era o vento que emborcava pela garganta do Zanzalá. A onda foi-se aproximando, aproximando... A primeira lufada chegou muito fraca. Os bambuais inclinaram-se numa vênia, como a saudar o vento. E só se ouviu pela encosta um lamento abafado e profundo, como se todos os homens da terra tivessem gemido. Flanela exaltou-se. Começou a correr de um lado para outro do órgão. Apertava pedais, martelava teclas.

Veio a segunda lufada. Os bambuais inclinaram-se novamente, as bananeiras mostraram o avesso das folhas. Guirlandas de sons, multiplicados ao infinito, arrastaram-se pelo Zanzalá. E aquele conjunto harmonioso subia, descia, perdia-se no espaço, abismava-se nas grotas, como se a serra de Santos tivesse sido transformada num grande órgão. Era uma missa cantada, em pleno céu. Depois, o vento passou, a massa musical apagou-se. Mas não se fez silêncio. No *ad libitum*,[8] um sabiá cantou. Cantou em toda parte, como se estivesse ali mesmo. Os habitantes do Zanzalá conheciam-no; era o coleirinha que todas as manhãs gorjeava no pau d'alho, perto do rio.

    Terceira lufada. Começou com sons baixos e graves, lembrando o marulho das águas nas pedras cavadas do Itaipu. Foi-se erguendo, aos poucos. Encheu o âmbito cristalino da manhã. Era como se todas as árvores, ao invés de folhas, de flores e de frutos, estivessem cobertas de guizos. De guizos de ouro. Foi-se erguendo cada vez mais. Arqueou-se sobre os abismos onde manchas de sol alternavam com aglomerados de nuvens. Acabou por se tornar um arco-íris, onde os ouvidos distinguiam os sete sons e as almas, os sete silêncios que estão para lá da música. As aves maravilharam-se com aquilo. Então, de cada copa subiu para o ar pelo menos um casal de pássaros. Grandes e pequenos. De todas as cores. Suas asas douradas projetaram sombras trêmulas sobre a encosta, sobre o público perplexo. Das devezas elevaram-se igualmente todos os besouros, todas as borboletas, todos os pequenos insetos. Nuvens trêmulas de abelhas ergueram-se à guisa do fumo das fogueiras. Era como se as corolas da serra tivessem criado asas e, a um chamado do sol, fugissem dos seus pedúnculos! E a terceira lufada esmoreceu, passou. Cavou-se um grande silêncio azul. E nesse silêncio ficou apenas a cigarra. Era uma nota estrídula, cristalina, maravilhosa, que enchia a terra e o céu.

    Flanela, diante do órgão, dançava uma dança estrambólica. Corria de um lado para outro, com a obsessão das teclas e dos pedais. Parecia mais esquelético, mais felpudo de barbas e de cabelos; movendo-se freneticamente, agitava andrajos escarlates. Aqui, apertava amorosamente uma tecla, ali esmurrava outra, para vencer-lhe a resistência. Esses gestos iam repercutir lá longe. Uma harpa cantava, outra calava-se. Flanela trepava sobre pedais que afundavam lentamente com o seu peso, mudando a inclinação das fitas de latão ou de cristal que deveriam produzir determinado som à chegada do vento. A cada corrida, e cada instante de equilíbrio sobre os braços de ferro que avançavam por baixo do instrumento, a orquestra mudava de tom, abriam-

---

[8] Trechos de uma composição musical considerados opcionais.

se comportas de sons e novas torrentes harmônicas desaguavam no rio imenso do seu concerto.

Foi amanhecendo. Na arquibancada constituída pelas avenidas que desciam do planalto margeando a encosta da serra, nas sete estradas sinuosas que coleavam nítidas por entre os espigões cobertos de bruma, na planície do mangue com placas metálicas de águas mortas, comprimia-se a multidão que durante a semana chegara de todo o continente para assistir "Cariçuma". A música tinha arrebatado as almas. Homens e mulheres permaneciam imóveis, como no templo. Entre uma lufada e outra, quando tudo silenciava para ouvir em primeiro plano o canto do sabiá, o zunido da cigarra ou o amuidar dos galos, isto é, quando o maestro virava a folha do seu caderno, passando do *andantino* para o *allegro ma non troppo*,[9] a grande voz se fazia ouvir, em tom grave, explicando com poucas palavras as intenções do compositor. Essa voz vinha da Casa dos Poetas. Eram frequentes as expressões "concerto sobrenatural", ou "música abstrata"...

Entre o quarto e o quinto movimento da *suite*, abriram-se buracos nas nuvens, apareceu o sol, torrentes de ouro fluído projetaram-se oblíquas sobre a serra. No costão de barro vidrado, onde se erguiam as silhuetas dos estabelecimentos públicos, apareceram manchas amarelas formigantes de veículos, de homens e bichos. Os sete caminhos do planalto e da palude tornaram-se resplandescentes. Foi então que, ao longo dessas vias, sinuosas e nítidas, surgiram manchas coloridas, feitas de figuras humanas, vestidas como de corolas. Elas apareceram entre os espigões da serra, entre o azinhavre do mangue e, oscilando, aproximaram-se do centro do vale. A distância fazia-as minúsculas; suas roupagens fortemente coloridas davam-lhes aparências de flores. Todos os lírios do brejo, os jacatirões, as aleluias, as flores de São João tinham caído de suas hastes e vinham para o vale. Eram os bailarinos. Zéfiro e Tuca dirigiram o *ballet* do amanhecer na Serra de Santos. Vinham vindo, vinham vindo. Quando chegaram nas imediações da pirâmide, encontraram-se, formaram largo círculo, giraram ao redor do lago, desenharam figuras geométricas e, como impelidas por nova lufada de noroeste, perderam-se na sombra dos bambuais.

---

[9] Respectivamente, um tempo mais rápido que o andante e mais lento que o moderato, e "rápido, mas não muito"; movimentos de uma composição musical.

A voz das águas do Itutinga tinha sido captada; era uma cachoeira maravilhosa, cascateando sons límpidos. Ela estava em toda parte. Era como se as nuvens brancas tivessem escancarado as suas comportas e chovesse cristal sobre a serra.

Depois, fez-se novo silêncio para se ouvir o conjunto das aves assustadas, voando e revoando no Zanzalá. Sobre esse fundo constituído de bater de asas, de gritos de susto e de alegres cânticos matinais, delineou-se em primeiro plano o toque do sino da capelinha de Santa Cruz.

Quando passou a derradeira lufada do noroeste, como havia sido anunciado pelos meteorologistas, a serra ergueu um novo hino. Era largo e profundo, como se todas as pedras, as árvores, as fontes, as sombras e as claridades tivessem cobrado voz e estivessem cantando. A última parte do concerto morreu afogada na luz de um cálido dia de noroeste, como se fora a *coda* daquela composição musical. Um clamor partiu dos contrafortes, subiu pelos morros, pelas encostas, galgou os espigões, demorou-se na gigantesca arquibancada das avenidas e perdeu-se no rebordo do planalto. Eram as aclamações ao maestro, aos bailarinos.

Todos os rádios falaram. Todos os quadros informativos lampejaram cenas recebidas do fim do mundo. E a multidão inteirou-se de que Nova York, Londres, Moscou e Singapura tinham interrompido o trabalho, ou o sono, a fim de correrem para as ruas e ouvirem as transmissões públicas do concerto do Maestro Flanela. A multidão reunida no Zanzalá quis conhecê-lo. Houve uma corrida geral para o pavilhão em que ele dirigira o concerto, na Praça Paulo Gonçalves. Foi uma demonstração alegre e ruidosa. Quando Flanela saiu e viu aquilo, mostrou-se acanhado, pôs-se a rir sem graça, como criança apanhada em travessura. Os amigos conduziram-no, muito atarantado, pelo meio da massa popular até ao Instituto onde, dessa vez, foi recebido com todas as honras. Cada um dos membros começou assim o seu discurso:

— Eu sempre fui um admirador fanático do Professor Flanela...

Mas o coitado tinha vindo ao mundo apenas para compor e dirigir pela primeira vez o discutido concerto. Meses depois morreu. Foi enterrado na grota, ao pé da fonte, debaixo do pé de jambolão. Daí para o futuro tem sido lembrado muitas vezes.

Não só pelos músicos, mas pelo povo de Zanzalá. Nos dias de noroeste em que a serra amanhece muito bonita, em que as aves cantam e as cigarras zinem como loucas, há sempre uma velha que sorria e diga:

— Manhã de glória nos sete caminhos!

Alguns estudiosos vêem nessa frase uma alusão remota ao concerto do Maestro Flanela, nos idos de fevereiro de 2029.

VI

A Insurreição

Os habitantes do vale, com a exceção do concerto "Cariçuma", que tanto os agitou, esqueceram o rapto e a morte do cavalo "Guaicuru". No entanto, logo depois, deu-se um acontecimento previsto por velhos tidos na conta de visionários. Refiro-me à insurreição dos caborés.

Certa manhã, começaram a produzir-se estrondos lá para as bandas do mar. Que seria? Talvez a Prefeitura estivesse arrebentando pedras nos morros. Como os estrondos continuassem, muitas pessoas saíram de casa e foram para a rua, a fim de saber do que se tratava. Um projétil, vindo de Piassaguera, abriu largo rombo na Avenida Atlântico.

Os rádios começaram a anunciar coisas alarmantes e no vidro fosco dos televisores os repórteres projetaram cenas de uma autêntica invasão armada, como só eram vistas nas ilustrações antigas, que amareleciam nos museus. Aquilo divertiu muito os habitantes do Zanzalá. Os noventa aparelhos públicos, situados nas praças e nos pérgolas das avenidas, ficaram logo rodeados de curiosos que, de olhos arregalados, se puseram a admirar esse espetáculo anacrônico: uma rebelião. Sim, o que se estava passando era nada menos que uma insurreição de europeus da pior espécie, isto é, daqueles que ao longo dos séculos não haviam sido assimilados pelo Zanzalá.

Os homens atrasados apareciam nos televisores em formações compactas, com os capacetes de aço brilhando ao sol e, na rápida avançada, iam formando núcleos para onde eram conduzidas máquinas de guerra. Desses núcleos, depois de fortificados, partiam outras linhas de homens, marchando num ritmo sacudido, e mais adiante estabeleciam novas posições. Bandeiras tremulavam no ar. Bandas de música executavam marchas heroicas. Trogloditas de cartola arengavam às massas:

— Polo rey e pola grey![10]
Uma festa para os zanzalianos de 2029.

Parecia que aquela parte do vale tinha sido transformada em tabuleiro de xadrez e que o enxadrista misterioso, colocado não se sabia onde, ia sobre ele desenvolvendo jogo lento, com lances certos. Numerosas plantações de cereais, dentro de algumas horas, estavam em seu poder. As demais equipes de trabalhadores eram como raspadas dos campos, reunidas e atiradas violentamente para o centro do vale. E a marcha dos homens uniformizados, rebrilhantes de metais, continuava ininterrupta.

As primeiras casas foram alcançadas e os seus habitantes, postos em fuga, começaram a chegar arquejantes, com filhos ao colo, no Largo da Pirâmide. A verdade é que a maioria da população não sabia explicar aquilo.

Uns perguntavam:

— Que quererão eles?

Outros afirmavam:

— Vingam-se do que lhes fizemos, por causa do rapto do Guaicuru.

E ainda havia os que ponderavam:

— Vão ver que querem ficar com as terras do distrito e comer-nos moqueados, como é seu costume...

Na altura dos Areais, houve ligeira resistência por parte dos tiradores de folhas de mangue, que investiram de remo em punho contra a horda de invasores. Então, as máquinas de matar estralejaram e os homens caíram por terra, atorados pela cintu-

---

[10] Lema antigo, que pode significar "pelo rei e pela nação".

ra, tão unidas eram as balas que neles haviam acertado.

Esses fatos foram noticiados pelo rádio, mostrados com pormenores pelos televisores. Como era natural, sobreveio o terror. Surgiram os primeiros homens e mulheres correndo de um lado para outro. Uma jovem pôs-se a gritar com o filho apertado ao colo. Das pequenas ruas, o povo desembocava nas grandes avenidas Jabaquara, América, Atlântico e Paranapiacaba. Nas largas artérias, já àquela hora toldadas pelo crepúsculo, a massa popular subia, descia e, por último, ia reunir-se nas praças, duras de gente.

Um avião negro apareceu lá para as bandas do Assunguí, pairou algum tempo sobre o vale e depois deixou cair obuses sobre a cúpula escura do Instituto Sanitário que, com os seus 76 andares, parecia mais alto do que a serra. Ouviu-se um estrondo de fim de mundo. Chamas violáceas lamberam as nuvens. O bloco arquitetônico partiu-se pela altura do 30º andar; a parte superior pendeu sobre o vale e desabou num caos de poeira avermelhada. O choque pareceu abalar as montanhas. Quando a nuvem de pó se dissipou, só se via a parte inferior do edifício, que havia permanecido de pé, de paredes irregulares, como um vaso de barro desbeiçado a martelo.

Meia hora depois, o avião reapareceu no horizonte, voou sobre o ápice da pirâmide e desovou obuses. A cada um deles que caía seguia-se um clarão lívido e um estrondo de abalar céus e terras; depois, no quadro dourado do poente, a pirâmide apareceu deformada, com as arestas comidas por imensos buracos.

Veio a noite. Embalde a mão do eletricista puxou a alavanca de iluminação pública, que fazia abrir no vale um milhão de luminosas magnólias. Seu gesto perdeu-se inútil. A central elétrica devia estar destruída, pois o vale permaneceu às escuras. Nos lares mais intactos, mãos ansiosas procuraram sintonizar as lâmpadas, mas o espaço parecia morto; as lâmpadas continuaram apagadas, aquela noite não se parecia com as noites do vale, tão alegres, tão cheias de músicas e risadas. Só se ouvia a gritaria da gente que passava pela rua numa corrida doida, e o soturno bater de um invisível martelo que ia destruindo tudo, os palácios e os monumentos. Em diversos pontos, subiam colunas de fumo e as nuvens baixas pareciam lambuzadas de sangue.

Ao longo da noite, num desejo invencível de fugir para algum lugar, o povo abandonou as avenidas e reuniu-se nas praças da Pirâmide, do Monge, da Grota Funda. Muitas famílias haviam tomado os atalhos, perdendo-se nas últimas florestas da serra. Zéfiro, Tuca e os sogros, também espavoridos pelo que viam, tentaram fugir pelo Alto da Serra, ganhando a planície. Mas, depois de algumas horas de difícil caminho, compreenderam que o seu propósito não era viável. É que lá em cima, no ângulo do vale, estava assestado um verdadeiro ninho de máquinas de morte, daquelas que davam tiros tão unidos que ceifavam os homens pela cintura. Outros, antes deles, menos felizes, haviam feito a mesma tentativa. Tinham sido mortos. À luz de uma lanterna, viam pilhas de cadáveres, ou de feridos que rolavam pelo pendor da serra, pedindo um pouco de água nas vascas da agonia.

Olharam para trás. O vale estava inteiramente amortalhado nas trevas. Lá embaixo, só se viam clarões de incêndios. Só se escutava a voz soturna do canhão, dessa palavra que, perdida nos porões da história, voltara à voga da noite para o dia. Enchendo esse compasso profundo, erguia-se o matraquear incessante dos tiros-de-leque. Apesar disso, Zéfiro e seus companheiros de fuga resolveram descer pelo mesmo caminho.

A cada passo, encontrava grupos de homens enlouquecidos de pavor que procuravam, numa última esperança, ganhar as planícies de serra acima. Então ele levantava a lanterna à altura da cabeça, para ver e ser visto, e explicava a situação que era de cerco, a proximidade inquietante das máquinas de morte instaladas à retaguarda da população. Os fugitivos não agradeciam, nem comentavam, mas retrocediam no mesmo pé, escondendo na noite a sua espantosa angústia.

Já embaixo, na Grota Funda, viu compacta multidão iluminada por poderosos refletores. Essa gente estava diante de um televisor e ansiosamente ouvia a voz do informador paulistano:

— A notícia da rebelião dos caborés no Vale do Zanzalá encheu de curiosidade o país inteiro, as Repúblicas vizinhas, o

Continente. É um episódio que lembra ao vivo o fim das civilizações que precederam a nossa. Organizam-se neste momento, por toda parte, imensas caravanas para assisti-la. O governo decretou feriado por uma semana. O ambiente é de festas. Nada menos de 800 universidades seguem neste momento para o Zanzalá, a fim de que seus alunos possam assistir *in loco* a esse pitoresco espetáculo a que os antigos chamavam de "guerra". Trata-se de fazer o possível para que a insurreição não termine até amanhã, depois do meio-dia, e que as cenas características não se interrompam tão depressa. O continente está com inveja do Zanzalá, terra feliz que goza neste momento de um espetáculo que o homem moderno, organizado por uma civilização prosaica, não mais sonhava assistir...

O locutor prosseguiu nesse tom otimista de admirável bom humor, e os fugitivos não quiseram mais ouvi-lo, recomeçando a atormentada viagem. Mais adiante, procuraram orientar-se na escuridão e já não viram a luz pálida da pirâmide, que havia meio século guiava os viajantes da terra. Sem aquela luz, o vale parecia perdido entre a terra e o céu, martelado pelo canhoneio, lambido pelos incêndios. Uma angústia, uma angústia...

Andaram mais algumas horas. Na Praça Monge, novo ajuntamento, novo televisor, novas notícias irradiadas da Capital:

— ... A curiosidade pública está no auge. A esta Capital, estão chegando por todos os meios de transporte incansáveis turistas que se destinam ao Zanzalá, cuja povoação está sendo arrasada pelos caborés. Na Estrada do Mar, movimenta-se uma quádrupla fila de veículos em demanda do privilegiado vale. Ao amanhecer, seguirão para lá numerosos comboios aéreos, conduzindo famílias. Do Rio de Janeiro, de Montevidéu e de Buenos Aires partem incessantemente aviões com turistas. O Instituto Central de Artes está em pleno funcionamento, apesar da hora adiantada da noite. Já foram retiradas até este momento 91.014 caixas de tintas para pintura; 18.114 máquinas fotográficas; 128.745 rolos de filmes. O número de metros de celulóide cinematográfico já atinge a mais de um milhão. A Capital, com o êxodo dos veículos, começa a lutar com a falta de transportes. O governo está reunido para tratar desse problema intercorrente. Serão tomadas providências enérgicas...

Os quatro fugitivos de torna-viagem prosseguiram o seu caminho pela noite. Logo depois, pararam. No aceiro da planície, esbarraram numa espessa muralha humana que recuava lentamente. Era toda a população que, empurrada pelos invasores, ia pouco a pouco se encurralando ali. De quando em quando, uma rajada de metralhadora fazia um rombo na multidão. Passada a refrega, retirados os mortos, a vaga humana se unia de novo. Os caborés saíam com frequência de suas posições e imiscuíam-se entre aquela gente, dando ordem, ameaçando com gestos coléricos.

Tuca havia desfalecido de cansaço. Zéfiro tomou-a nos braços e carregou-a para um canto da avenida, ao pé da grande escadaria. Deitou-a num tufo de tanchagem e foi buscar água, nas mãos em concha; João Antônio e Maria Balbina ficaram inclinados sobre Tuca, e não mais perceberam as coisas que se foram desenrolando pela noite. Ao vir a madrugada, o vale inteiro já se encontrava em poder dos caborés. Sem o sentir, seus habitantes tinham ficado prisioneiros dos bárbaros. Ali pela segunda hora, cessou completamente o bombardeio; só se ouviam tiros esparsos num mundo pálido que começava a emergir lentamente das trevas. Depois cessou tudo. A invasão estava feita e naturalmente os caborés tratavam de assegurar as posições, preparando-se ao mesmo tempo para resistir às forças que, fatalmente, deveriam descer da banda de cima, onde a massa escura da Serra do Mar, com seu colar de neblinas, se recortava na lâmina luzente do céu.

À terceira hora, alvorecia; quem estivesse postado no ângulo superior do vale e olhasse para as bandas do mar, veria um largo cenário de devastação sobre o qual haviam passado, num tropel, todas as fúrias do inferno. Por cima do Zanzalá, tão alegre, tão farto, pairava uma infinita tristeza. Foi precisamente nessa hora que começou a segunda fase da histórica rebelião dos caborés, em 2029. E os que não a viram como nós, no salão de espelhos do tempo, onde não há passado nem futuro, dificilmente poderão acreditar nas coisas que se seguiram...

Zanzalá

À primeira claridade da manhã, um avião de passeio saiu da sombra escura da serra e pairou docemente sobre o vale. Era o primeiro curioso que chegava. Então, um tiro partiu lá do fundo e feriu-o de morte; o aparelho largou-se desamparado no espaço, e foi amontoar-se entre dois morros. Logo depois, talvez ignorando a sorte do primeiro, três belos aeroplanos apareceram no céu gris, deslizando sobre as ruínas do Instituto Sanitário. Novo tiro e um deles, desgovernado, afocinhou em linha reta na Avenida Jabaquara, de onde subiu uma nuvem de poeira. Os outros continuaram no seu passeio matinal. Ainda novo tiro e outro aparelho caiu em ziguezague, como pássaro mal-ferido.

Ao mesmo tempo, numerosos bandos de asas, como uma poeira de ouro à primeira claridade do sol, avançaram da serra sobre os abismos do vale. De minuto em minuto, ouvia-se um tiro e um avião precipitava-se ao solo. Mas, em seu lugar, chegavam dez, vinte, cinquenta, cem... Do lado do mar, começaram a chegar também umas galenas aéreas, de duzentos passageiros, que voavam lentamente pelo céu, como em excursão de turismo. Logo depois, esses aparelhos foram pousando pelos campos, pelos morros, pelas avenidas. A cada aterrissagem, seguia-se uma cena espantosa: grupos de cabórés corriam para os aparelhos e incendiavam-nos; ao mesmo tempo, outros bárbaros investiam contra os tripulantes e passageiros, trucidando-os. Isso foi feito com um, com dez, com trinta aparelhos... Mas dentro de pouco eram tantos a pousar em terra que os homens cabeludos, barbados e de botas não venceram matar tanta gente.

Já dia claro, o centro de atividade dos insurretos foi-se deslocando para a encruzilhada do Assunguí, onde uma compacta multidão chegada de Santos, armada de máquinas fotográficas, de câmaras, de blocos de papel e de lápis, ameaçava romper as suas linhas exaustas pelo trabalho da noite. Ouvia-se novamente o pipocar dos tiros. Dentro de pouco, o estralejar das metralhadoras, numa nuvem dourada de poeira. A multidão desfalcada recuou. Mas foi então que, do lado de cima, pelas névoas da Grota Funda, despenhou-se pela serra uma massa escura de homens e carros. Ouviu-se uma gritaria infernal. E a mó de gente e de veículos foi descendo, descendo, empurrando as linhas dos caborés. Ainda mais adiante, já no Monge, houve uma tentativa de resistência, com metralhadoras, mas a onda humana levou tudo de roldão, desembocando na planície e espalhando-se nela com gritos de alegria, dobrados pelas bandas de música e canções festivas.

Quando soaram as badaladas do meio-dia, o quadro já tinha mudado: grupos de homens e mulheres corriam pelo bosque à caça dos caborés. E quando estes passavam pelas ruas, a correr, sem o cabuloso chapéu e com as botas enlameadas, as crianças escangalhavam-se de rir. Então, o povo segurava-os pelas barbas ruivas e arrastava-os para o Depósito Geral, onde eram confiados às famílias que se interessavam pela sua reeducação. Ao entregá-los, depois de formalidades que asseguravam acolhimento paternal, com a responsabilidade de tutores, o empregado dava instruções sobre o tratamento que lhes devia ser preliminarmente dispensado:

— Antes de tudo, cavalheiro, cortam-se-lhes a barba e o cabelo. Depois, substitui-se essa roupa anacrônica por um traje simples e higiênico, que não prive o corpo dos benefícios do sol e do oxigênio. Mais tarde, com os devidos cuidados, descalçam-se-lhes as botas. Quando as mesmas estiverem muito aderidas ao corpo, é recomendável amolecê-las numa imersão de água morna. Por fim, um banho que deve ser prolongado, pois o perigo de um golpe anafilático em tais casos é lenda do passado que pertence ao domínio da História...

Nesse ponto, um sujeito neurastênico desceu de um aeroplano e pôs-se a ameaçar céus e terras:

— Vocês me intrujaram! Foi para isto que me fizeram voar a noite inteira? Onde se viu uma invasão de bárbaros que termina no dia seguinte?

E o vale entregou-se aos trabalhos de reparação dos danos praticados pelos caborés. Dentro de um mês, a vida já havia voltado à sua normalidade feliz, à luz do sol, à doçura dos bambuais, ao sopro cálido e mau conselheiro do vento noroeste...

VIII
A Lenda de umas Flores sem Nome

Estava-se em março, o mês de céus claros e ares limpos. A serra, de um vermelho de pote, listada de altas construções, mostrava de espaço a espaço as manchas escuras dos últimos bosques; e nesses tufos de verdura havia escorrido a tinta amarela das aleluias. Ouviam-se o ciciar do vento, o grito timpânico das arapongas e o canto daquele sabiá que, onde quer que a gente esteja, parece ser sempre o único sabiá de toda a serra.

Entardecia. Uma infinita paz reinava sobre a terra. As próprias árvores mostravam-se quietas e silentes, estendendo compridas sombras pelos caminhos. A Rua LVII parecia amodorrada. Os moleques brincavam nos terrenos vagos. Uma mulher cantava alhures, embalando o filho. Rac-rac... rac-rac... rac-rac...

Padre Benedito saiu da casa de Tuca.

Parou diante do muro todo florido pelas trepadeiras sem nome.

Aquela trepadeira tinha sido a preocupação de Tuca durante os últimos meses de existência. Tinha plantado o ramo colhido no barranco na mesma tarde em que ele lho dera. Regara-o diariamente. E a planta plebeia, que floria boemiamente pelos caminhos, ao sentir-se assim tratada, mostrou-se grata, viçou, enredou o muro e cobriu-o de campainhas azuis. Dava gosto ver aquele muro. Quem passava pela rua, parava encantado diante dele.

Uma moça debruçou-se na janela e falou-lhe:

— Bênção, Padre Benedito. Como vai a doente?

— Deus te abençoe, menina. Ela extingue-se aos poucos, sorrindo para a vida...

— A pobre...

— Faça-se a divina vontade...

E Padre Bendito voltou para a sua chácara, mesmo ao pé da Santa Cruz. Ia falando só, em voz baixa:

Hi flores sine nomen...
Hi coeruleas flores...
In se coelum est...

Já no fim da rua parou um instante, tirou um livrinho das dobras da batina e escreveu qualquer coisa. Com certeza tinha encontrado o verso daquela tarde para o seu poema latino em louvar da Virgem. Depois, seguiu mais apressado, perdendo-se entre os jacatirões de um bosque plantado no fim da rua.

Daí a pouco, um músico que voltava do teatro, com a caixa de violino, subia a Rua LVII e entrou na casa de Tuca. Logo à entrada, viu Zéfiro sentado num tamborete ao pé do sofá em que se encontrava a esposa meio desfalecida. João Antônio e Maria Balbina estavam encostados à porta da alcova contemplando a filha. O músico sentiu-se um tanto vexado por ter caído inesperadamente naquela cena melancólica. Mas Zéfiro chamou-o para perto de si. Ele entrou sem dizer nada. Tuca abriu os olhos, reconheceu-o e sorriu. Depois disse ao esposo:

— Querido... corra aquela cortina.

Zéfiro obedeceu. Pela janela — uma janela tão larga que parecia estar deitada — apareceu o quadro do entardecer, com nuvens brosladas de ouro e picos de morros recortados no céu pálido. A doente olhou com ternura a tarde que se transformava em noite. A seguir, num fio de voz, dirigiu-se ao músico e pediu-lhe:

— A Ave Maria... de Schubert...

O violinista não conseguiu dissimular a amargem que lhe subia do coração e afastou-se para o interior da casa. Logo depois, em surdina, a música popular ergue-se nas sombras, como qualquer coisa de luminoso e diáfano.

Ela sorria, sorria.

— Adeus... adeus, meus queridos...

O semblante transformava-se em máscara.

Um instante depois, sobressaltou-se:

— Onde estão meus pés?

Zéfiro levantou a manta e mostrou-lhe os pés de cera.
— Já estão mortos. Mas não compreendo...
O marido sentiu uma grande angústia; ela delirava.
— Não, querido, estou em plena consciência.
A palidez havia-se feito lirial.
E foi adormecendo, adormecendo, ao som daquela música diluída na sombra.
Súbito abriu os olhos e disse com vivacidade:
— Estou às ordens...
E decaiu para o lado, morta.
Ouviram-se uns queixumes pela casa; a música extinguiu-se. Fora, o azul da tarde havia-se tornado tão escuro que no fundo do céu começaram a aparecer as estrelinhas da noite.

Zéfiro, com um infinito carinho, estendeu o corpo no sofá, ajeitou-lhe os pés e as mãos de cera, cobriu-lhe o rosto e pediu a Maria Balbina que fosse buscar um ramo de flores.

Ela e João Antônio continuavam encostados à porta da alcova espiando para dentro.
— Que flores?
— Da trepadeira...
A lâmpada branca da porta acendeu-se.
Logo depois, o corpo fino e céreo de Tuca ficou florido. Alguns amigos que haviam chegado sentaram-se ao redor do sofá e puseram-se a falar de assuntos em que a sua figura era carinhosamente lembrada. Assim foi o velório. Ouviam-se, fora, o criscilar dos grilos e, lá para as bandas do lago, a tabuada das rãs. A noite, uma daquelas noites de serra abaixo, era tão límpida e profunda que parecia possível contar a dedo todas, todas as estrelas do céu.

Pela manhã, chegou muita gente. Na maioria, eram amigos e colegas dos bailarinos. Formaram-se grupos quase alegres diante da porta. Nas conversas foram lembradas as vitórias artísticas, as anedotas. Ali, pela terceira hora da tarde, apareceu a carreta fúnebre movida por quatro "escravos" brancos. Os *robots* pararam diante da porta. Em 2030, a palavra "fúnebre" não quer dizer escuro, misterioso, fatal. O além está mais aquém. Entre ambos, quase nada. Há quem tenha relações com o "outro mundo". A morte não é mais "o reino de onde não se volta mais". Muitas vezes, com intuito de justiça, dão um instante de vida a cadáveres inatos. Estes sentam-se na mesa, olham em redor, respondem às perguntas que lhes fazem e, terminada a audiência, voltam para a posição em que estavam, com um profundo suspiro de alivio.

Zéfiro apareceu à porta trazendo nos braços o cadáver de Tuca, envolto num pano escarlate. Os amigos aproximaram-se, ajudaram-no a depositar no veículo o delicado fardo. A um sinal os "escravos" puseram-se em marcha, com seus passos duros e medidos de autômatos. E o féretro[11] partiu seguido de muita gente. Nas portas, havia mulheres agrupadas para o ver passar. E falavam entre si:

— É a bailarina...

— Que bailarina?

— A que plantou as flores na rua.

— Que flores?

— Ora, as tucas azuis.

Seu nome tinha passado às suas flores.

O Columbário[11] apareceu no alto, todo branco entre copas douradas, na claridade do poente. Seguiram caminhos que serpeavam pelo morro. A carreta ora passava em retalhos de sol, ora em retalhos de sombra. As cigarras ziniam longamente. Uma lufada de noroeste virou as folhas pelo avesso. Quando a carreta chegou lá em cima e transpôs a cerca de espinheiros, abotoados de pequeninas esponjas, as pombas voaram para o céu numa revoada de alvuras.

O Columbário era simples: quatro colunas alvas emergiam de touceiras de lírios do brejo. Ao centro, sobre o piso de ladrilhos brancos, uma pira de grafite, alongada. Dois autômatos permaneciam de pé, imóveis, de um lado e de outro de imenso crisol.[12] Um funcionário dirigia os trabalhos de cremação.

O corpo de Tuca foi depositado na concha escura e o funcionário, depois de consultar Zéfiro, acionou o primeiro "escravo". Este abaixou-se e torceu um comutador. A pira avermelhou

[11] Esquife sobre rodas, para transporte dos mortos.

instantaneamente e de sua valva subiu um escuro torvelinho de fumo. Por esse tempo, as pessoas que haviam acompanhado o féretro já se haviam dispersado pelo morro, voltando para o distrito. Só haviam ficado Zéfiro, Maria Balbina e João Antônio.

Quando a fumaça clareou e adelgaçou, viu-se a pira que havia tomado uma cor esbranquiçada e dentro dela um carreiro de chamas palpitantes que iam sumindo. Do conjunto, desprendia-se um hálito quente que escaldava o rosto dos presentes. O "escravo" branco, que permanecia ao pé da pira com o braço estendido, tinha a mão embraseada. Minutos depois, a obra de consumação do corpo estava quase completa; do ígneo recipiente erguia-se um fio de fumaça que se perdia no ar, acima da altura das colunas. E o fio foi se adelgaçando até sumir. No fundo da pira, não havia mais nada, apenas um risco ondulado de matéria coloidal, que mais parecia um risco de ouro fluído.

O funcionário apertou um botão; o "escravo" desligou a força. A valva enegreceu instantaneamente, apresentado no fundo o resíduo branco e limpo como cal. O resfriamento foi rápido.

Apertou o funcionário novo botão e o segundo "escravo" raspou o fundo da valva, com a espátula, depositando a cinza em urna quadrada, com seu número, que foi colocada numa espécie de prateleira, em seguida a milhares de outras. Depois, o boneco voltou para o seu posto e imobilizou-se. Seu braço direito, largo, ainda se moveu um pouco, ao longo dos quadris de aço. O funcionário foi à urna grande e com aquela cinza quente encheu urnas pequenas que ofereceu aos parentes de Tuca.

Os três receberam-nas, comovidos, e partiram para o vale. Iam calados, curvos, com os olhos perdidos nas urnas pousadas religiosamente nas palmas das mãos estendidas...

A manhã estava de um azul incrível. As pombas alvas cairelavam no céu. O noroeste vergava as árvores franzinas.

E a terra cheirava a flores de ingazeiro.

No ano seguinte, pelo florir das aleluias, apareceu no vale uma canção anônima que andava de boca em boca.

Ela começava assim:

Afonso Schmidt

> A memória de Tuca já se some do Zanzalá nas gerações malucas;
> a trepadeira que não tinha nome
> herdou-lhe o doce nome e se consome
> enchendo a terra de azuladas tucas...
>
> Namorado infeliz de alma cansada
> que encontrou no caminho a humilde flor
> colhe-a depressa para a namorada,
> pois é sabido que essa flor da estrada
> tem o condão de sugerir amor.

ANDRÉ CARNEIRO

Nascido em 1922, em Atibaia, interior de São Paulo, André Carneiro é um dos principais nomes da "Geração GRD" — termo cunhado por Fausto Cunha para designar os autores patrocinados pelo editor baiano Gumercindo Rocha Dorea na coleção Ficção Científica GRD —, juntamente com Cunha e Dinah Silveira de Queiroz. É também um poeta da Geração de 45, descoberto por Domingos Carvalho da Silva. Exerceu vasta gama de atividades, incluindo a edição da respeitada revista cultural Tentativa (1949–1952), com sua irmã Dulce Carneiro e César Mêmolo Jr.

Boa parte do melhor de Carneiro foi publicado pela EdArt, de São Paulo: as coletâneas Diário da Nave Perdida (1963), que recebeu o prêmio de "Melhor Livro do Ano" segundo o Departamento Cultural da Prefeitura de São Paulo, e O Homem que Adivinhava (1966). Carneiro publicaria ainda os romances Piscina Livre (1980), lançado no mesmo ano no Brasil e na Suécia, e Amorquia (1991), além das coletâneas A Máquina de Hyerónimus e Outras Histórias (1997) e Confissões do Inexplicável (2007), este com introdução do jornalista Dorva Rezende.

Tido como um clássico da FC brasileira e, por alguns, como clássico da ficção científica internacional, "A Escuridão" pertence ao primeiro volume de contos do autor. Em 1973, apareceu na antologia The Best SF of the Year, editada por Harry Harrison, ganhando posteriormente outras publicações internacionais. No Brasil, Alcântara Silveira escreveu: "Em contos em que o terror e o suspense dominam o leitor, como em 'Começo do Fim' e 'A Escuridão', a atmosfera nos leva a pensar no Kafka de O Processo ou de A Metamorfose." E o escritor canadense de FC A. E. van Vogt afirmou que "A Escuridão" não é só um dos maiores trabalhos escritos da ficção científica, mas também da literatura mundial... André Carneiro merece a mesma audiência de um Kafka ou Albert Camus." A carreira de Carneiro inclui publicação na Alemanha, Argentina, Bélgica, Brasil, Bulgária, Espanha, França, Inglaterra, Itália e Japão. Em 2003, foi publicado na antologia americana Cosmos Latinos: An Anthology of Science Fiction from Latin America and Spain, editada por Andrea L. Bell & Yolanda Molina-Gavilán para a Wesleyan University Press.

Em "A Escuridão", um fenômeno estranho atinge o planeta e, numa cidade que poderia ser tanto São Paulo quanto Paris ou Moscou, um homem tenta manter a vida e a dignidade, emprestando sua solidariedade em momentos de desespero. Num mundo onde não há mais luz, os cegos se tornam a última esperança. Esse tipo de inversão de papéis relativiza nossas percepções da realidade e nos fazem reconhecer a precariedade das determinações sociais. Carneiro foi um dos primeiros a inserir esse tipo de investigação especulativa em nossa ficção científica, e "A Escuridão" permanece como referência obrigatória para o gênero.

A "justificativa" científica remonta aos argumentos da FC do século XIX e início do XX — o conto "A Estrela" (1887), de H. G. Wells, os romances O Fim do Mundo (1894), de Camille Flammarion, e A Nuvem da Morte (1913), de Arthur Conan Doyle —, mas não dá conta da complexidade do fenômeno global de perda paulatina da luz, descrito por Carneiro. Daí essa noveleta ser às vezes lida como realismo mágico.

Antes desta história de Carneiro, a ficção científica havia apresentado um episódio de cegueira global no romance de John Wyndham, O Dia das Trífides (1951), onde a cegueira se instaura quando a Terra testemunha uma chuva de meteoros. Todos os que foram expostos ao estranho espetáculo noturno perdem a visão — e se tornam presas da proliferação de plantas inteligentes e carnívoras, resultantes de uma suposta experiência soviética de bioengenharia.

Por sua vez, a narrativa de Carneiro segue o preceito wellsiano de apenas uma ideia "de ficção científica" por narrativa, e não agrega outros conceitos, mantendo apenas a cegueira global como noção organizadora do estranhamento da história. Wladas, o protagonista, tenta sobreviver nesse mundo em que apenas os deficientes visuais podem conduzir as pessoas normais à segurança. A história possui uma ambientação indefinida — uma cidade relativamente grande, que pode ser tanto latino-americana quanto europeia. Logo na abertura, porém, Wladas se recorda de uma "revolução" ocorrida em sua juventude: "Algo que irrompe, à nossa revelia e nos carrega para um destino que não escolhemos. Mas, fora diferente, a revolução." Não há outros detalhes que ajudem o leitor a se situar no tempo ou no espaço.

O arco narrativo, a prosa relativamente distanciada — centrada nas experiências imediatas de Wladas —, a descrição reduzida aos pequenos objetos ao alcance dos sentidos dos personagens, e o exame dos seus estados de espírito sugerem o tipo de exploração do tema "catástrofe" ou "fim de mundo" próprio da FC New Wave que eclodia na Inglaterra no mesmo instante em que Carneiro publicava a sua história. "André Carneiro se preocupa com a abordagem da realidade", disse Harry Harrison; "é o 'espaço interior' de J. G. Ballard", que foi um dos pioneiros da New Wave.

A noveleta especula sobre a noção de realidade que nossos sentidos formam, ao mudar o palco da condição humana pelo advento desse estranho fenômeno. É também uma tocante afirmação da solidariedade humana.

André Carneiro, o decano da ficção científica brasileira, continua em atividade.

A ESCURIDÃO

Wladas aceitou a realidade do fenômeno mais tarde do que os outros. Era solteiro, distraído e muito prático. Somente no segundo dia, quando todos comentavam o dia escuro que crescia e as luzes mais fracas, ele admitiu que sim. Uma velha falava aos gritos que o mundo ia se acabar. Formavam-se rodas, com maioria de explicações metafísicas, misturadas aos comentários científicos dos jornais. Ele foi trabalhar, normalmente. O próprio chefe, sempre distante, estava à janela, conversando com intimidade. A maior parte dos funcionários não viera. O vasto salão, cheio de mesas, quase despovoado, definia o grau de importância do acontecimento. Lembrou-se da revolução, na sua juventude. Algo que irrompe à nossa revelia e nos carrega para um destino que não escolhemos. Mas, fora diferente a revolução. Tiros, bombardeios, mortes. Agora era um fenômeno estranho, é verdade, mas que não atingiria a altura de calamidade pública. Os que se preocupam com o tempo foram os primeiros a observar. A luz do sol parecia mais enfraquecida, as casas e objetos cercados de uma crescente penumbra. No início julgaram ser uma ilusão ótica, mas, à noite, a própria luz elétrica estava mais fraca. As mulheres notaram que os líquidos não chegavam a ferver e os alimentos permaneciam duros. Wladas aproximou-se do chefe. Citavam-se as opiniões competentes, ouvidas no rádio. Eram vagas e contraditórias. Pessoas nervosas provocavam pânico e as estações ferroviárias e rodoviárias estavam repletas com milhares de retirantes, não se sabe para onde. Wladas duvidava que o fenômeno fosse universal como as notícias diziam. Os últimos telegramas afirmavam que a sombra aumentava rapidamente. Alguém riscou um fósforo e começaram as experiências que se faziam em toda a parte: acendiam isqueiros, lanternas elétricas e se dirigiam para os cantos, notando a chama e a luz mais fracas. As lâmpadas não iluminavam como antes. Doença visual coletiva não podia ser. Passavam os dedos pelo fogo sem queimá-los. Havia medo em muitos, mas Wladas não sentia nenhum. Aquela animação geral, o assunto único dominando as conversas, aproximando todos, era um espetáculo humano que fazia esquecer as inquietudes do amanhã. Voltou para casa às dezesseis horas, as luzes estavam acesas. Não iluminavam quase nada, pareciam bolas avermelhadas, como sinais de perigo. No bar onde tomava suas refeições conseguiu que lhe servissem sanduíches frios. Só havia o dono e um garçom, que foram embora depois, andando lentamente pela penumbra.

Wladas chegou sem dificuldades a seu apartamento. Estava habituado a voltar tarde sem acender a luz do corredor. O elevador não funcionava, veio pela escada ao seu terceiro andar. Ligou com todo volume seu rádio portátil e mesmo no ouvido percebia sons longínquos, não sabia se vozes ou estática. Sentou-se à beira da cama com uma penosa sensação de isolamento. Abriu a janela e o confortaram as milhares de bolas vermelhas, lâmpadas acesas nos grandes prédios, cujas silhuetas pouco se destacavam do céu sem estrelas. Às apalpadelas, Wladas achou uma vela em uma gaveta e a acendeu. A chama, sem calor, era curta e pálida, mal se vendo as horas do relógio de pulso a um palmo de distância. Sentiu-se triste e mal. Devia ser a ausência de trânsito, nenhum bonde ou automóvel a passar nas ruas, e gritos e vozes distantes, talvez gente extraviada, pais de família voltando a pé dos seus empregos. Não fosse a luz da vela, dir-se-ia um defeito da eletricidade. Foi à geladeira e bebeu um copo de leite. O gelo se desprendia com um ruído seco, o motor não trabalhava. O mesmo acontecia com a bomba de recalque. Em breve a caixa d'água do prédio se esgotaria. Pôs a tampa da vál-

A Escuridão

vula na banheira e encheu-a completamente. Achou sua lanterna elétrica de três pilhas e percorria o pequeno apartamento, na ânsia de localizar seus pertences, sob a luz débil. Deixou as latas de leite em pó, doces e comida em cima da mesa da cozinha. Havia bolachas e uma caixa de bombons. Quem morasse em família se ajudaria mutuamente. Ele tinha que se cuidar, prever o pior. Fechou a janela, apagou as luzes e deitou-se. Um arrepio passou-lhe pelo corpo, sentiu a realidade do perigo. Nunca ocorrera uma escuridão igual, na história da Terra. Não era a claridade do sol que se apagava somente, mas tudo que emitisse luz, fagulhas e calor luminoso, as fogueiras, chispas dos rebolos e motores, as substâncias químicas, os vaga-lumes e lanternas. Wladas sabia, os últimos jornais o publicaram. Tinham parado também, com os automóveis, caminhões, bondes, aviões e trens. Ouvia-se gritos e chamados ao longe. Wladas procurou relaxar os músculos e dormir. No dia seguinte tudo se normalizaria. Voltariam as luzes, rádios, veículos...

Dormiu um sono agitado, com sonhos confusos e desagradáveis. Chorava uma criança no apartamento vizinho, pedindo à mãe que acendesse a lâmpada. Acordou sobressaltado. Com a lanterna elétrica colada ao relógio, viu que eram oito horas da manhã. Saltou da cama, abriu as janelas. A escuridão era quase total. No lado do nascente via-se o sol, vermelho e redondo, como se estivesse atrás de um espesso vidro esfumaçado. Na rua os vultos passavam como silhuetas. Wladas com dificuldade lavou-se, foi à cozinha, tomou leite condensado e bolachas. A força do hábito fê-lo pensar no emprego. Percebeu que não tinha nem sabia para onde ir. Lembrou-se do terror infantil quando o fecharam em um armário. Faltava ar e o escuro o oprimia. Respirou profundamente na janela. No fundo preto do céu, o disco vermelho do sol. Esforçou-se para raciocinar com calma, fazer deduções. No início os cientistas tinham feito hipóteses e análises. A eletricidade conseguia ainda fazer girar a rotativa dos jornais e os rádios emitiam sons em seus alto-falantes, agora mudos. O que o governo estaria fazendo para proteger a todos? Inexplicável que os raios do sol desapareciam e a temperatura continuava normal. Seria um gás desconhecido e invisível que alterava as leis comuns. Wladas não conseguiu coordenar o pensamento, a escuridão insinuava-lhe a vontade de correr em busca de auxílio. Fechou os punhos, repetiu para si mesmo: "Preciso manter a calma, defender minha vida até que se normalize tudo."

Tinha uma irmã casada morando a três quarteirões de distância.

A necessidade de comunicar-se com alguém fê-lo decidir-se a ir até lá, ajudá-los no que fosse possível. Colocou a lanterna elétrica no bolso, embora de nada mais valesse. Fechou a porta do apartamento e na escuridão do corredor foi andando em direção à escada, apoiando-se na parede. Abriu-se uma porta ao lado, uma voz ansiosa de homem perguntou: "Quem está aí?" "Sou eu, Wladas, do apartamento 312", respondeu. Sabia quem era, um senhor grisalho, com mulher e dois filhos. "Por favor", pediu, "diga à minha mulher que a escuridão vai passar, ela está chorando desde ontem, as crianças com medo". Wladas aproximou-se, devagar. A mulher parecia estar ao lado do marido, a soluçar baixinho. Procurou sorrir, embora não o vissem: "Fique tranquila minha senhora, é só a escuridão mas ainda se vê o sol, lá fora. Não há perigo, vai passar logo." "Você está ouvindo", o homem secundou, "é só a escuridão, ninguém vai sofrer nada, você precisa se acalmar por causa das crianças". Pelos ruídos Wladas sentiu que estavam agarrados uns aos outros. Ficou em silêncio uns segundos e afastou-se: "Tenho de ir agora, se vocês precisam de alguma coisa..." O homem despediu-se, animando a mulher: "Não, muito obrigado, isto vai passar, até logo." Nas escadas não se enxergava nada. Wladas desceu apoiado ao corrimão. Ouvia trechos de conversas pelas portas dos apartamentos. A falta de luz fazia com que falassem mais alto ou as vozes se destacavam no silêncio geral.

Chegou até a rua. O sol estava alto mas nada iluminava, praticamente, talvez menos do que a lua no minguante. De vez em quando passavam homens, sozinhos ou em grupos. Falavam em voz alta, alguns brincavam ainda, tropeçando nas depressões da rua. Wladas começou a andar devagar, visualizando mentalmente o caminho para a casa de sua irmã. O clarão avermelhado

A Escuridão

diminuía nas silhuetas dos prédios. Com os braços estendidos, mal se podia perceber os dedos. Andava com cautela, admirando-se dos que passavam às pressas. De um terraço qualquer vinha o latido de um cãozinho. E choro à distância, gritos confusos de chamado. Alguém caminhava rezando. Wladas colado às paredes para que não o colidissem. Devia estar na metade do caminho. Parou para respirar. Os pulmões arfavam em busca de ar, os músculos tensos e cansados. Único ponto de referência era a mancha do sol a desaparecer. Por um instante imaginou que os outros enxergassem mais do que ele. Mas, gritos e vozes de todos os lados alteavam-se. Wladas girou a cabeça. O disco vermelho pulsando desaparecera. O negro era absoluto. Um homem passou gritando em outra língua. Percebia-se ruído de quedas, palavras entrecortadas. Wladas tirou fósforos do bolso e riscou-os com cuidado. Ouvia-se o ruído característico e nenhuma chama surgia. Acendeu a lanterna diante dos olhos: nada. Apertando as pálpebras dançavam clarões. O que fazer? Ficar parado a perscrutar choros de crianças medrosas e dos que perdiam o controle, poderia levá-lo a decisões irrefletidas. A escuridão era total. Sem a silhueta dos prédios, sentia-se perdido. Memorizou o trajeto que fizera até ali. Impossível continuar. Tentaria voltar ao apartamento. Que horas seriam? Pôs o relógio de pulso no ouvido. Não conseguiu abrir com a unha a tampa de vidro, para sentir o ponteiro pelo tato. A mão direita tocando a parede, a esquerda em arco na sua frente, começou a voltar, os pés arrastando-se na calçada. Conhecia aquele trecho, suas mãos identificavam algumas portas e vitrinas. Transpirava e tremia, os sentidos concentrados no caminho de retorno.

Ao virar a esquina ouviu palavras incompreensíveis de homem vindo em sua direção. Talvez bêbado, a gritar, agarrou-se a Wladas com força, que procurava se desvencilhar, pedindo calma. Ele gritava mais ainda, coisas sem sentido. Wladas segurou-lhe a garganta com desespero, empurrou-o para trás. O homem caiu, começou a gemer. Braços estendidos para a frente, em defesa, Wladas andara um pouco, à espera. O bêbado chorava e gemia, com dores. Pensou em falar com ele, socorrê-lo, mas a luta o esgotara. Teve receio de ser subjugado e afastou-se devagar, o homem a chorar, uma janela solta a bater e ruídos que surgiam de dentro das casas e apartamentos, antes abafados pelos motores, rádios e veículos. Dentro da escuridão Wladas chegou até a sua casa. As mãos apalpavam, reconhecendo portas de bares, muros de residências e seus portões. Na alegria de chegar, caiu nos primeiros degraus da sua escadaria. Alguém gritou: "Quem está aí?" "Sou eu, Wladas, do terceiro andar." A voz perguntou: "Você esteve lá fora? Enxerga-se alguma coisa em algum lugar?" "Não, não se enxerga nada em lugar nenhum." Houve um silêncio e ele subiu devagar. Voltava ao apartamento. Lá sabia a posição dos móveis e objetos, podia controlar os pertences familiares até que o pesadelo terminasse. Movendo-se com cuidado, abriu sua porta e deitou-se na cama.

Foi um repouso curto e ansioso. Não podia soltar os músculos, pensar com tranquilidade. Arrastou-se até a cozinha, com uma faca conseguiu abrir o relógio. Apalpou os ponteiros. Eram onze horas ou meio dia, aproximadamente. Não tinha fome mas abriu a geladeira, comendo o sanduíche guardado na véspera. A água pingava do congelador, o gelo derretido inteiramente. Com lentidão dissolveu leite em pó em um copo d'água e bebeu-o. Voltou ao quarto, deitou-se, mas achou impossível ficar mergulhado nos pensamentos, sem providência a tomar. Bateram na porta de entrada, seu coração correu acelerado. Gritou que esperassem, chegou até ela, perguntou de quem se tratava, antes de abrir. Pela resposta soube que era o vizinho grisalho. Tivera dificuldades em achar a porta certa, pedia água para as crianças. Wladas contou-lhe da banheira cheia e foi com ele buscar a esposa e os filhos. Sua prudência valera. Pegaram um na mão do outro e a corrente foi deslizando pelo corredor, as crianças mais calmas, até a mulher parou de chorar, a repetir "obrigada, muito obrigada". Wladas conduziu-os à cozinha, fez que se sentassem, os meninos no colo da mãe. Apalpou o armário, quebrou um copo, achou uma vasilha de alumínio que encheu na banheira e levou à mesa. Entregava xícaras de água aos dedos que o procuravam. Sem enxergar não as mantinham no nível, a água escorria pela mão. Enquanto bebiam, pensava se lhes devia oferecer alimento. O menino agradeceu e disse que tinha fome. Wladas pegou a lata grande de leite em pó e começou a prepará-lo com precauções. À medida que fazia os gestos lentos de abrir a lata, contar as colheres e misturá-las com água, falava em voz alta e o animavam, recomendando cuidado e aplaudindo sua habilidade. Levou mais de uma hora distribuir a todos e fez-lhe bem o esforço de não enganar-se, a certeza de estar sendo útil.

Um dos meninos riu de uma brincadeira. Pela primeira vez, desde que escurecera, Wladas sentiu otimismo, a impressão de que tudo terminaria bem. Com argumentos lógicos provou que aquela sombra estranha não poderia se demorar de forma alguma. Era contraditório e embaraçava as deduções. Mas o senhor grisalho e sua família o apoiavam com exclamações, como se ele, sozinho, tivesse o poder de reconduzir tudo à normalidade. Passaram a tarde no seu apartamento, procurando falar, mesmo sem assunto, a pesquisar, debruçados na janela, alguma luz distante, a percebê-la às vezes, entusiasmados, para descobrir o engano, que não admitiam, talvez fosse um clarão que surgira e desaparecera. Wladas ficara o líder daquela família, os alimentava e conduzia pelo pequeno mundo de quatro aposentos, que ele conhecia de "olhos fechados"... Ficaram ocupados à tarde, fazendo pouca coisa, pelo tempo gasto com os gestos mais simples, uma cadeira a ser transportada, objetos caídos que não apareciam. Foram embora às nove ou dez da noite, de mãos dadas. Wladas acompanhou-os, ajudou a acomodar as crianças. Por momento dir-se-ia que somente um fusível queimara, brincavam e riam. Dentro da escuridão outros sofriam, doentes e com dores, sem médicos ou medicamentos, crianças com fome e sede. Nas ruas, pais desesperados gritavam, pedindo comida. Wladas fechara as janelas para não ouvi-los. O que tinha, daria para mais um dia ou dois, alimentando os cinco. Seu vizinho, emocionado, pediu que ele ficasse com eles, as crianças sentir-se-iam melhor. Ele acedeu. Voltou ao seu apartamento, onde se arrumou. Pôs um pijama, requinte que ninguém notaria. Fechou sua porta para prevenir uma invasão improvável. Foi confortador as crianças saudarem sua chegada: "Tio Wladas já está aqui, mamãe!" Sentiu-se comovido, não era preciso disfarçar, no escuro. É falha a memória visual. Wladas lembrava-se vagamente da fisionomia dos seus novos amigos que, antes, apenas vislumbrava em suas idas e vindas. Foi instalado em um grande sofá posto ao lado do quarto, na sala. Conversaram, deitados, as palavras como elos de presença e companhia. Acabaram dormindo, a cabeça debaixo do travesseiro, como náufragos agarrados a uma tábua ouvem pedidos de socorro sem poder acudi-los. Adormeceram, ou talvez estivessem quietos, fingindo, para não incomodar os outros. O que faria o mundo submerso em negro, para não perecer? A janela deixava filtrar os apelos. Às vezes era só um "socorro, preciso comida". Outros faziam descrições aos berros, andando em ziguezague pelas ruas cheias de detritos, contando da família sem alimento. Wladas procurava não pensar. Apertava o travesseiro na cabeça, repetindo que nada podia fazer. Dormiram, premidos pelo cansaço, a sonhar com um amanhecer de céu azul, o sol a inundar os quartos, os olhos em jejum se alimentando de todas as cores. Foi diferente. Wladas sentou-se no sofá e o vizinho sussurrou: "Senhor Wladas, está se levantando?" Ele deixara uma faca na cadeira para descobrir as horas. Estava prático, levantou a tampa: oito horas mais ou menos. Os outros se agitaram e iniciou-se a complicada *toilette*, feita com um caldeirão de água, trazido por Wladas, que iniciou com cuidado a preparação dos copos de leite e a separação das bolachas em rações iguais. A procissão de mãos dadas reiniciou a ida à cozinha onde tomaram a refeição frugal. As crianças batiam nos móveis, perdiam-se na sala pequena, a mãe os repreendia ansiosa. Quando se acomodaram pelas poltronas não sabiam o que fazer. Os copos usados permaneceram sujos para não desperdiçar água.

    Repisaram as causas do fenômeno, inventaram razões e hipóteses que transcendiam à ciência. Até ali suportavam as dificuldades com a esperança de voltar logo à normalidade, talvez àquelas horas mesmo. Wladas lembrou imprudentemente que a situação poderia se prolongar para sempre. A mulher começou a chorar, foi difícil acalmá-la. As crianças faziam perguntas impossíveis de responder. Wladas apalpava os ponteiros do tempo, sem plano para agir. Deu-lhe uma ânsia de fazer algo, levantou-se ia sair para investigar. Eles protestaram, seria perigoso e inútil. Apoiavam-se nele, tinham medo de ficar sozinhos e perdê-lo. Teve de garantir-lhes que não se afastaria mais de vinte metros do prédio, até a esquina, que não atravessaria a rua, etc. Pegaram em sua mão, antes de sair.

Chegou logo à escada, descendo mais depressa. Seus pés tocavam obstáculos difíceis de identificar. Ultrapassou a porta principal do prédio, encostado à parede, à escuta. Um vento frio sibilava nos fios, arrastava papéis com ruído fofo. Havia latidos muito longe, que às vezes recrudesciam e vozes, muitas e ininteligíveis. Wladas lembrou-se dos passeios na fazenda do avô. Só entre as árvores, ele ouvira também o vento sacudindo as folhas e trazendo restos de conversas das casinhas de outro lado do morro. Estava parado, tenso, em expectativa. Andou alguns metros. Só os ouvidos captavam o pulsar da cidade afogada. De olhos abertos ou fechados, era o mesmo poço negro sem fim nem começo. Terrível ficar ali, quieto, à espera de nada.

Os fantasmas da infância cercaram Wladas e ele voltou para o prédio quase correndo, arranhando as mãos em toques pelas paredes, tropeçando nos degraus, subindo depressa, enquanto vozes medrosas gritavam: "Quem está aí, quem está aí?" Ele respondia, sem fôlego, pulando degraus de dois em dois, até chegar entre seus amigos que se colidiam para encontrá-lo, temerosos de que estivesse ferido, a lhe perguntar o que acontecera. Sentou-se e respirou, aliviado. Riu e confessou que tivera medo, subira correndo. Lá fora estava no mesmo. Ficaram encerrados o resto do dia, se se podia empregar a palavra. Tornavam-se difíceis as menores providências sem luz e servia para ocupá-los, o que era melhor do que pensar. Falavam muito e quando ocupados iam descrevendo o que faziam. Quebrava-se, eventualmente, a corrente de palavras a ligá-los. Ninguém poderia saber, mas levantavam as cabeças ao mesmo tempo, a escutar, respirando forte, aguardando um milagre que não surgia.

Racionada e repartida, acabara-se a caixa de bombons. Ainda havia bolachas e leite em pó, porém, se a luz não voltasse depressa, era duro prever as consequências. As horas passavam. Deitados novamente, olhos fechados, lutando para dormir, aguardavam a manhã de frestas luminosas na janela. Mas acordaram como antes, os olhos inúteis, as chamas apagadas, os fogões frios e o alimento a acabar. Wladas repartiu as últimas rações de bolacha e leite. Diante da janela ficavam à espreita de uma luz. A parede negra parecia achatar-se em suas testas, impenetrável. Estavam inquietos. Guardavam boa quantidade de água, mas terminara o alimento. O prédio tinha dez andares. Wladas achou que devia ir até o último para enxergar à distância.

Saiu e começou a subir. Dos apartamentos vinham perguntas: "Quem está aí? Quem está subindo?" Wladas se identificava, embora poucos inquilinos o conhecessem. Perguntavam o que ele queria e no sexto andar uma voz lhe assegurou: "O senhor pode subir até lá em cima, mas perde tempo. Estive lá agora, com dois companheiros. Não se vê nada, em parte alguma." Wladas arriscou: "Meu alimento acabou, estou com um casal e dois filhos comigo. Vocês poderiam me arranjar?" A voz respondeu: "Nossa reserva dá justamente até amanhã. Nada podemos fazer..." Pensou uns segundos e resolveu descer. Diria a verdade aos seus amigos?

Quando o receberam com perguntas ansiosas, mentiu: "Não cheguei até lá. Encontrei alguém que fora há pouco. Disse que se vê qualquer coisa, muito longe, não souberam explicar." O casal e as crianças se encheram de esperanças, enquanto ele sugeria a única ideia viável. Sairia novamente armado de uma alavanca qualquer e arrombaria a mercearia distante cem metros, mais ou menos. Ele conhecia o trajeto, não se perderia. Tirou a caixa de ferramentas de cima do armário, separou uma alavanca de ponta, martelo e torquês. Seu vizinho insistiu em ir também. Wladas nada disse, mas o desespero da mulher e das crianças de ficarem sós, não o deixou. Colocou no bolso as ferramentas, enroladas em um saco vazio e a alavanca presa no cinto, para ter as mãos livres. Pediu que não se preocupassem se não voltasse logo.

Saía do seu abrigo para furtar comida. Era para se temer o que encontrasse. A escuridão riscara as hierarquias. Nada mais valia o dinheiro, os documentos e carteiras de identidade. Não existia polícia, governo e leis aplicáveis. Tinha-se que confiar em

A Escuridão

vozes, saídas das fisionomias ocultas, cujas mãos poderiam dar ou agredir. Wladas andava junto às paredes, o cérebro reconstruindo os detalhes daquele trecho. Abaixou-se para descobrir o lugar do cadeado. Suas mãos pesquisavam cada reentrância, de repente as lembranças se misturavam, o solo parecia girar debaixo dos pés, ficava parado, de costas na parede, a mão direita imóvel, apontando a direção a seguir. Aproximava-se lentamente do objetivo. Embora justificável, a intenção de roubo punha-o trêmulo, como se alguém tivesse meios de surpreendê-lo. Os dedos, palmo a palmo, seguiram o trajeto até tocar o ondulado da porta de aço. Não podia errar.

No quarteirão era a única casa comercial. Wladas estacou, a ouvir. Havia sons distantes, como os de uma enfermaria de hospital, de portas fechadas. Suas mãos não encontraram resistência. A porta estava só meio cerrada, não teria que arrombar nada. Curvou-se e entrou sem ruído. As prateleiras da direita teriam latas de alimento e doces. Colidiu com o balcão. Soltou uma exclamação e ficou imóvel, músculos repuxados, à espera. Ninguém falou nem fez barulho. Pulou o balcão e foi avançando a mão, tocou a tábua, foi deslizando-a pela prateleira. Não havia nada, certamente venderam antes da escuridão total. Levantou o braço, procurando com mais rapidez. Nada, nem um objeto. Foi trepando sem se importar com o barulho, os dedos secos com a poeira acumulada. Desceu sem precauções, o corpo inclinado para a frente, as mãos se agitando em todas as direções, batendo nos ângulos, ferindo-se nas paredes, com imprudência, como se disputasse com outro as latas e mercadorias que não existiam. Voltara algumas vezes ao mesmo ponto onde começara a procura. Não havia nada, em canto algum. Parou, ainda com ânsia de recomeçar e sabendo que nada adiantaria. Fora ingênuo em pensar que encontraria comida. Para os que não tinham reservas era evidente que as mercearias eram a única solução.

Wladas sentou-se em um caixote vazio e lágrimas apontaram dos seus olhos. Idiota que fora, esperando tanto. A pilhagem já a tinham feito, talvez no dia anterior, quando ouvira gritos e barulho. Como se arranjaria para comer e alimentar os seus amigos? Sentiu-se desamparado e ridículo, lembrando-se de sua calma inicial, com a banheira cheia d'água, o leite em pó, e em tão pouco tempo estar reduzido a nada, sem planos nem destino. Fazer o quê? Voltar com o fracasso, recomeçar a procura em outros armazéns distantes, cuja localização não conseguiria precisar? E se nada encontrasse? Saiu para a calçada, braços doloridos pelo esforço, à beira de um desespero que sabia perigoso. Estava só em um mundo limitado pelo comprimento dos seus braços. Teve receio de seguir para diante, enfrentar algum assaltante endoidecido pela escuridão.

Em passos largos foi voltando para casa, em busca de seus amigos invisíveis. Parou de repente, as duas mãos procurando um sinal conhecido. Passo a passo avançou alguns metros, descobrindo portas e muros até uma esquina desconhecida. Tinha que voltar à mercearia, para recomeçar o trajeto. Refez com cuidado o caminho percorrido, os dedos arranhados pela escuridão, a buscar a porta ondulada que não aparecia. Andara demais em todas as direções. Estava perdido. Impossível a menor noção de onde se achava, nem o que faria para descobrir o caminho de sua casa. Sentou-se na calçada, as têmporas latejando. Levantou-se como quem se afoga e gritou: "Por favor, estou perdido, quero saber o nome desta rua." Repetiu vezes e vezes, cada vez mais alto, sem que ninguém respondesse. Quanto mais silêncio à sua volta, mais implorava, pedindo por piedade que o ajudassem. Por que o haveriam de fazer? Ele mesmo ouvira de sua janela gritos de socorro dos extraviados, cujas vozes desesperadas faziam temer a loucura de um assalto. Wladas afastou-se sem direção, a gritar por socorro, explicando que quatro pessoas dependiam dele. Já não tocava nas paredes, andando depressa, em curvas, como os bêbados, implorando informações e comida. Não sabia quanto se afastara da sua rua, tinha esperanças de que a achara: "Sou Wladas, moro no número 215, por favor me ajudem."

Havia ruídos na escuridão, impossível que não o ouvissem. Chorava e pedia sem a menor vergonha, o manto negro reduzindo-o a uma criança indefesa. Quanto tempo se passara? Não sabia mais, seu relógio trabalhava, mas não trouxera uma lâmina fina para abri-lo, nem se importava com as horas. A escuridão abafava, entrando pelos poros, modificando os

A Escuridão

pensamentos. Wladas deixou de implorar. Xingava seus semelhantes aos berros, chamando-os de malditos, perguntando por que não respondiam. Seu desvalimento se transformou em ódio e empunhou a alavanca pesada, disposto a conseguir comida pela violência. Cruzou com outros como ele, pedindo esmola de alimento. Wladas avançava brandindo sua alavanca, até que colidiu com alguém, segurando-o com força. O homem gritou e Wladas, sem largá-lo, exigiu que dissesse onde estavam e como arranjaria comida. O outro parecia velho, rompeu em soluços de medo, Wladas afrouxou a pressão, deixou-o ir. De que lhe serviria andar armado de alavanca, agressor potencial daqueles que sofriam a mesma desgraça? Jogou no calçamento sua arma. Sentiu falta de apoio, sentou-se para não desfalecer, abaixando a cabeça entre os joelhos. Em qualquer posição o negrume completo tirava o equilíbrio. Melhorou um pouco mas percebeu o corpo alquebrado por esgotamento ou fome. Podia levantar-se ainda e continuou andando em silêncio. As trevas engoliram seu senso prático, e avançava na noite permanente em busca de auxílio.

Perder a vida assim era revoltante, Wladas tornou a clamar em voz alta, pedindo socorro, contando sua situação, argumentando com ouvidos invisíveis que o escutariam atrás das portas e janelas, sem coragem ou forças para responder. Virava as esquinas à esquerda, para não ir longe demais, é possível que estivesse a dar voltas no mesmo quarteirão, passando por sua casa e se afastando sem perceber. Exausto, com sede e fome, falava consigo mesmo, pedindo socorro bem alto de vez em quando. Sentou-se na calçada a perscrutar os menores barulhos, o vento batendo janelas soltas nos apartamentos abandonados.

Ruídos diferentes surgiam de várias direções, sons cavos, rascantes ou agudos, de animais ou homens, talvez presos ou esfomeados. Pôs a mão em concha nos ouvidos. Um leve bater ritmado de passos se aproximava. Gritou por ajuda e ficou à escuta. Uma voz de homem, à distância, lhe respondeu: "Espere, irei ajudá-lo." Wladas lhe agradeceu, pedindo que não tivesse medo, precisava de alimento e quem o ensinasse a voltar para casa. Ainda falava quando sentiu um braço tocá-lo no ombro.

Levantou-se e implorou que não o deixasse abandonado. O homem carregava um saco pesado e arfava de cansaço. Pediu que o ajudasse segurando uma das pontas, ele iria na frente. Wladas disfarçava os soluços, os braços doendo com o peso, falando sem parar o que acontecera, desde o começo. O homem lhe respondia com monossílabos e continuava a andar, com relativa rapidez. Wladas calou-se, sentiu algo inexplicável. Quase não podia acompanhá-lo e virava as esquinas com segurança. Uma dúvida passou-lhe pela mente. Quem sabe seu companheiro enxergava, a luz voltava para os outros. Perguntou-lhe: "O senhor anda com tanta certeza. Por acaso o senhor... vê alguma coisa?" O homem demorou um pouco: "Não, não enxergo absolutamente nada. Sou completamente cego." Wladas gaguejou: "Antes... disto, também?" "Sim", respondeu, "sou cego de nascença, vamos para o Instituto dos Cegos, onde moro". Wladas sentiu uma emoção paradoxal. Aquele homem sabia os caminhos, sua voz era natural, não tinha o tom ansioso que já se habituara a ouvir. Entretanto a escuridão de ambos era a mesma. Só que o cego, que se chamava Vasco, nela sempre vivera, era seu mundo, feito de ruídos, cheiros e o alisar dos dedos nas coisas sólidas. Ele saíra para buscar o saco de alimentos e precisara da ajuda de Wladas para carregá-lo.

O cego contou-lhe que auxiliaram pessoas perdidas e recolheram algumas, mas o estoque de alimentos era escasso, não podiam hospedar mais ninguém. A escuridão permanecia, sem nenhum sinal de que fosse terminar. Em breve milhares de pessoas morreriam de inanição e nada se poderia fazer.

Chegaram, por fim, ao Instituto dos Cegos. Wladas deixou-se levar pelas salas até um lugar onde lhe deram uma cadeira. Sentia-se um menino a quem os adultos salvam de um perigo e lhe dão conforto e segurança. Bebeu um copo de leite e comeu algumas torradinhas que lhe puseram nas mãos. Em sua lembrança porém, crescia a imagem dos seus amigos com o coração aos saltos a cada rumor, passando fome, aguardando sua volta. Pediu para falar com Vasco, seu salvador, e insistiu de todas as maneiras que não poderia deixar seus vizinhos presos no apartamento. Eles ponderaram que o prédio era grande, todos os

A Escuridão

outros moradores mereciam ajuda, coisa impraticável. Wladas lembrou as crianças, pediu-lhes que lhe ensinassem o caminho, iria sozinho. Levantou-se para sair, tropeçou em algo, caindo. Vasco, embora os outros relutassem, lembrou que havia uma banheira cheia d'água, poderiam trazer um suprimento que logo se faria necessário. Trouxeram duas grandes vasilhas plásticas e Vasco conduziu Wladas para a rua. Amarraram uma cordinha no cinto de ambos. Podiam assim andar um atrás do outro, com menos perigo dos obstáculos. Vasco disse que eram cindo quarteirões de distância. Nascera naquele bairro e o conhecia perfeitamente.

Amarrado ao seu guia, sentia agora o medo dos que vislumbram uma salvação ainda duvidosa e frágil. Andavam o mais depressa possível. Vasco escolhendo os melhores lugares, a dizer o nome das ruas, mudando o itinerário quando ouviam rumores suspeitos ou gritos enfurecidos. Vasco parou e disse baixinho: "Deve ser por aqui." Wladas avançou alguns passos, reconheceu a maçaneta trincada de sua porta. Vasco sussurrou-lhe que tirasse os sapatos, iriam sem fazer barulho. Depois de os amarrarem no cinto, entraram. Wladas na frente, ultrapassando a escada de dois em dois degraus. Batiam nas coisas do caminho e notavam vozes ininteligíveis através das portas.

Chegados ao terceiro andar se encaminharam ao apartamento do vizinho. Bateram devagar, depois mais forte. Ninguém atendeu. Imaginaram que estavam no outro, pois Wladas lhes deixara a chave para usarem a água. Foram para lá. Ouviram ruído e uma voz perguntou: "Quem está aí?" "Sou eu, Wladas, deixe entrar." Ele fez uma exclamação como quem não acreditava e abriu, estendendo os braços que o amigo pegou. "Sou eu mesmo, como estão vocês, trouxe um companheiro que me salvou e sabe o caminho." Não disse que era cego, parecia que a palavra se identificava com a desgraça de todos. Rodeado pela mulher e as crianças, diferentes, com as vozes sumidas de fraqueza, o senhor grisalho contou-lhes dos seus padecimentos, alimentando-se só de água, com a esperança e os desânimos à espera do amigo. Este explicou-lhes a situação do Instituto dos Cegos e que teriam de partir para lá.

No banheiro encheram de água as duas vasilhas, que Vasco amarrou nas costas de ambos com uma tira de pano. Ajudou a identificar alguns agasalhos para levar, tiraram os sapatos e, em fila, segurando-se nas mãos, foram para a escada. Iam depressa, era inevitável serem pressentidos. No térreo, perto da porta, uma voz indagou: "Quem são vocês, o que levam?" Ninguém respondeu, Vasco foi puxando todos para a rua. A voz se movimentou na direção deles, mas estavam na calçada a caminho. O homem gritou para responderem se tinham água ou comida. A fila se distanciava, dificilmente seriam perseguidos.

Continuaram descalços, para não perderem tempo, embora as peles sensíveis se machucassem nas irregularidades do caminho. Levaram mais tempo na volta por causa das crianças e as paradas, quando escutavam barulhos próximos. Chegaram cansados no Instituto, com o alívio provisório de soldados que ganham uma licença depois de uma batalha.

Vasco serviu-lhes leite com aveia e foi discutir com os companheiros o que fazer para sobreviverem se a escuridão continuasse. Outro cego arranjou-lhes um lugar onde podiam dormir, o que não foi difícil pois não o faziam há muito tempo. Horas depois Vasco foi acordá-los, dizendo que eram três horas da madrugada e que se decidira deixar o Instituto para se refugiarem na Chácara Modelo, que a instituição possuía a alguns quilômetros retirada da cidade. Era necessário, pois os mantimentos não durariam muito e não havia meio de renová-los sem perigo. Embora fosse um caminho mais longo, eles planejaram seguir os trilhos da estrada de ferro, que cruzavam algumas ruas, poucos quarteirões além do Instituto. Por lá as dificuldades seriam mais improváveis. As últimas instruções eles as dariam no salão, para onde encaminharam Wladas e seus amigos.

Devia ser um local amplo, os rumores de vozes fazendo um burburinho. Vasco, que devia ser mais velho ou ter alguma ascendência sobre os outros, disse que era indispensável o maior realismo se quisessem sobreviver. Dirigiu-se aos companheiros cegos em primeiro lugar, afirmando que a escuridão que afligia os outros, não constituía novidade para eles. O difícil era a im-

A Escuridão

possibilidade de se produzir calor com combustão de qualquer espécie. Isso impedia a ingestão da maior parte dos alimentos comuns. Tinham recolhido onze pessoas no Instituto. Com os doze cegos que lá viviam, somavam vinte e três. O alimento suscetível de ser comido daria para alimentá-los seis ou sete dias. Seria arriscado esperar que tudo se normalizasse dentro desse prazo, sem falar no risco de serem assaltados e roubados pelos marginais famintos. Na Chácara Modelo havia, normalmente, dez pessoas. Possuíam variadas plantações, mantimentos em estoque para comércio e água potável em quantidade, o que poderia, com economia e racionamento, garantir por tempo dilatado a vida de todos. Salientou Vasco que as possibilidades de manterem os organismos em razoável estado, mais de trinta ou quarenta dias, eram duvidosas. Urgia a união de todos e obediência às decisões. Concordaram que sairiam do Instituto em silêncio, sem responder a nenhum apelo, fosse qual fosse. Os adultos deveriam ajudar no transporte das latas de aveia, mel e alimentos secos que possuíam. Foi iniciada imediatamente sua embalagem e distribuição. Alguns pediram mais informes, outros deram sugestões. Ninguém discordou do combinado. Os cegos acabaram de distribuir os sacos, malas e caixas cheios para a viagem. Wladas e os refugiados estavam em seus lugares, parados. Nada podiam fazer, senão atrapalhar. Acompanhavam a movimentação, as ordens dadas em voz alta. Por esforço que fizessem, era perturbador lembrar que os cegos viviam na mesma escuridão. Como se habituar com aquilo, a sensação de vazio, a dificuldade em se orientar? Vestir a roupa era um problema, andar dois passos sem bater em nada. Viviam agora no mesmo mundo invisível e perigoso. Wladas pensava quantas vezes cruzara com esses homens de óculos escuros, bengala branca, a cabeça estática, voltada para a frente. É certo que lhes dedicava um rápido pensamento de piedade. Ah, se soubesse então, como eles iam se transformar em mágicos protetores, capazes de salvar outros seres, feitos de carne, músculos e pensamentos, e de olhos inúteis, iguais aos deles.

Como alpinistas, fizeram quatro grupos, ligados por uma corda. Os cegos conheciam o trajeto. A parte mais duvidosa seria transpor os quarteirões até a via férrea. Pediu-se o maior silêncio, só falassem quando fosse necessário. Wladas ficou no último grupo e levava um pequeno pacote. Sentiram no rosto a atmosfera fria de fora e caminhavam devagar. Atravessaram ruas e viraram esquinas, sentindo-se protegidos pela escuridão, já que confiavam nos guias. Quando nossa sobrevivência é ameaçada, uma dura couraça de egoísmo nos toma. Os gritos anônimos que ouviam nas trevas, transformavam-se em empecilhos a evitar. A coluna carregada de mantimentos desviava-se dos que imploravam um pedaço de pão para sobreviver. O vento trazia gritos e a fila de náufragos deslizava na mais estranha das fugas, com seus timoneiros cegos. Quando sentiram nos sapatos o aço sem fim dos trilhos, a tensão aliviou. Havia um cruzamento ainda com outra rua, depois eram pontes e seria improvável encontrarem impedimentos sérios. O avanço tornou-se penoso, tinham de calcular os passos para não tropeçar nos dormentes. Passava o tempo, para Wladas eram muitas horas, embora sejam enganadoras, essas impressões. Subitamente pararam. Vasco veio, de grupo em grupo, explicar que havia um trem ou vagões pela frente. Ele foi sozinho investigar. Assentaram-se para um descanso não muito bem aproveitado pois ouviam um som de algo arrastado ou arranhado. Vasco se demorava. Um murmúrio passado de boca em boca fê-los recomeçar a caminhada. Tinham que contornar os vagões. O barulho vinha de um deles. Passavam com o coração batendo, os ouvidos quase tocando as paredes de madeira. Homem ou animal, fechado, a morrer. . . Tudo ficava para trás, os pés fatigados se agitando numa correia sem fim. Wladas lembrou-se da grande caminhada quando prestou serviço militar. O sol a queimá-lo, o equipamento pondo os ossos doloridos, a sensação de fadiga sem remédio, andando como um condenado com seu capuz de morte. A escuridão levava toda a vida para os sapatos, que se transportavam por entre a pedra britada e o limite paralelo dos trilhos.

    Wladas surpreendeu-se quando a corda amarrada ao cinto o puxou para uma estrada de terra. Sem saber como, percebeu que estavam no campo. De que maneira os cegos descobriam o local exato? Talvez pelo olfato, o perfume de árvores como

A Escuridão

um limão maduro. Ele aspirava o ar. Conhecia aquele cheiro, era de eucaliptos. Podia imaginá-los em filas cerradas, de cada lado da estrada que percorriam. Talvez não fosse estrada, um simples trilho, como saber? A fila parou, tinham chegado. Era difícil se habituar com as transições bruscas que a ausência de visão trazia. Não sabiam o tamanho da propriedade, nem se havia segurança, nada. Foi-lhes permitido falar e fizeram perguntas simultâneas nem sempre respondidas. Havia na chácara oito cegos e uns poucos empregados. Vasco disse que descansassem, mas já estavam sentados e deitados no chão. Wladas ficou perto do seu vizinho de apartamento. Alguns dormiram no piso duro, as crianças no colo dos pais. Do fundo vinham soluços abafados com um pano e alguém falando baixo. Provisoriamente terminara a luta urgente para não morrer de fome. Os cegos trouxeram uma sopa fria, onde parecia haver mel e aveia. Vasco dirigia a difícil manobra para não se colidirem. Estavam abrigados e tinham alimento. E os outros que ficaram na cidade, os doentes dos hospitais, as crianças pequenas?... Ninguém poderia nem queria saber. As maiores desgraças coletivas impressionam menos do que a menor parcela que nos atinge. Aos refugiados não fora preciso "fechar os olhos" às cenas de desamparo e inanição deixadas para trás, nas ruas e casas. Estavam cercados dentro de si mesmos, as suposições e pensamentos girando numa sucessão enganadora.

 Enquanto Wladas circulou em seu bairro e apartamento, recordava-se da forma dos prédios, móveis e objetos. Em seu novo ambiente, os dedos inexperientes tocando aqui e ali não lhe davam base para uma ideia do conjunto. Ele, Vasco e outros estavam reunidos em círculo para estabelecer a norma de vida a seguir. É evidente que pouco podiam acrescentar à experiência dos cegos. Existiam nas hortas cenouras, tomates, verduras, etc. No pomar, algumas frutas em ponto de comer. Dever-se-ia repartir rações iguais, um pouco mais fortes para as crianças. Especulava-se se as verduras sem raios de sol durante tantos dias não murchariam. Contou o encarregado do pequeno aviário que, desde o primeiro dia sem luz, alimentara as galinhas, mas que não tinham botado desde então. As cabras foram soltas e não sabiam se estavam vivas ou não. Cada refugiado deveria ajudar nos trabalhos gerais. A cooperação deles valeria menos do que os problemas de conduzi-los e ensiná-los. Com a tensão do perigo imediato afrouxada, Wladas sentia as reações que a escuridão provocava. Suas palavras não seguiam mais o caminho direto para os olhos do interlocutor, não havia para incentivar seus argumentos, um leve franzir de sobrancelhas, um sinal de cabeça aprovativo. Falar sem ver ninguém insinuava sempre a dúvida se prestavam ou não atenção. Nos músculos do rosto, mais inertes, sentia a falta de expressão que os cegos trazem. Os diálogos perdiam a naturalidade e quando não respondiam imediatamente parecia que não o tinham escutado.

Assim mesmo cuidaram dos problemas do alojamento, que seria coletivo, em um barracão com camas de capim cobertas de encerado. Foi regulado o uso dos poucos gabinetes sanitários. Vasco informou que eram dez horas da noite e deveriam dormir. Cada cego ficara encarregado de instruir um pequeno grupo, que chamava pelos nomes e conduzia em fila. Bater em obstáculos era comum. Alguém disse uma graça e houve um inesperado riso geral, como se a alegria desterrada tivesse voltado, por uns segundos, para iluminar os pensamentos ocultos nas trevas.

Wladas dormiu um sono pesado, com sonhos sem continuidade, cheio de luzes fortes e uma angústia que o envolvia. Acordou bruscamente e, durante um momento, esperou que acendessem uma lâmpada. Ele aceitava a realidade da cegueira como algo fantástico e transitório. Imaginava que, em outros países, a situação fosse diversa, laboratórios e cientistas atômicos estariam pesquisando a salvação de todos. Antes de um cego vir buscá-lo, tinha de ficar no mesmo lugar. Não queria acordar ninguém, sussurrou o nome de Vasco e esperou. Não sabe como, ele veio ensinar-lhe aquele mundo vazio, onde as coisas se materializavam debaixo dos pés ou coladas aos dedos. É verdade que esses contatos perduravam na memória, e se adivinhava o buraco da véspera, as mãos reconheciam a forma tocada antes. Mas, quando mãos e pés palmilhavam um novo caminho, só os barulhos orientavam, ou tinha-se que chamar pedindo auxílio, para a experiência dos que eram filhos definitivos da escuridão.

A Escuridão

Estavam no sexto dia sem luz. A temperatura descera, mas era normal nessa época do ano. Logo, o sol aquecia, de alguma maneira, a atmosfera. Não devia ser de ordem cósmica o fenômeno. Alguém citou profecias da Bíblia, o fim dos tempos. Outro sugeria misteriosa invasão por outro planeta. Falando alto, no escuro, Wladas tentava pôr equilíbrio nas suposições, filtrando-as em relação ao que a ciência poderia elucidar. Parece que não se tratava de invasão de outros planetas nem do fim do mundo. A Terra, em seu deslocamento pelo espaço, teria sido penetrada por uma substância qualquer que atingisse o sistema nervoso central ao mesmo tempo que impedisse a combustão. Eram explicações tolas e improváveis tanto quanto as metafísicas e transcendentais. Vasco dizia que, mesmo sem consultar o relógio, ainda percebia uma sutil diferença entre as horas do dia e da noite. Wladas achava que era o hábito, o organismo acostumado com os sucessivos períodos de descanso e trabalho. De tempos em tempos alguém subia em uma escada situada junto à porta, do lado de fora e virava a cabeça para os quatro polos. Gritavam, às vezes, com entusiasmo, ao perceberem vagos clarões. Alvoroçavam-se, andando de braços estendidos até a porta, alguns em direção oposta, a bater nas paredes e perguntar: "Onde estão vocês? Viram alguma coisa, o que foi, o que foi?" De tanto se repetir a alegria se desgastou quando "vislumbravam" alguma novidade. Depois de exames e discussões, a sombra continuava normal. A vida se desenrolava na Chácara com algumas confusões e transtornos, resolvidos pelos cegos. Wladas observou que conhecia quem o era, pelo tom de voz. Estranho afinal, pois ninguém via.

 Os refugiados tinham uma perceptível nota de amargura no que diziam ou pediam. Quando tentavam frases alegres, as sombras eliminavam o sorriso, a vivacidade dos olhos. Quando enxergamos, são eles que dão à palavra um tempero sutil, espécie de auréola intraduzível que não mais existe no escuro. Os cegos tinham inflexão de voz diferente. Não se poderia saber se fora a própria escuridão que os mudara. Era provável que sim. Em Vasco, com mais nitidez, percebia-se um modo firme, a maneira de quem age com segurança e melhor do que os outros e se sente bem. Aqueles mesmos homens de bengala branca e óculos escuros que perguntavam humildes qual o ônibus que vinha, ou se distanciavam devagar, atravessando os olhares piedosos dos passantes, eram agora rápidos, eficientes, milagrosos com sua habilidade manual. Respondiam às perguntas e levavam os refugiados pelo braço, com a solicitude e a satisfação de caridade prestada que antigamente recebiam. Eram pacientes e tolerantes para com os erros e incompreensões dos seus protegidos. Tornara-se de todo o mundo a desgraça particular deles. Alguns esqueciam-se, às vezes, que aqueles homens que contavam sua vida de um mês atrás no mundo das luzes e cores, tornavam-se inexperientes como criancinhas na negridão que eles dominavam. Eram insuficientes as mãos para os trabalhos que a vida e a subsistência do grupo exigiam. Havia pouco tempo de folga, mas após a última refeição, os cegos cantavam, acompanhados de dois violões. Wladas notava o entusiasmo natural e até uma alegria que a situação não comportava. Por segundos imaginou os outros enxergando e ele cego, como estava. Quanta piedade hipócrita e superficial e esmolas deprimentes teriam suportado com seus óculos escuros e bengalas brancas. Agora se identificavam com prazer, eram os guias que prestavam favor e alimentavam generosamente os de olhos perfeitos.

Quando não se pode alterar uma situação, tem-se que enfrentá-la ou perecer. Wladas notou que as crianças resistiam melhor às circunstâncias do que os adultos. Os dois filhos do seu vizinho tiveram medo no princípio, mas a contínua proximidade dos companheiros fê-los saírem em explorações difíceis de controlar. A mãe gostaria que estivessem permanentemente ligados a ela. Os dois desapareciam, embora não pudessem se afastar demais. Eram repreendidos e até apanharam, o que provocava a intervenção de vozes conciliatórias.

Afinal, Wladas se surpreendia, eles já possuíam uma rotina. As idas ao gabinete sanitário, a higiene à beira do rio, as horas importantes das refeições que se tornavam cada vez mais insípidas, verduras murchas, pepino, tomate, mamão, aveia, leite, mel, nem sempre identificáveis pelo paladar. Nenhuma catástrofe, nenhum evento humano teria sido mais extraordinário e peri-

A Escuridão

goso do que aquele. O que causava a escuridão e quando terminaria? Como falar em rotina se talvez estivessem já dentro das profecias, aquilo fosse o fim do mundo, vaticinado desde épocas imemoriais? Tinha-se que recalcar essa perspectiva sinistra e ir cuidando de banalidades essenciais, roupas e cuidados com o corpo, tudo que nos mantém vivos desde que nascemos. Muitos rezavam em voz alta, implorando um milagre. Um acontecimento geral se alteraria com pedidos isolados? Wladas não os criticava. Se a prece dava um pouco de esperança e paz de espírito, era também uma parcela de salvação. Se o negrume que os envolvia trazia desconforto e problemas, nada era em comparação com os pensamentos que a parede impenetrável lhes destilava no cérebro.

Sem a visão a distrair a mente, era difícil suportar os momentos de lazer. A dedicação ao trabalho se transformava em exagero, porque enquanto se controlava os movimentos dos dedos, era um cotidiano normal que se buscava, uma vontade de conservar um modo de vida absurdo, que não podia perdurar por mais tempo. Essa alternativa do fim, se o mundo voltaria ao normal ou os homens morreriam à míngua, constituía dilema mais pesado do que o escuro que os sufocava. Wladas não encontrava muito tempo para conversar com Vasco. Quando o fazia, notava que havia a preocupação com o futuro, menos angustiante do que a dele, porém. Colocados juntos numa experiência igual, tinham a impossibilidade de se colocar no ponto de vista do outro. Vasco nascera sem visão e não sabia o que era tê-la tido e perdido. Wladas não podia supor o estado de espírito de quem nunca enxergara. As habilidades mais elementares que aprendia, mostravam-lhe a distância que o separava de Vasco e os outros, manipulando os objetos e os construindo quando necessário. A rotina se ajustava nos hábitos e horários, mas nunca na expectativa do fim duvidoso, que a diminuição dos alimentos indicava. Já estavam no décimo sexto dia. Vasco chamou Wladas em particular. Disse-lhe que mesmo as reservas que tinham economizado, de aveia, leite em pó, frios diversos, estavam terminando. O estado nervoso se agravava, não seria prudente avisar os outros. No dia anterior um dos refugiados, moço ainda, saíra pela porta afora, sem direção, até ser recolhido adiante, caído em um fosso. Discussões surgiam por somenos e se prolongavam sem motivos. A maioria estava na fronteira de um colapso nervoso que não teve tempo de irromper.

Nas primeiras horas do décimo oitavo dia, o salão foi acordado por gritos de alegria e animação. Um dos refugiados, que não conseguira dormir, sentiu uma diferença na atmosfera. Subiu na escada preparada do lado de fora. Havia na altura do horizonte uma pálida bola vermelha. Era o sol. Fez-se uma precipitada correria, saíram ao mesmo tempo, com quedas e empurrões e lá ficaram, numa euforia contagiante aguardando que aumentasse a luz. Vasco perguntava se viam realmente, se não se tratava de engano como ocorrera tantas vezes. Alguém lembrou-se de riscar um fósforo e após algumas tentativas a chama apareceu, frágil e sem calor, mas visível aos olhos dos que a contemplavam como um milagre incomum. A luz aumentava lentamente do mesmo modo como desaparecera.

Foi um dia perfeito, com essas alegrias inesperadas e totais que agem como bebida alcoólica. Os corações pareciam aquecidos, cheios de boa vontade. Os olhos nasciam de novo como crianças inocentes sem maldade. Tomaram as refeições lá fora e Vasco resolveu reforçá-las, pois os dias normais voltariam. O sol fez seu giro esperado pelo céu. Às quatro horas da tarde já se distinguia a silhueta de uma pessoa a quatro metros. Depois que o sol se escondeu a escuridão voltou completa. Fizeram uma fogueira no terreiro, com chamas fracas e translúcidas, que pouco consumiam da madeira seca. Apagava-se frequentemente e os refugiados tornavam a acendê-la com pedaços de papel e assopravam, conservando a pálida fonte de luz e calor, sinal de vida futura. À meia-noite foi difícil convencê-los de que deveriam se recolher e o fizeram quando Vasco pediu. Só as crianças dormiram. Os que ainda tinham fósforos riscavam-nos de tempos em tempos e riam sós, como se tivessem achado a pedra filosofal da felicidade.

Às quatro e meia da manhã estavam de pé, lá fora. Nenhuma madrugada na história do mundo fora esperada como aquela. Não era a beleza das cores, a poesia dos horizontes se desco-

A Escuridão

brindo em nuvens e montanhas, árvores e borboletas. Como na Idade do Fogo o homem conservava a sua fogueira e a venerava, a divindade da luz era esperada pelos refugiados tal um condenado à morte recebe um oficial com a comutação da pena. O sol veio mais forte, os olhos desacostumados se fechavam, os cegos estendiam as palmas das mãos contra os raios, davam voltas para senti-los em cada face. Nunca mais Wladas foi capaz de descrever aqueles momentos. O que são palavras para simbolizar uma vida que se recupera... Fisionomias diferentes surgiam, com vozes conhecidas e riam e se abraçavam. Os invólucros humanos guardando solidariedade e amor fundiram-se naquela madrugada sem limitações, que a própria luz traria depois. Os cegos foram beijados e abraçados, carregados em triunfo. Choravam, o que deixava mais vermelhos os olhos desacostumados com a luz. Pela metade do dia as chamas estavam normais e almoçaram pela primeira vez depois de três semanas, comida cozida e quente. Ninguém mais trabalhou praticamente o resto do dia, encharcados de luz, absorvendo as perspectivas, andando pelos locais nos quais se arrastavam na escuridão e que lhes pareciam diferentes e fáceis.

E a cidade? Como estariam lá? Os que tinham parentes desmancharam os sorrisos. Quantos morreram ou passavam necessidades? Wladas sugeriu que ele deveria, no dia seguinte, pesquisar a situação. Outros se ofereceram, decidiu-se que iriam três.

Wladas passou mal à noite. O impacto de todos aqueles dias fazia agora seu efeito. As mãos tremiam, tinha medo, não sabia de quê. Voltar à cidade, recomeçar a vida... Ir à repartição, os amigos, mulheres... Os valores que prezava ficaram subvertidos e sepultados nas trevas. Era um homem diverso que se mexia no leito improvisado, sem poder dormir. Pela bandeira da porta dançava um quadrilátero de claridade, feito por uma lamparina acesa, aviso de que tudo estava bem. Ele tivera uma existência calma. Ter beirado o limiar da morte, sem visão, desgastara os limites da sua resistência. O que somos, o que valemos, para onde vamos? A memória trazia-lhe rápidos fragmentos, um latido de cão, o homem gemendo na calçada, sua mão brandindo a alavanca. Vasco conduzindo-o pelas ruas, o chefe conversando na janela... Trechos de sua infância se misturavam, o sono o tomou aos poucos, ele se agitava, a testa franzida em luta com os sonhos.

Partiram com o sol nascendo, pelo caminho que conduzia à estrada de ferro. Um deles de meia-idade, casado, sem filhos. Sua mulher ficara na Chácara. O outro teria a idade de Wladas. Seus irmãos e irmãs moravam em outro lado da cidade. Fora salvo por um cego e não mais pudera voltar para casa. Caminhavam conversando a princípio, mas a vontade de chegar depressa fazia com que apertassem o passo e o cansaço os atingiu mais forte pela insuficiente alimentação daquelas semanas. As primeiras casas que rodeavam a linha tinham aparência normal. Após uma curva, surgiu a cidade. Depois das primeiras pontes os trilhos atravessavam ruas. Wladas e seus companheiros entraram por uma delas. Os dois primeiros quarteirões pareciam tão pacíficos, com algumas pessoas circulando, mais lentamente talvez. Na esquina seguinte havia um grupo de pessoas, carregando para um caminhão um morto, coberto com pano grosseiro. Os acompanhantes choravam. Passou um veículo verde do exército. Divulgava pelo alto-falante um boletim do governo. Fora decretada a lei marcial. Seriam fuzilados os que invadissem a propriedade alheia. O governo requisitava todos os depósitos de alimentos e os distribuiria aos necessitados. Qualquer veículo seria requisitado se necessário. Recomendava-se que se comunicasse à polícia imediatamente todos os lugares de onde exalasse mau cheiro, para se investigar a existência de cadáveres. Os mortos seriam enterrados em valas comuns...

Wladas não quis chegar até seu prédio. Lembrava-se das vozes chamando pelas portas entreabertas, ele a se esgueirar, descalço, largando-os à própria sorte. Teria de telefonar se houvesse mau cheiro... Já vira o suficiente, não queria permanecer ali. O jovem companheiro conversara com um oficial e decidira procurar a família imediatamente. Despediram-se emocionados, sem se lembrar sequer de deixar os endereços. O outro refugiado quis voltar com Wladas para a Chácara. Este não podia fazê-lo sem auxiliar a irmã. Indagou se os telefones funcionavam e soube que sim, alguns circuitos automáticos. Ligou para a casa do cunhado. Depois de algum tempo ele atendeu. Estavam muito fracos, mas vivos. No prédio houvera quatro mortes. Wladas contou-lhe rapidamente como se salvara e perguntou se precisavam dele. Não era necessário, havia alimentos, estavam melhor do que outros.

Todas as pessoas conversavam com desconhecidos, a contar histórias diversas. As crianças e os doentes foram os que mais sofreram. Havia casos de morte em circunstâncias pungentes. Os serviços públicos se reorganizavam, com a ajuda do exército, para socorrer os desamparados, enterrar os mortos e recomeçar tudo. Wladas e seu companheiro não quiseram saber mais de nada. Tinham andado alguns quarteirões e comido o pouco que trouxeram. Sentiam-se fracos, com um cansaço de raciocínio, vendo e ouvindo coisas raras, onde o absurdo não era hipótese, acontecera, à revelia da lógica e das leis científicas.

Voltavam pelos trilhos ainda vazios os dois vultos, caminhando devagar, debaixo de um agradável céu de nuvens. Árvores verdes tremiam com a brisa, alguns pássaros voavam por entre os galhos. Como tinham podido sobreviver na escuridão? Wladas pensava em tudo isso, enquanto suas pernas doloridas o conduziam. Suas científicas certezas nada mais valiam. Naquele mesmo instante homens combalidos faziam funcionar computadores eletrônicos, microscópios pesquisavam lâminas, religiosos em seus templos explicavam a vontade de Deus, políticos redigiam decretos, mães choravam os mortos que permaneceriam nas trevas.

Dois vultos fatigados caminhavam por entre os dormentes. Traziam notícias, talvez melhores do que esperavam. O homem resistira. Roendo alimentos impróprios, tomando qualquer líquido, passara três semanas no mundo dos cegos. Wladas e seu companheiro voltavam tristes e enfraquecidos, mas com a abafada e secreta alegria de estarem vivos. Acima das especulações racionais, vinha o mistério do sangue correndo, o prazer de amar, realizar coisas, agitar os músculos e sorrir. Vistos à distância, os dois eram menores do que os trilhos retos que os cercavam. Seus pensamentos pulavam as fronteiras e o tempo. O corpo voltava ao cotidiano, sujeito às forças e aos descontroles, desde o princípio das eras.

Havia planetas, sistemas solares e galáxias. Eram dois homens apenas, cercados por trilhos impassíveis, voltando para casa com seus problemas.

Rubens Teixeira Scavone

Contemporâneo de André Carneiro, Rubens Teixeira Scavone nasceu em Itapira, interior de São Paulo, em 1925. Com mãe ficcionista e jornalista cultural — Maria de Lourdes Teixeira —, Rubens teria no padrasto José Geraldo Vieira outra influência literária. Ambos pertenceram à Academia Paulista de Letras, para a qual Rubens foi eleito em 1988 (cadeira nº 18).

Em 1958, Scavone publicou O Homem que Viu o Disco-Voador, *obra inaugural da Primeira Onda da Ficção Científica Brasileira (1958– 1972). Scavone chamava esse romance de uma "aventura de Júlio Verne". Sobre ele, o crítico Sérgio Milliet escreveu: "O autor, como sabe contar, com clareza, fluência e simplicidade, sem exagerar na pormenorização científica e sem descambar para o absurdo, dá-nos um romance movimentado e de leitura agradável." E Almiro Rolmes Barbosa afirmou que, com sua publicação, "o gênero denominado 'ficção científica' integra-se definitivamente em nossa literatura".*

Seguiu-se outro romance, dentro daquilo que o próprio Scavone chamou de fase de "didatismo": Degrau para as Estrelas *(1961), primeiro texto ficcional a dar conta também de sua vivência de promotor público, como um toque de mistério, em meio ao enredo que resumia os avanços da Astronáutica.*

Com o editor Gumercindo Rocha Dorea, Scavone publicou O Diálogo dos Mundos *(1965), com sete contos que se afastam do didatismo, buscando uma linguagem mais elaborada e a força da imagem poética, à maneira de Ray Bradbury, o autor estrangeiro de maior influência entre* os brasileiros daquela época. Essa tendência estaria mais consolidada em Passagem para Júpiter *(1973)*, com onze histórias, algumas republicadas. Um acréscimo instigante é "Especialmente, Quando Sopra Outubro", incluído na antologia Os Melhores Contos Brasileiros de Ficção Científica *(Devir, 2008)*. O conto chamou a atenção de Mário Donato, no discurso de recepção a Scavone na Academia Paulista de Letras, como indício dessa mudança de rumo: "não há máquinas [no conto], não há robôs pensantes, mas há, sim, apenas o inconsciente da menina Ângela, que era capaz de criar, só para si, bichos, feras, anões e flores fantásticas..."

Sobre Scavone, Fausto Cunha escreveu em 1976: "Concilia a poderosa qualidade literária com o domínio da técnica da ficção científica, e é hoje, como André Carneiro, um autor de nível internacional. Seu último volume de contos, Passagem para Júpiter, 1971, mostra um enriquecimento da temática e da linguagem narrativa, que já no Diálogo dos Mundos colocava num plano destacado. Anteriormente, Degrau para as Estrelas viera revelar sua vocação para o gênero."

Em Scavone, a Geração GRD realiza uma de suas ambições: elevar o gênero por meio do cuidado estilístico e da temática humanista, atenta ao psicológico. Culmina com sua eleição para a Academia Palista de Letras: não é à toa que o discurso de Donato chamou-se "Uma Casa sem Preconceitos": "Quem a Academia não tinha entre os seus pares, até agora, era um autor de ficção científica", escreveu, "gênero para o qual os Srs. Críticos ainda torcem o nariz". E ainda: "Esta a ficção científica do Sr. Rubens Scavone. No centro dela está sempre, não o androide, mas o homem mesmo, com os seus artefatos ou apesar desses mesmos artefatos."

Ensaísta, Scavone contribuiu com o "Suplemento Literário" do Estado de S. Paulo e em 1963 seus artigos compuseram Ensaios Norte-Americanos, em que tenta desvendar — sem excessos teóricos — o programa e a centralidade das obras de nomes como Herman Melville, Theodore Dreiser, John Dos Passos, F. Scott Fitzgerald, Ernest Hemingway, Arthur Miller, Richard Wright, Carson McCullers, Norman Mailer, William Faulkner e Ray Bradbury. Outros de seus artigos apareceram no Estadão e na revista Manchete. Uma batelada deles está em Faulkner & Cia. *(1984)*, que inclui ensaios sobre George Orwell, Aldous Huxley, William Golding, Fred Hoyle e Júlio Verne. Outro livro, enfatizando textos de divulgação científica e comentário cultural, é Templários, Frankenstein, Buracos Negros e Outros Temas *(1988)*. O romance de Mary Shelley, aliás, era uma de suas paixões, e ele tencionava escrever mais sobre o famoso workshop na Vila Diodati, em que Mary apresentou o esboço desse clássico da FC. No livro, mais ensaios sobre Verne, Robert A. Heinlein, Damon Knight (que ele conheceu pessoalmente) e outros de interesse para o leitor de FC. Com Fausto Cunha, Scavone foi um dos divulgadores da FC no jornalismo cultural brasileiro, na década de 1980. Ainda na década de 60, porém, editou para o Estadão um número especial do "Suplemento Cultura" sobre FC (em 25 de outubro de 1969).

O sucesso do seu romance mainstream Clube de Campo (1973) parece ter sugerido a muitos que Scavone abandonara a FC em favor da respeitabilidade crítica. Mas ele já havia enveredado pelo mainstream antes: O Lírio e a Antípoda (1965) é um romance sobre o amor entre um brasileiro e uma jovem nipo-brasileira, tendo o bombardeio de Hiroshima como pano de fundo. Em Scavone, a elaboração estilística do mainstream e a sua ficção científica sempre estiveram próximos, e com O Lírio e a Antípoda Scavone parece tratar da mesma ansiedade sobre a Era Atômica que motivara seu conto "A Evidência do Impossível" (1971), mas pelo ângulo do romance de exame psicológico.

Clube de Campo, que recebeu o Jabuti — o maior prêmio literário brasileiro — de melhor romance de 1973, é obra de comentário social em estrutura de mistério, em torno do assassinato de uma jovem. O pano de fundo aqui é a viagem da Apollo 11 à Lua. Chamou a atenção não só do júri da Câmara Brasileira do Livro, que lhe conferiu o Jabuti, mas do crítico Wilson Martins, que afirmou que "Rubens Teixeira Scavone escreveu o romance policial com estilo literário, acréscimo nada desprezível numa espécie em que a carência estilística é quase uma prova de autenticidade. Para ele o romance é uma arte — uma das artes de literatura que fixam, em cada momento dado, o nível da força criadora de um povo." Hélio Pólvora saudou o romance com: "O toque policial, o toque à ficção científica, o exame minucioso de um corte transversal da sociedade, à maneira contrapontística celebrizada por Aldous Huxley. Scavone escreve fluentemente, com graça e leveza. Sua prosa tem uma espontaneidade até certo ponto espantosa..." E Homero Silveira enxergou assim o Scavone de Clube de Campo: "Com inegável garra balzaquiana e forrado de material farto e bem elaborado, senhor de um senso de observação e de crítica invulgar entre nós, dono de uma linguagem forte, de uma estrutura narrativa exata, tem tudo o escritor paulista para um levantamento preciso e honesto da tragicomédia humana em que nos movimentamos."

"O 31º Peregrino" apareceu em 1993, e foi o último livro do autor. Nele, Scavone se apropria da voz de Geoffrey Chaucer, poeta inglês do século XIV cujos Contos da Cantuária (The Canterbury Tales) estão entre as obras poéticas mais significativas da história literária inglesa. A noveleta seria um manuscrito secreto, não incluído na versão final do livro, e no qual Chaucer narra o surgimento de uma misteriosa mulher grávida que se une aos outros peregrinos com destino a Canterbury.

A noveleta combina a homenagem literária, o horror e a ficção científica, em tessitura perfeita, que — sem deixar de engajar o leitor e com um admirável exercício estilístico — reflete sobre o quanto nossa cognição é determinada pelos parâmetros sócio-culturais da época. Recentemente, o premiado escritor Braulio Tavares apontou "O 31º Peregrino" como um dos destaques na história da ficção científica brasileira, "porque todo grande livro é também uma grande viagem pela língua".

Rubens Teixeira Scavone faleceu em 2007.

O 31º PEREGRINO

The imagination dissolves, diffuses, dissipates, in order to recreate.[1] (Samuel Taylor Coleridge, NOTE BOOK, British Museum, 1795-1798)

Put an idea into your intelligence and leave it there an hour, a year, without ever having occasion to refer to it. When at last, you return to it, you do not find it as it was when acquired. It has domiciliated itself, so to speak, — become at home, — entered with whole fabric of the mind.[2] (AUTOCRAT OF THE BREAKFAST TABLE, Oliver Wendell Holmes, *apud* THE ROAD TO XANADU, John Livingston Lowes, Picador, 1978, Pan Books, Londres, pág. 53)

A existência terrestre é apenas uma peregrinação, assediada constantemente por hostes demoníacas, tentadoras e medonhas, terríveis de enfrentar. (Guillaume Digulleville, trovador do século XIV)

Chamo-me Geoffrey Chaucer, nasci no ano do Senhor de 1342, filho de John Chaucer, ativo comerciante de vinhos (como meu avô), honesto e esperto em sua atividade, capaz de distinguir seu produto da zurrapa impingida em Cheapside, submisso aos suaves néctares do Arbois e do Loire, motivo elementar da prosperidade paterna.

---

[1] A imaginação dissolve, dissemina, dissipa, a fim de recriar.
[2] Coloque uma ideia em sua inteligência e a deixe lá uma hora, um ano, sem sequer uma ocasião de se remeter a ela. Quando enfim retornar a ela, você não a encontrará com a forma com que foi alcançada. Ela domiciliou-se, por assim dizer — ficou em casa — penetrou o tecido pleno da mente.

Vim à luz na cidade de Londres, numa vetusta morada da rua paralela ao rio e que se alonga desde a Alfândega até Westminster. Londres, a maior cidade da minha alegre Inglaterra, pululante de nobres, mercadores, tecelões e armeiros, rústicos e cortesãos, pedintes e estrangeiros, beleguins e prostitutas; frades e monges, trajando o branco, o cinza e o negro; sobretudo aventureiros, procedentes não apenas da ilha mas de todas as partes do continente. Londres, a Londinium dos romanos, com sua imensa população flutuante — mais de trinta e cinco mil habitantes — em sua curiosa topografia semicircular, esparramada pela margem esquerda do Tâmisa, demarcada em seus extremos pela Torre e pelo Templo, protegida por muralhas e fossos e flanqueada por cinco portões: de Aldgate a Ludgate e com a ponte lançada sobre o rio, dando acesso às estradas do Sul, cruzando Southwark.

Estou sentado à mesa de trabalho, na casa que me foi emprestada, no cômodo superior e exíguo cuja luz emana de duas janelas: a da frente se abre para os campos, posso ver o caminho de York, com alguma dificuldade Houndsditch; a traseira desvenda Leaderhall e Fenchurch Street e a cidade, fervilhante de vida.

Leio e escrevo desde meus tempos de menino, meu pai era influente, possuía razoáveis recursos, deu-me sólida instrução, fácil foi fazer da pena minha ferramenta. E, além desse ofício solitário e de proveito incerto, sempre obtive boas colocações que me possibilitaram muitas outras janelas para o mundo. Fiz da minha leitura incessante e da escrita, quase diária, minha condição especial para melhor conhecer os homens e a mim mesmo, critério adequado para desvendar o íntimo de meus contemporâneos: seus vícios e virtudes; valores e fraquezas; crimes e iniquidades; sonhos e esperanças, principalmente talentos e desejos.

Neste momento, provisoriamente, dei por encerrado certo conjunto de estórias que comecei em 1386, no reduto tranquilo de Greenwich, mas sinto que jamais terminarei esse trabalho, pois as sugestões e perspectivas são infindas. Coleção de *racconti*

O 31º Peregrino

(como falam os italianos), originários de criaturas diferentes, unidas pelo mesmo desígnio, que demandaram o Santuário de Canterbury, dividindo os prazeres e as privações da viagem, santa peregrinação ao local do sacrifício do Arcebispo Thomas Becket.

Sempre mantive reservas sobre peregrinações, a própria Igreja vem desaconselhando tais procedimentos que, não raro, ao contrário de se exaurirem em graças e indulgências, mostram-se adequados em gerar os mais deslavados atos de libertinagem, cujo objetivo final nada mais é senão *pour folle plaisance*.

Mas naquela manhã radiosa, na estalagem, acreditei que os viajantes que lá se aprestavam atendiam, em verdade, à veneração do Santo Arcebispo, assassinado pelos cavaleiros de Henrique II, quando Thomas, na Catedral, se aprestava para o ritual da missa.

Conversei demoradamente com *Estalajadeiro*, fui avaliando os caminhantes e logo resolvi aderir à peregrinação, pondo em dúvida a douta lição de outro Thomas, Kempis, que afirmava constantemente que os atendentes contínuos às romarias "raramente chegam a alcançar as fímbrias da santidade".

Integrei-me assim à comitiva, talvez instado sob os eflúvios de abril e do zéfiro perfumado, curvando-me ao chamamento de terras estranhas, ao lírico aceno dos palmeirins.

Se o viajar, mesmo imotivado, regula o fluxo sanguíneo, provendo o corpo de euforia, quando motivado pela piedade induz e incrementa a fé mas, no meu caso apenas fui compelido pelo imaginativo, poeta que sou e já bastante conhecido.

Viajei muito no passado: servindo soberanos desvendei França, permeei Flandres, alcancei a Navarra, sobretudo assumi a Itália, empolgado, vasto o efeito para a imaginação.

Em 1357 fui admitido ao serviço da Condessa de Ulster; dois anos depois fui aprisionado na Normandia, resgatado por Edward III que, em 1367, distinguiu-me com certa pensão considerável.

Em 1377 envolvi-me nas negociações do casamento de Richard com a Princesa Maria de França.

Na França, sob o influxo dos trovadores, fui arrostado ao poético cortês, surpreendido pelo *Romance da Rosa*, para sempre inacabado, como aconteceria com meus Contos. Caminhei lado a lado com Guillaume de Lorris e Jean Chopinel. Vale dizer arrebatado pela suma estilização do amor e do elogio sensual e aviltado pelo apologético passional sacrílego, que desvelava a mais ousada indecência, conquanto disfarçada em misticismo sutil.

Na Itália, através da obra, deslumbrei-me com Bocaccio que, admito, muito me influenciou; assimilei Virgílio, convivi com Petrarca, penetrei Dante e fui convocado a uma *Vida nova, in gaia gioventude*. E, ainda naquele país nutri-me da *Consolação* pia, inoculado por Anicius Manlius Boethius ao qual, como tradutor, me curvei.

Agora, sentado à mesa de trabalho, preparo-me para redigir minhas despedidas, retratações ante o término provisório dos *Contos de Canterbury*, afirmando que, se do texto obtive algum agrado, o agradecimento deve ser encaminhado ao Nosso Senhor Jesus Cristo, pois é dele que emana todo talento e virtude.

A mim pouco resta, utilizei-me da ambivalência criativa, mantendo sempre que pude o equivalente entre a real aventura e a realidade imaginada. Afirmo que jamais consegui separar esses aspectos na mente. Se o cérebro humano está dividido em três células ou secções — *frontal*, a da fantasia; *posterior*, da memória e *intermediária*, da razão — sempre confundi esses mágicos receptáculos no afã incontrolável da criação.

Ressalvo entretanto que nem tudo que aconteceu na caminhada foi por mim divulgado pois, pelo tétrico do episódio, ocultei até agora a estória do trigésimo primeiro peregrinante, aquela que — como o *Cônego* e seu *Criado* — veio a juntar-se aos viajadores durante o trajeto, ou seja entre Rochester e Sittingbourne.

Tão fantástica a estória da retardatária que será agora contada por mim, como já ocorreu com o conto de Sir Topázio e Melibeu.[3]

Insisto, acontecimentos prodigiosos, próprios do sobrenatural, *mirabilia vero dicimus quae nostrae cognitione non subjacent cum sint naturalia*, como predicava Gervásio de Tilbury.

Quando cheguei à hospedaria do Tabardo faltavam ainda muitos peregrinadores para integrar o cortejo. Muito conversei com Harry Baily, proprietário da estalagem e organizador da caminhada. Bebemos certo vinho capitoso, encorpado, Baily

---
[3] Sétimo e oitavo capítulos dos Contos da Cantuária, de Chaucer.

era tão robusto quanto a bebida, corpulento, de olhar luzidio e enérgico e, à medida que o álcool ia sendo deglutido, ia se mostrando palreiro incontrolável.

Afluindo os viajantes Baily, loquaz, mais se envolvia com as atividades da empreitada, chegando a propor que cada participante, como entretenimento, deveria narrar duas estórias. E ele, hospedeiro, como recompensa, ofereceria a todos uma refeição magnífica.

Assim foi que, ao romper da alva, Baily comportando-se como galo alvissareiro, pôs em pé os viandantes, assumindo logo o posto de guia, emparelhado ao *Cavaleiro* que ia à testa do cortejo, mercê da alta linhagem.

E lá nos fomos, deixando Southwark, rompendo as estradas do Sul, as mais variadas criaturas, com os mais díspares destinos e mais diversos desejos, caminho a fora em homenagem ao Primaz mártir; apetrechadas com os mais diferentes pertences e alimárias.

O *Cavaleiro*, ostentando cota de malha de ferro: o *Moleiro*, cuidadoso com a gaita de fole; o *Escudeiro*, galante e fogoso, saiote curto e malha de mangas longas e bufantes; a *Prioresa*, simples e modesta, alimentando os cãezinhos que a acompanhavam, invocando em todo percurso Santo Elói e com o rosário volteando o braço no qual se balançava um medalhão áureo, onde se lia: *Amor vincit omnia*; o *Monge*, cavalgando um palafrém cor de frambroesa madura, sobranceiro como nosso guia improvisado; o *Frade*, álacre e galhofeiro, pescoço alvo como o lírio, o mais famoso pedinte de sua Ordem; o *Mercador*, tagante na mão, barba bifurcada e traje multicolorido; o *Estudante de Oxford*, de cavalo magro como vassoura, alaúde à tiracolo, perito em cantarolar romanças, dispensando cuidados extremos ao cilindro, do qual obtinha o registro das horas; o *Magistrado*, sábio e prudente, notório comprador de glebas e compilador de regras de precedente; o *Carpinteiro*, cofiando sempre o vasto bigode e com certa touca encardida de linho, que lhe cobria as orelhas, mas não escondia a ruiva melena; o *Tecelão*, o *Tintureiro* e o *Tapeceiro*, com as respectivas cores de suas guildas, sempre juntos, inseparáveis, alheios aos demais e que se negaram a contar estórias. Perfeita tríade, como a Santíssima Trindade — como ironizava o *Cônego* — as três virtudes teologais — como sacava com aleivosia a *Prioresa* — ou então as três Parcas, já que estavam intimamente relacionados com o fiar, o tecer e o costurar, como lembrou com mordacidade o *Magistrado*; o *Médico*, cioso da cura pela magia natural e fundado na Astrologia; a *Mulher de Bath*, com capeirote de custosa fazenda, calças rubras e justas, que tivera cinco maridos, peregrinante ativa, experimentada, que já andara por Boulogne-Sur-Mer, Santiago de Compostela, Roma e Colônia; amplo lenço à cabeça, sabedora de todos remédios para os males de amor; o *Provedor*, de certa escola de Direito londrina, sempre obtendo vantagens de seu mister, dotado de infinda astúcia; o *Lavrador*, bom e honesto, que muito carregara esterco na vida; o *Vendedor de Indulgências*, do Hospital de Roncesvalles, cabeleira amarela e desalinhada, portando no malote a fronha do travesseiro que seria o véu de Nossa Senhora, algumas penas das asas do Arcanjo Gabriel, recolhidas logo após a Anunciação e ainda um retalho de vela do barco de São Pedro; o *Pároco*, não muito culto mas pleno de religiosidade, fiel à *Santa Madre Igreja* e modelar pastor de seu rebanho, livre de empáfia e arrogância.

E os outros, difícil de lembrar; faladores ou calados, ricos ou pobres, ativos ou humildes, despojados ou garridos, com maior ou menor convicção, ao mínimo mantendo alguma aparente reverência, adequada aos propósitos da procissão: saldar pecados, levantar ofensas, purgar almas, livrar dívidas, manter a esperança pungente na divina absolvição franqueadora dos portais do Paraíso.

Eu marchava quase sempre em último lugar, distanciando-me com frequência do magote que se mantinha em fila dupla e sinuosa, mais observando do que participando: atento às paisagens, à relva cambiante, aos matizes florais, ao tráfico anárquico das nuvens. Aspirando as emanações dos raros vergéis e dos perfumes que se alternavam, acalentado sobretudo pelo simples viajar, empolgado na expectativa juvenil de dormir *à la belle étoile*.

Ultrapassado Deptford, alem de Greenwich, as narrativas foram ocorrendo, atento o *Estalajadeiro* à satisfação do ajuste, quase sempre cumprido aos prenúncios do crepúsculo, quando o Astro agonizante ganhava os mais inusitados vermelhos, como aconteceu na aproximação de Dartford.

Nas cercanias de Rochester pudemos estabelecer o ritmo da jornada, capaz de estimar o tempo devido até Canterbury. Foi quando o *Monge* revelou sua estória: *De Casibus Virorum Illustrium*.[4] Desdobrou-se em elegância e emoções dizendo de seus heróis: Adão, Hércules, Nabucodonosor, Pedro de Leão e Castela, Barnabó Visconti, Ugolino de Pisa, Nero, Alexandre Magno e outros. Tendo começado a desvendar sua galeria, estranhamente, por Lúcifer, moldado por Deus, o mais luzente dos anjos e que, caído em desgraça, converteu-se no vil Satanás.

Na terceira noite acampamos a meio caminho de Sittingbourne e foi ao anoitecer que a estranha, galopando solitária do Oeste, veio ao nosso encontro.

E aqui se inicia o conto do Trigésimo Primeiro Peregrino

Presenciei tudo, desde o começo; tudo memorizei com proficiência, procurei tudo compreender, apliquei-me em solucionar o enigma, construí hipóteses, percuti o arcano, imaginei hierofanias, debalde convoquei a razão; dobrei-me ante o oculto.

Os clérigos, igualmente transidos, exercitaram suas armas, dissertaram teologias, lançaram-se às orações, declamaram esconjuros, debateram os sucessos, em vão: o inefável não apenas perseverou, mas ganhou perpetuidade ominosa.

Imperou assim o ambíguo que passo a descrever, deixando-o sob sigilo ao juízo dos pósteros, quiçá à sabedoria dos mais preparados, destituído que estou da audácia atual de proclamar.

Na escolha dos roteiros as usanças desaconselhavam que se permeassem cidades, vilas, simples aldeias que fossem. Convinha aos préstitos manterem-se distantes não só dos burgueses mas de todos que pudessem, com a simples presença,

---

[4] Relatos moralizantes, tomados das vidas de pessoas importantes. Tradição iniciada com Boccaccio, em 1355.

perturbar a caravana devota: incrédulos, mercadores ou pedintes, curiosos, vadios ou ambulantes, eventuais salteadores ou campesinos, milagreiros e doentes; enfim todos que, com ligeiro olhar, pudessem abalar o fervor dos transeuntes. Inconcebível ainda a incorporação tardia de desconhecidos, pois o anjo decaído tinha mil disfarces. Pretendia-se que os peregrinos configuravam um todo, perfaziam uma só vontade andante, poderoso motivo em evitar as contaminações mundanas visíveis. Pois eles perseguiam o invisível celeste, inconciliáveis assim os dois espaços.

Daí procederem por caminhos arruinados, estradas decadentes, trilhas vetustas, sendas encobertas, veredas não raro secretas, lançando-se os acampamentos em ermos ínvios e interstícios dificultosos florestais. E isso sem mencionarmos os roteiros mágicos, estabelecidos por druidas e celtas, os *leys*, indicadores sagrados, caminhos dos quais se elevam a proteção dos deuses telúricos, mitológicos, descobertos apenas por sorte ou encanto favorável aos andarilhos.

O *Cavaleiro* arrogou-se apontar os locais de pernoite. Não havia muita escolha naquela etapa do progresso: terreno aberto, vegetação rasteira, quase planura, onde muitas estradas podiam coexistir sem deixar vestígios. Em suave declínio a Sudoeste havia certo acúmulo de árvores de porte, suposto bosque sitiado por tufos verde amarelados; nada mais se podia esperar ante a aridez persistente de março.

Quando o *Cavaleiro* indicou com a destra levantada, ninguém dissentiu da escolha.

Aconteceu nas Vésperas, quando muitos fruíam das luzes declinantes e dos gorjeios de inesperadas aves, que haviam escolhido o mesmo e parco abrigo, quando a penumbra se insinuava iminente. Nessa hora de plangência e recolhimento só os sonidos da flauta do *Escudeiro* prenunciavam o mês de maio.

O cavaleiro, que se aproximava em viva marcha e bem pouca destreza, procedia dos rumos de Stockbury. Foi visto primeiro pelo *Vendedor de Indulgências*; alertados e surpresos divisamos a mancha clara, que parecia arquejar sobre a montaria escura: visão suspeita no instante morrediço.

O *Pároco* suspeitou que, pelo alvo da capa, poderia ser um carmelita. O *Mercador* pensou em assaltante. Harry Baily avançou, preparado o bordão. A *Freira* suplicou por Santa Cecília; o *Escudeiro*, em gesto viril, levou a mão aos copos da espada.

Só quando o intruso estacou, há poucas jardas e para espanto dos que acorreram, vimos que se tratava de uma mulher pois, ao parar abrupto, o capuz branco pendeu para trás, desvelando o rosto afogueado. Assim todo receio desapareceu.

O animal, ajaezado com esmero, resfolegava, o ar quente do respirar condensava-se em leve vapor envolvendo as narinas; a ilharga suportava estuários gotejantes de suor; a marcha havia sido longa, exigindo do cavaleiro todo empenho da montada.

A mulher estava protegida por amplo tabardo de saragoça, debruada a orla por certo azul pálido, desgastado pelo uso. Cabelos longos, de um loiro acobreado em completo desalinho. Não cavalgava como as damas, incompatível essa postura com o galope atrevido, mas como homem: pernas separadas, premindo o animal. O casaco alcançava as botas, no tacão esporas enferrujadas, rosetas pontudas e estreladas, próprias de cavaleiros distintos.

Ao redor fechou-se o cerco dos penitentes, mudos, pasmados não ousaram nenhuma indagação. Mantive-me à distância, atento às condições criadas pela imprevista visitante.

Baily avançou tempestivo, auxiliando a rapariga que lhe estendeu a mão enluvada. Tive visão completa do rosto: nariz diminuto e rosado, contrastando com o branco e macilento da face ovalada; lábios polpudos e incolores; olhos enormes, apáticos e claros, inexpressivos mas ofertando a mansidão da porcelana, resumando o conjunto mais do que fadiga, exaurida.

Desmontando, amparada pelo *Estalajadeiro*, interei-me da baixa estatura, incapaz de perceber se a corpulência mostrada era natural ou resultado da folga excessiva do tabardo. Quando os pés tocaram o chão as esporas se esconderam sob o debruado do tecido vulgar que a protegia integralmente, desde o pescoço.

O *Escudeiro* susteve o cavalo pelo bridão, ela procurou recompor o cabelo e, calada, olhou sem pressa o grupo espectante. Foi a primeira a falar:

— Estou fatigada, percorri muitas milhas. Vim de Bredgar, me perdi muitas vezes pelos caminhos; precisava alcançá-los, muitas são as peregrinações mas variados os percursos.

O silêncio se manteve, redobraram-se as atenções. O *Mercador* cochichou ao ouvido do *Carpinteiro*; o *Frade* franziu o cenho: a *Mulher de Bath* mais se acercou da recém-chegada, esmiuçando-lhe a aparência degradada e o *Vendedor de Indulgências* avançou prestante, talvez esperançoso em empurrar relíquias, com certeza um dos dentes de São Romualdo, seguro para equilibrar os fluxos femininos.

— Sempre soube das peregrinações, de Bredgar nesta época partem centenas de caminhantes, tinha curiosidade mas jamais pensei partir para Canterbury e agora não seria conveniente misturar-me com pessoas que pudessem me conhecer. Mas fui mandada, ordenada. Resisti, não entendia e até agora não consegui compreender, entretanto talvez seja para meu bem. A insistência não foi do pai, nem da tia, muito menos dos irmãos, foi do vigário, entendem?

De novo emudecida e, sem respostas dos ouvintes cheios de quizilas, revigoraram-se as observações dos circunstantes.

Quem se adiantou foi a *Prioresa*, cheia de dedos, afável, como se mimasse um dos seus cãezinhos:

— Fale, minha filha, não estamos entendendo nada! Seja bem-vinda, não se assuste, somos todos cristãos.

— Parcos são meus recursos a tão bendizente pretensão, qual o tributo que me toca? A quem devo me dirigir, que fazer para ser recebida neste respeitável cortejo? Imploro, rogo, ajudem-me, por Deus e São Martinho!

O *Magistrado*, trajando o saio de abas e saião, não poderia revelar seus altos encargos pelas roupas e foi assim com alguma dificuldade que abriu passagem pelos companheiros, chegando-se à criatura de tão estranhas falas. Fixou-se nos olhos de louça fina e empostou a voz, como se pronunciando discurso solene ou interrogando acusado:

— Quem é você, mulher?

Não obtendo pronta resposta logo tornou com ímpeto redobrado:

— Como obteve esse animal de ricos ornatos? De quem foge, ordenada por quem, com qual intuito nos achou?

— Senhor, estou esfalfada, entre o passo e o galope consumi não só o corpo nas muitas e muitas horas, pesa-me a ideia. Sinto sede e fome, tudo que levava foi pouco, partilhei com o animal. Vadeei regatos, contornei florestas, procurei atalhos e evitei charcos, arrojadiça que fui. Muitos me ajudaram para encontrar vossos caminhos. Eu e o cavalo necessitamos de alimento e algum repouso: água, muita água, depois contarei, senhor...

Harry Baily, que agora sustinha a montaria, largada pelo *Escudeiro*, deu sinais de pretender falar mas, apiedando-se da mulher, nada aditou às instâncias do Magistrado.

A intrusa então se viu favorecida pela *Prioresa*, que lhe passou os braços sobre os ombros, encaminhando-a à barraca do *Cozinheiro*; a maior de todas, ao abrigo frondoso do freixo. Este, solícito, tomou a dianteira, desimpedindo o catre, tomado de baús e ladeado por sacos de provisões e barriletes, como se honrado em socorrer tão resvaladiça rapariga.

A água foi providenciada com prontidão pelo ágil *Escudeiro*, que não arredou do umbral da tenda enquanto não obteve a imagem ampla da personagem. Todavia, vedada pelo tabardo, teve de contentar-se apenas com o semblante alvadio e desvalido.

Valendo-se dos préstimos do *Homem do Mar* o proprietário do abrigo fez chegar à mulher não só as sobras do pastelão mas ainda um guisado de galinha com ossos de tutano, condimentado com muitas especiarias.

Os peregrinantes se acumularam ao redor da grande fogueira, nutrida de galhos de castanheiros, áceres e carvalhos, apreensivos; loquazes em formular as mais diversas explicações para a cavalgada. Muito divagaram sobre a intrusa: dos cabelos afogueados, do rosto inexpressivo, dos olhos lúridos e indiferentes, do abrigo rústico e vulgar e do animal de jaezes dourados, custosos. E as esporas? Que dizer das rosetas, enormes, estelares, irradiando hastes aguçadas?

O *Padre da Freira* lembrou dos perigos e das tentações noctívagas, que acometem os viajantes, confundindo-lhes os rumos, toldando-lhes a percepção. Hesitou, tremeu, sacudiu o corpo ao mencionar Satanás. Não era cediça a presença do Malévolo, disfarçando em São James, nas romarias de Compostela?

O *Feitor*, quebrando o alheamento, lembrou certo fato assustador: o mais comum embuste do Coxo não era se fazer de donzela, atraente e sensual?

O *Mercador* foi mais longe: a advinda, ao pedir ajuda, não invocou a proteção de São Martinho? E quem desconhece ter esse santo se destacado pela habilidade em reconhecer demônios, de aclarar embustes e anular todas as espécies de bruxarias?

Talvez a estranha nada mais fosse senão artifício do arquiinimigo do gênero humano — completou voraz o *Proprietário Rural*, apertando-se mais à esclavina, como se na iminência de um ataque.

— Mas ela, assim que chegou, também implorou por Deus — lembrou o *Moleiro* em voz pastosa, resultado de quase um litro do vinho, cujo cântaro balançava nas mãos.

— Mensageira, preposta do anjo decaído; para nos aliciar, invadindo nossas almas! — trovejou o *Vendedor de Indulgências*.

— Leprosa, escorraçada de gafarias, desterrada de sua aldeia, coberta de escrófulas, escondida pela larga túnica, não fosse esse um dos estigmas dos banidos! — bufou o *Provedor*.

— Transfuga do Purgatório de São Patrício; relegada de Cristo, evadida das trevas exteriores do Inferno pois, o fogo que lá existe — como afirma Santo Anselmo — não emite nenhuma luz; danada, cujo suor fétido não decorreu da jornada, mas integrante da decomposição! Como aceitá-la, peregrinadores exultantes em Becket? — ponderou o *Beleguim*.

Quando as estrelas já se mostravam magníficas, em céu desnublado; quando a noite consolidou seu domínio, a mulher surgiu, ladeada pela *Freira* e pela *Prioresa*, envolta sempre no capote desmedido.

Avançou para o lume, tranquila mas com o rosto palescente, olhos plácidos de porcelana destacando-se às palpitações da fogueira.

Depois dos primeiros passos uma quarta figura emergiu da tenda, logo se destacando pelo traje azul e vermelho do gibão atado à cintura, o mais sisudo dos que lá estavam, cuja fama corria em Holborn, o *Médico*.

Inevitável minha surpresa: estaria a criatura enferma, explicação única para a presença do Esculápio na barraca do *Cozinheiro*?

Ao ser notada o vozerio arrefeceu, pressentido o momento das explicações: pairava o conforto das flamas e alguma inquietação transitória se insinuou. A noite avançava, era o tempo dos receios, do sobrenatural, dos sortilégios e dos fantasmas, das aparições inominadas. Se a luz pertence aos vivos as trevas pertencem aos mortos, o negrume desperta demônios, engendra feitiços.

Ela se ajoelhou, colocou-se de cócoras ao lado do Cavaleiro que, discretamente abriu espaço, carregando consigo a esclavona da Lombardia.

Agora ela me pareceu mais alta e, vergando os joelhos, o casaco se distendeu, ganhou direitura, ressaltando o gordo abdome. Alguns poucos viajores, que permaneciam abrigados, aproximaram-se e um quase círculo se formou centrado pelas chamas.

Ela começou, então:

— Procedo do Oeste, do Kent, vivo ao Sul de Bredgar. Deixei o pai, larguei dos irmãos, abandonei a tia, não fui vista por ninguém ao amanhecer. O vigário que me instruiu estava a minha espera; foi quem me emprestou o cavalo, quem confortou-me no desespero; que procurou acreditar nos meus tormentos. Foi mais quem me convenceu da penitência, misericordioso em nada dizer ao pai, aos irmãos, à tia. O vigário, depois que aflita lhe procurei, visitou duas vezes a tia, mas não fiquei sabendo do que trataram, quando ele chegava os dois deixavam a cabana e iam para o moinho. Fugi quando a tia dormia, mas a porta estava aberta e era ela quem sempre corria o ferrolho na armela. Dormíamos sós, os irmãos pernoitavam na azenha; pela noitinha iam para a aldeia e punham-se a beber, quase sempre voltavam encharcados, trazendo mulheres para a choupana do rio. O pai cuidava do trigo, da monda, da joeira, da lavra e da gradagem.

Quando as espigas amaduravam ele se consumia cortando-as bem rente, acima da metade do caule, para que sobrasse mais palha para o boi e para adubo. Esgotava-se, entregava-se à cerveja todos fins de semana, não tinha hora certa para dormir, detestava tomar banho. Quando eu era muito pequena e a mãe ainda vivia ele dormia na cabana. Depois da morte da mãe ele passou a dormir no celeiro, nunca mais voltou e assim fiquei com a tia. Além do trigal o pai criava porcos e cabras, possuía ainda três vacas e um boi. Acordava muitas vezes durante a noite, para fazer necessidades: na volta via os porcos e contava as cabras e, outras vezes via as cabras e contava os porcos, confundia sempre a pocilga com o aprisco, confusão talvez produzida pelo álcool; quanto mais velho ia ficando mais bebia. Quase sempre, acordando, gritava e se maldizia, certo de que tanto as cabras quanto os porcos haviam sido furtados.

Havia alguma coisa de anômalo no caudal de palavras, quantos ela mai falava menos dizia, parecia equilibrar-se no discurso, saltando de uma ideia para outra, ignorando liames, lançando-se a uma explicação e logo se perdendo em outra: a mente parecia desbriar-se, a falta de nexo aparentava ausência de concentração, o relato se mostrava distorcido. Notei que os ouvintes entreolhavam-se, agitados: estaria ela em juízo perfeito ou inundada de humores angustiantes?

O *Magistrado*, o *Estalajadeiro* e ainda o *Cavaleiro* fixaram-se em mim, como se lhes pudesse aventar alguma explicação. Eu, contudo, desisti em penetrar na célula da razão da recém-chegada, mais e mais acreditando que o falatório era imposto na região frontal, comandado pela fantasia.

Súbito ela silenciou, percorreu com os olhos o quase círculo como instigando os peregrinos a indagações, todavia em vão, o mutismo era geral.

O agrupamento certo de estultícia não reagia, cada participante mergulhado nas mais desencontradas e sombrias cogitações.

Desacorçoada ela recomeçou, dizendo coisas que, se para ela faziam sentido, para nós, aos poucos, descambavam para o desconexo. Só o *Médico* não se mostrava desconcertado, atento à parlenda devaneante. Ele e a *Mulher de Bath*, ambos permutando olhares contínuos e incompreensíveis. Concluí que entre os dois devia haver algum consenso recíproco.

Não me recordo exatamente do palavreado; o acúmulo de fatos corriqueiros, entremeados e irrelevantes, impossibilitavam a justa interpretação. Desviei-me portanto dos olhares significantes, assumindo postura relaxada, como se menosprezasse os entulhos domésticos da adventícia.

Prosseguiu ela em voz mais apagada, desatando desditas:

— O pai possuía alguns recursos, antes havia muitos coelhos e ele utilizava uma espécie de barrica para amealhar o esterco. Mas um dia começou a comer os coelhos e os que sobraram vendeu. Antes havia cevada e aveia, ele demandava as feiras, demorava em voltar e cantava; mas só cantava quando estava só, perto de mim, da tia e dos irmãos era como se fosse surdo e mudo: igual ao boi, às cabras, os porcos ou o gato. Sim, havia um gato muito estranho, nunca soubemos de onde veio e ninguém nunca o reclamou. Chegou um dia pela madrugada, ficou miando perto da porta, era inteligente, sabia por onde penetrar na cabana. O pai pegou-o com as duas mãos e elevou-o para cima, ficou algum tempo examinando-lhe os olhos: esbugalhados, às vezes pareciam iguais aos das cabras; amarelados, verdolengos; outras vezes de certo vermelho garança, lembrando morangos da estação. Então o pai arranjou-lhe um nome inventado, na hora: primeiro Munkustrap, mas depois preferiu Coricopat.[5] O irmão mais novo, que adorava bichos e que tinha dado um nome a cada coelho, achou que o nome melhor seria Gumbie, raça comum de felinos, que existiam na Escócia. O pai um dia, demais tachado, caiu na lama da pocilga, a mãe era viva e nem se incomodou. Ele deixou-se ficar no lamaçal, largado, então cantou. Uma canção desconhecida, canto lamurioso, incompreensível, como os nomes do gato. Acho que ele ia inventando as palavras pouco a pouco, pareciam palavras sujas, como a pocilga, quando a neve se derretia aumentava o lodaçal. Foi a única vez que cantou perto de nós e só a tia gostou. Ela parecia entender o que o pai murmurava, talvez cantasse para ele mesmo, talvez para alguém que conheceu e que nunca mais viu, sei lá. Quando parou

---

[5] Com esses nomes, Scavone faz citação do poema "The Naming of Cats" (1939), de T. S. Eliot.

a cantoria saiu da lama, passou bem perto de mim: o pai tinha olhos bonitos, azuis, e vi que estavam molhados, lacrimejava. A roda do moinho vivia quebrando, apodrecida, enferrujada, rangia muito, talvez também tivesse uma canção. O trigo refinado já não mantinha a mesma espessura, os irmãos não eram mais dotados de polegares de ouro; viviam brigando entre si e também com os vizinhos, sobretudo os de Sevenoaks. Batiam também nas mulheres que traziam para dormir, sempre amuados, descarregavam na tia que lhes dava o que comer. Agora posso dizer quando tudo começou, não sei do dia, mas foi em julho, no verão. Dormia quando o vulto apareceu, quando abri os olhos ele estava lá. Meu quarto fica num dos cantos da cabana, da janela posso ver o moinho na curva do rio e as moitas cerradas: pinheiros, lariço e azereiros. A tia dorme no quarto maior, cuja entrada se faz através da cozinha; deita cedo, logo que o sol se põe; fica rezando muito tempo, em voz alta. Se o pai canta quando só, a tia ora quando está sozinha, creio que deve ser alguma coisa de família, dos antepassados: o soltamento da voz, envenenados pela solidão. Não é à-toa que é irmã do pai, mais velha, mas não sei quantos anos ela tem, nem ela sabe. Os dois, par de carvalhos vigorosos, rígidos, parecendo arrancar seiva do isolamento. Era apenas um vulto que derramava luz e que, movendo a cabeça, deixava ver uma espécie de auréola, como um santo fosse. Poderia ser sonho, muito sonhava, mas eram sonhos bons. Já havia apagado a segunda vela, dormia em escuridão, e do vulto saía uma luminosidade ondulante, centenas de vaga-lumes estivais. Sentei-me à cama, não senti medo, a aparição estava imóvel, mas a cabeça parecia girar, não vi nada semelhante aos braços, às pernas. Não sei quanto tempo ele ficou me enfrentando, a luz diminuiu quando ele se afastou para a porta: desapareceu. Permaneci no leito, poderia ser sonho; enfiei a cabeça no travesseiro, apertei os olhos. Só despertei ao chamado da tia, dizendo que era muito tarde, que deveria cuidar dos pães e do leite e que o capador de porcos logo chegaria. Nada lhe contei, era mais simples acreditar em sonhos. A tia cuidava do ferrolho, e me perguntou se fora eu quem destrancara a porta. Respondi que não, não saíra do quarto; ela sorriu dizendo estar cada vez mais fraca da cabeça. Voltou a cuidar do fogo, não me disse mais nada. Mas, pela ordem natural do mundo sei que cada coisa origina outra, e semelhante, assim é com tudo. Foi o que aconteceu: a visitação se renovou: duas, três, cinco ou mais noites, sei lá. Ganhei medo então, as visonhas aumentaram. Não um só vulto, muitos. Todas as vezes um só próximo a mim, os outros amontoados na entrada do quarto, causando grande luminosidade. Não posso explicar como acontecia, quando "eles" surgiam eu logo sentia tontura que aumentava aos poucos, dormia então, sono profundo, livre de sonhos: bons ou maus. Amanhecia com o corpo dolorido, cabeça pesada, olhos ardentes, sedenta. Ao dar os primeiros passos as pernas fraquejavam, trementes, como os irmãos ao voltarem da aldeia. Ralada não me contive, abri-me com a tia. Ouviu-me atenta, usei poucas palavras: disse da luz azulada, dos vultos enevoados e do sono repentino. Ela abraçou-me, afagou meus cabelos, tomada de ternura quietou-me, também com poucas palavras: anjos, criaturas celestiais, anjos enviados pelo Senhor para proteger-me. Afastando-se em direção à cozinha voltou-se e completou: "Sabe, todas as pessoas, ao menos num momento da vida, são visitadas pelo *seu* anjo guardião. Você foi distinguida, viu um bando angelical, a morada celeste se abriu, concedendo-lhe a graça!"

Os caminhantes serenaram, atentos à narração patética.

Mesmo durante o longo interregno, quando a mulher parecia alhear-se, quando então se fixava nas labaredas dançantes, os viajadores não se manifestaram. Certamente convencidos de que o relate continuaria, reservando ainda incríveis sucessos.

O vinho e a cerveja Whitbread corriam à larga e o clarão alaranjado das achas carregava traços fantasmagóricos nos rostos dos assistentes. E, ainda que a rapariga falasse em anjos, alguns havia que, transtornados por pressentimentos macabros, já pensavam em valer-se do Padre Nosso Branco, temerosos do seguimento dos fatos, de serem alcançados por emanações malignas.

— Depois, ao findar agosto e começo de setembro, os tormentos se precipitaram, perdida em pesadelos indescritíveis e constantes, que me levaram a evitar o sono noturno. Compensava a fraqueza dormindo durante o dia, principalmente pela tarde, quando a tia dormia também, ou então ia repousar no celeiro, quando o pai estava ocupado com o trigo. Logo descobri assim que durante o dia os fantasmas não apareciam, eram gerados na escuridão. Que via eu, dormindo ou acordada, pois não posso separar essas condições? Não mais luzes agradáveis e nem entes angélicos conspirando ao limiar do quarto. Mas entidades de aparência inumana, aterradoras, circulando ao redor da cama em remoinhos constantes. Via mas não podia gritar, espasmos e cãibras impediam-me movimentos e, quando as caraças balofas debruçavam-se sobre mim, não apenas sentia odores imundos, mas suportava carnes bulbosas que pareciam latejar, encimadas por olhos fendidos e peçonhentos de basiliscos, providos de narinas estreitas de rapinantes; testas coalhadas de rugosidades, tocadas de absurda velhice. E os queixos? Aguçados, compatíveis em horror às longas orelhas pendentes, de mastins mateiros.

Confesso que me tornei pávido, vi os peregrinantes infestados de pânico. O *Pároco*, próximo de mim, elevou as mãos e apertou a *Cruz de Bromeholm* que sustinha na corrente sob o pescoço; vi o *Feitor* persignar-se e ouvi alguém, que não logrei identificar, bradar, como ao fim de uma prece: *Fugite, partes adversas! Deus hic!*

Suplicado o Senhor a mulher quedou, sem fala; livor mortal, vulnerado o grupo pelos entrechos fúnebres.

O Cavaleiro, ladeando a estranha, estendeu-lhe pressuroso o copázio de cerveja escura, afastado em gesto brusco.

Indiferente às reações ela recomeçou, alheia a assistência alvorotada.

— Ao começo do outono, quando recolhia na floresta o mel das abelhas selvagens, as aparições terminaram. A natureza se esvaía aos poucos, mas eu cobrava rápido alento, esfumaram-se as quimeras: o Senhor teve piedade de mim; se as folhas amarelavam eu renascia rubente. O tempo voou, a invernia eclodiu sem anúncios; a nortada e a neve fustigavam as tábuas mais finas da cabana e, cessando, uma paz sagrada pousava sobre os campos. O branco tudo invadia, minha alma também alva, se recompunha. Ao findar o inverno duas coisas aconteceram: o gato malhado morreu e meu corpo começou a se modificar. O gato foi encontrado pela tia do lado de fora, sob a pilha de lenha; enrijecido, gelado. Todos os longos pelos da barriga estavam eriçados, como agulhas e muitas flores rosadas e diminutas de celidônias estavam enroscadas na pilosidade enregelada, resultado das andanças noturnas do felino. Ele tinha excêntricos hábitos noctâmbulos: mal o sol descambava desaparecia da cabana, só voltando ao amanhecer, jamais desvendadas suas atividades secretas. Morto, seus olhos sofreram extraordinária modificação; arregalados ainda, mas não amarelos, rubros ou esverdeados, invadidos por certo violeta profundo, como certas vísceras dos porcos, depois que os irmãos terminavam a carnagem, dependuradas perto do poço, troféus nauseantes. Descobri então modificações no corpo, nas partes pudorosas. No começo não me importei, mais tarde, assustada, decidi procurar o vigário, transferindo-lhe meus temores. Nada falei com a tia, impossível com os irmãos, absurdo com o pai. Temia o descrédito da primeira, a indiferença fraterna e a violência paterna. Confessei minhas suspeitas, descrevi as visitações, contei ao vigário dos vultos que a tia acreditava fossem anjos. Das aparências embaçadas dos invasores, dos rostos inchados, dos olhos de serpes e das frontes pregueadas. Meus joelhos fraquejaram quando o vigário, ignorando minhas descrições, interrompeu-me e passou a insistir numa única pergunta: "Quem foi o responsável, quem foi, diga-me?" Respondi-lhe que era virgem, que não conhecera homem algum, que por isso estava ali, debruçada ao confessionário, procurando alívio ao mal que suportava. O vigário alterou-se, eu mentia, ele nada poderia fazer, eu deveria procurar alguma comadre, um médico; confessar a leviandade ao pai, aos irmãos. Temerosa insisti nos pesadelos, descrevi-lhe os vultos, as criaturas de orelhas caninas e de crânios entumecidos, lembrando bilhas, cabaças. E depois contei-lhe da tia, que falara em anjos; chorei muito, em desespero. O confessor se manteve irredutível, acreditei que me deixara. Não mais suportava as dores nos joelhos, a igreja se esvaziara, o vigário voltaria? Não, ele não me abandonou; continuava ali, junto a mim. Parando de chorar senti-lhe o respirar fundo através do postigo vedado por dentro pelo tecido roxo. Calado ele me provava, incrédulo ante a estória desatinada. Brandamente então me disse que deveria penitenciar-me, expiar o pecado carnal. Afirmou que a tia acertara, que fora avisada pelos anjos mas, mesmo assim, arrostara a tentação. Satanás respondia por meu corpo; quebrada a resistência, apartara-me da fé. Insistiu em saber do sedutor, jurei-lhe por Santa Petronilla que inexistiu violação; disse-lhe que poderia ser alguma doença, barriga de água ou outra maldade qualquer. Desatei-lhe minha confusão, como poderia provar-lhe que dizia a verdade? Então ele me disse do Santuário, deveria humilhar-me, repudiar o pecado ante as relíquias de Thomas Becket, abrir-me com o Arcebispo que me poderia submeter ao exorcismo. Tais reprimendas muito pesaram em mim: buscava alento e parti alarmada, a determinação mais me turvou a mente e dois dias se passaram até que decidisse, aumentada a aflição, repudiando a noite. Retornei assim ao vigário, insistindo no juramento. Encontrei-o menos severo, menos rude, mais compreensivo, talvez, milagrosamente, tivesse acreditado. Ele conhecia o pai, os irmãos, sempre fora confessor da tia; poderia ter se informado de minha conduta. Nunca fui muito chegada à Igreja mas, ao menos, cumpria o terceiro mandamento quanto da Páscoa da Ressurreição; às vezes participava da Missa, ficava próxima do altar, não era desconhecida do vigário que deve ter ouvido só boas palavras a meu respeito. Os vizinhos sabiam de minha timidez, não participava de festas, não acompanhava as outras moças, na maioria levianas e que se apraziam, acompanhadas, com os montes de feno, confortáveis e discretos, para fazer amor. Deveria ter sabido que há muitos anos tive um pretendente, bem mais velho do que eu, e que morrera de febre terçã. Nunca mais aceitei a corte de outro homem e fui "perdendo o viço", como falava sempre a tia; fenecendo lentamente, como acontece com os rododendros. O vigário então se mostrou misericordioso, mas manteve a ordem da peregrinação. Percebi que temia por meu destino, inseguro dos anjos ou temeroso das criaturas de orelhas balançantes e cabeças inchadas que, não sei por quantas vezes, rodearam minha cama.

"Concordei pois em caminhar para o Sul, encontraria romeiros, o bom homem me valeu; acalmou-me, disse que depois falaria com o pai. Aprontou-me o corcel, emprestou-me o tabardo manchado de surro para disfarçar o ventre, algumas moedas e o farnel, indicando-me o duplo roteiro: para Canterbury e o Paraíso, seguro em Cristo e na salvação.

"Ganhei caminho nas Laudes e, recebendo as bênçãos mais me disse o vigário que rezaria pela expurgação do Malévolo, *clausus in utero*.[6] Não entendi as palavras finais, creio que falou em latim."

Com alguma dificuldade ela então se levantou. Como que dando por terminada a estória de suas calamidades, credora assim de acolhimento na caminhada, pois nada omitira, desejosa apenas em obedecer ao prelado, sabedor da liturgia que poderia redimi-la. E, dando as costas aos peregrinos, afastou-se para o reduto do *Cozinheiro*.

Aos poucos o auditório foi se dispersando: uns formaram pequenos grupos sob o castanheiro, outros permanecendo ao pé do fogo e a maioria buscando as tendas.

Certa inquietação renovou-se sobre o cortejo, pesada, sufocante. Igual à névoa elástica, cinzenta, que fluía em borbotões da orla marítima; semelhante à fumaça branca que se dissipava do borralho agônico, e que se interpenetravam: emanação virulenta, tolhendo o espaço e asfixiando o espírito, urdindo os componentes da imaginação.

Verifiquei que o *Médico* se aproximou de Harry Baily, quando este conversava com a *Prioresa*: confabularam.

Procurei aliviar-me da tensão reinante, a custo mantinha o calado anonimato, desde Greenwich, situação essencial e conveniente a quem escreve, perquirindo agudeza e honestidade oficiantes.

Os acontecimentos eram prodigiosos, talvez mal contados ao vigário, carecedores de inquirições, sem delongas mereciam providências, ludibriando-nos; fatos insidiosos que se poderiam alastrar, até entre os incrédulos. Viajar leva o homem às incertezas da sorte, mas o caminhar acompanhado conduz a destinos iguais. Se *ela* recorreu a embustes, levada por alguma vesânia,

[6] Bênção ou batismo da criança ainda não-nascida.

não estaríamos a salvo da transmissão: inauditos malefícios poderão espalhar-se, pestilências inomináveis!
   Que fazer assim?
   Juntei-me a eles, não muito distantes da barraca onde repousava a mulher, não se importaram, meu isolamento e discrição davam-me fiabilidade.
   Falava o *Estalajadeiro*, com a preeminência de condutor circunstancial. Afirmava que a intrusa deveria ser de baixa extração, mendaz e amostradiça. Se não de vida fácil, condição comum àquelas que se agregam às procissões beatas. Nada de penitência ou redenção; torpe intrometida, embromadora que se juntara aos bons levada por motivos reprováveis, distante da religiosidade, próxima da satisfação dos sentidos. Obediência ao vigário? Existiria tal criatura? Como poderia um clérigo não reconhecer de pronto a farsa? Perjurante sem dúvida!
   O *Médico* empertigou-se e, em voz baixa, como convinha às pessoas de sua posição, valeu-se de cautelas:
   — Essa rapariga tentou nos empeçar, mas nem mesmo teria sido necessária a estória divagante, pois logo lhe constatei a prenhez adiantada, com parturição iminente. Essa indigna filha de Eva, como verifiquei — sem mesmo examiná-la — apoiado apenas em longa prática, deve invocar com presteza a proteção pagã da deusa Lucina. Estou certo, pois não sou nenhum sacapotros!
   A *Prioresa* interferiu, toda compaixão e ternura:
   — Por Santo Elói, perdoem-me senhores! Nada sei das artes médicas, da Astrologia e da magia natural; sou leiga na ciência das curas, nenhuma experiência ou trato mantive com rústicos ou com os *nihil habentes*. Se conheço dos males da carne, desconheço muito da gravidez e das mazelas mundanas, com as quais jamais privei: se a forasteira está pejada não sei se por astúcia foi dos homens. Ela não tinha por onde negar, estava sob confissão, impelida por sua vontade. Se amantes não houve, negada a luxúria, que devemos pensar? E as aparições, as presenças ignóbeis, os seres pérfidos dos quais disse? Os olores intoleráveis não seriam sulfurosos, rastros lascivos do Nauseabundo? Desde

quando os cheiros são atados aos sonhos? Não teria sido conspurcada pelo Decaído? Pelas sementes do pecado original? Ai de mim, nada sei do mundo, acostumada que fui desde infanta às virtudes conventuais. Recebeu ela em seu pago e da pessoa certa o remédio seguro: a fé, quem sabe o poderio do exorcista. Essa *Mulher Grávida* deve ser recolhida, nosso destino é comum: a redenção! Senhor *Médico*, conheceis a tentação de Santa Justina? Não? Pois vos conto: Justina dormia quando um jovem formoso se aproximou do leito, pretendeu abraçá-la, possuí-la. Justina defendeu-se com o sinal da cruz, reconheceu num relance o disfarce diabólico, livrou-se do velho inimigo da humanidade.

A partir dessa noite e do empenho da *Prioresa* a recém-chegada integrou-se à peregrinagem e, como jamais declinasse o nome, passou a ser chamada de *Mulher Grávida*, o trigésimo primeiro viandante; em busca dos banhos lustrais, da remissão dos pecados e, talvez, do arrenego expulsivo do exorcista.

Enganara-me com certeza em minha suposição: nenhuma providência poderia acontecer, a sorte estava lançada: a *Mulher Grávida* espargira com sua estória tergiversante uma espécie dúbia de incenso, que prescindia de aspersório, categoria inédita de veneno difuso; fermento capaz em debilitar o denodo dos caminheiros. Entretanto impossível relegá-la, pois seu proceder acumulava todos indícios do desespero. Calei-me, reativei o mutismo, mas aferrei-me a uma certeza: o surpreendente logo se despenharia.

Já me aprestava ao repouso quando vislumbrei um concílio imprevisto de religiosos, que se colocaram a boa distância do fogo, próximos do lugar dispensado aos animais. Identifiquei-os e fui me aproximando, mais uma vez vali-me das prerrogativas do respeito a mim tributado, fazendo o possível para não importunar-lhes.

O *Monge*, o *Pároco*, o *Frade* e o *Padre da Freira*, em conversação animada, sem reserva alguma. Certamente já estabelecida a *questio*, ocorrendo a disputa, pela veemência instalada. Nenhum deles se preocupou comigo e, sendo assim, incorporei-me aos religiosos, já que a *disputatio* me pareceu quodlibética, franqueada aos interessados. Tinha certeza do tema — a foragida — e não pretendi conter minha curiosidade. Ouvir dos eclesiásticos as doutas posturas, por certo em nada concordantes com o modesto entendimento de um poeta e distantes da impulsividade emotiva dos leigos.

O *Monge* detinha a palavra, altissonando a voz sempre que os demais tentavam destacar-se:

— Ela falou em vultos, luminosidades, chegou a dizer de auréolas, como dos santificados, o descrito lembra anjos...

O *Pároco* não se conteve, aduziu mais alto ainda:

— Não é de admirar, cediço é que o próprio Belzebu pode se transformar e, frequentemente o faz, em anjo de luz! Notem bem, não sou eu quem afirma, mas o apóstolo Paulo, na Segunda Epístola aos Coríntios!

O *Frade* aparteou:

— Concordo, ela viu anjos, mas não eram anjos, era o Príncipe das Trevas, uma das múltiplas transfigurações extravagantes!

— Mas que pretenderiam os demônios com essa pobre criatura, de bem pouca formosura? Ao contrário, de aparência fanada, emurchecida? — aventou o *Pároco*.

O Padre da Freira corroborou, submisso e compassivo:

— Que o Azucrim poderia ter visto nela? Gorducha e branqueada, destituída de qualquer venustidade!

— Que pretendia, melhor direi, que desejavam os demônios? Sem dúvida tripudiar sobre a carne orgulhosa, desígnio inconfessável — tornou o *Monge*. — Serviram-se as figuras luzentes precisamente do fato de não possuírem corpo carnal; a disseminação do malefício! Lembro de Agostinho, na *Civitas Dei*, quando afirma que os demônios são os falsos mediadores entre Deus e os homens, favorecidos por habitarem a região intermédia entre o céu e a Terra, ou seja o ar! Partilham dessa situação com os seres angélicos, entes secundários, apenas emissários, ao passo que os demônios são plenos do malévolo, agindo não como medianeiros mas como se o Tisnado em pessoa fossem!

— Não é coisa rara Satanás emprenhar donzelas! — acudiu em voz recolhida o *Padre da Freira*.
— Seria a intrusa donzela? — sugeriu o *Frade* com certo ar impregnado de malícia.

O *Monge*, que se considerava o mais letrado, talvez por censurar as regras monacais de Bento e Mauro, por impraticáveis e rigoristas, percebeu a conveniência de sentenciar, *magister dixit*:
— Se alguns nascem do coito diabólico, tal não acontece por efeito do sêmen ejaculado por eles ou pelos corpos possuídos. Mas pelo sêmen de algum homem, recolhido para esse fim, por Satanás: súcubo quanto ao homem e que se transforma em íncubo, quanto à mulher!

Desmanchou-se em amplo sorriso, inteirando:
— A lição e o pensamento não me pertencem, queridos irmãos, mas de Santo Agostinho, Livro III, conquanto inacabada, da *Suma*!

O *Pároco*, o *Padre da Freira* e o *Frade* entreolharam-se: quem poderia discordar do magno mestre em Teologia?
— Assim sendo — pontificou o crítico de São Bento e São Mauro — quem nasce pela forma que descrevi não pode ser filho de Satã, mas do homem do qual emanou o sêmen!

Não me contive, afinal minha presença foi tolerada, a disputa se afigurava *quodlibética*, admitia a intervenção da assistência. Humilde indaguei:
— Se assim é, ou se assim foi, ou poderia ter acontecido a *Mulher* não pecou! Tornou-se vítima do conluio abjecto, deve pois ser recebida!

Os quatro se espantaram. Condescenderam com minha intervenção, mas nunca poderiam tolerar a ousadia de um simples vate. Fitaram-me com superioridade, com desdém afrontoso.

Encerrado o ato, lado a lado, afastaram-se, deixando-me solitário, remoendo pensamentos.

Mal a autora se desfez em novo dia, com seus dedos róseos, o préstito lançou-se ao destino. A fileira, como antes, formou-se aos pares, liderada sempre pelo *Cavaleiro*, agora ostentando um exótico e escarlate barrete frígio.

Eu, renitente, à retaguarda em passo manso, degustando o espetáculo, pouco me importando que a distância dos demais se alongasse. À minha frente, quinze ou vinte jardas, a *Mulher Grávida*, com o sovado tabardo, desajeitada e bamboleante, aflita e carente. Meia dúzia de jardas mais avançava a *Prioresa*; pouco avante a *Mulher de Bath*, corada como maçã, insolente, despreocupada ao extremo, livre do quinto matrimônio, quem sabe em busca de novo casório, com a graça de Deus. Marcando o trote, com elegância, parecia alhear-se à comitiva, que pensaria? Sem dúvida em homens: compre quem for capaz, ninguém atrai o falcão com mãos vazias!

Formando o trio constante — dois em paralelo e o outro pouco atrás — em triângulo perfeito, estavam o *Tecelão*, o *Tapeceiro* e o *Tintureiro*, trajando o mesmo modelo de libré. Como se partilhando o prestígio de atenderem a mesma confraria. E o *Frade mendicante*, que pensar? Aprumado e polido, de língua fácil e risonho, às voltas com certo estojo intrigador, a tiracolo, de conteúdos desconhecidos; mas não para mim, sabedor do cotidiano monástico e, assim, de seus apetrechos para submeter os crédulos, tementes. Carregando ao Santuário os instrumentos-símbolos da paz e da bem-aventurança: pequenas cruzes de configurações várias. A cruz latina de Santo André, a grega, a genebrina, a de São Tiago e de Santo Antonio; o relicário bem suprido com o anel e a pátena, a imagem do Crucificado, para serem abençoados pelo Primaz e exibidos ao mundo, ao beijo dos fiéis e reverência dos dignitários. Incompreensível não ter aberto e escrínio, submetidos os conteúdos ao ósculo da *Mulher Grávida*, inculcando-lhe a paz, aliviada ao menos durante a romaria. Pois sei como tais coisas podem influenciar a mente, o núcleo da imaginação.

Já cruzáramos a indicação de Sittingbourne na Nona hora; Ospringe seria o marco próximo. A estrada era agora mais acidentada, alguns bosques intermitentes ao Oeste, pequenas elevações para o lado do estuário. Progredíamos com lentidão, os animais ressentiam-se da aspereza do solo e o sol, esplendoroso antes, escondia-se agora entre nuvens pesadas, coloridas de ardósia.

Quando nos avizinhamos de uma antiga estrada romana, empedrada ainda, deparamos com um magote de cavaleiros velozes que se adiantava para os lados de Tonbridge. Ignoraram-nos apenas, cruzaram à nossa frente, com estandartes vistosos, exibição vexilária; armas e couraças, senhores da guerra; plenos de orgulho, como se o nosso préstito lhes fosse invisível.

Recrudesci a marcha, deixei a fila dupla e me acerquei da *Mulher Grávida*, que se mantinha debruçada, sobre o pescoço do animal, mostrando fadiga extrema. Emparelhando-me ela me viu, então assumiu altivez, dirigindo-se a mim em tom firme, desassombrada:

— For favor, quão longe estamos de Canterbury? Como ela é, é verdade que se assemelha à Jerusalém Celeste?

Ri, compassivo: não, não estávamos muito longe, vencida pouco mais da metade do percurso. Quem lhe falara da Jerusalém Celeste? Nem Roma era assim, com as sete colinas, palácios e arcos, monumentos e castelos, fontes e aquedutos. Canterbury era realidade, a Jerusalém o sonho. Ela sorriu — pela primeira vez — fora o vigário quem lhe descrevera o Santuário, estimulando-a certamente, ante a suposta premência da peregrinação.

Ela falara da Jerusalém Celeste, inevitavelmente certa memória dominou-me, invacilante. A iluminura da Jerusalém Celestial, a página do Apocalipse, ilustrada pelo monge Berengário; a cidade mítica concebida num quadrilátero, acessível por quatro conjuntos de três pórticos; ao centro o quadrado menor, ocupado por Cristo. O dourado esplendente, debruado de azul, metáfora cromática emprestada pelo iluminista, submetendo-me. Cristo ao centro, em majestade, na *mandorla*; Cristo *pantocrator*.

Mas logo a *Mulher* interrompeu-me o devaneio em perquirição insolúvel:

— Senhor, acredita que em Canterbury poderei livrar-me dos tormentos?

Hesitei, a iluminura se apagou em minha mente e o texto de Gervásio de Canterbury alumbrou-me, fazendo com que minha resposta tardasse por muitas jardas da caminhada.

Guillaume de Sens era o mestre-pedreiro quando da construção da Catedral. A faina andava pelo quinto ano, Guillaume aprestava os engenhos para selar a grande abóbada; concluíra os flancos do trifório, estabelecera o clarestório, obrava agora no cimo do grande andaime. Eis que as vigas se partiram sob o peso dos obreiros, despencando-se o mestre de grande altura, arrostando pedras e madeirame. Mas, mesmo vários os canteiros-ajudantes, só Guillaume feriu-se, gravemente.

Gervásio, cronista, perpetuou a lenda.

Thomas Becket foi trucidado no transepto direito, não longe do altar. Estrafegado por cutiladas; espadas, punhais, machados. O sangue escorrido maculou para sempre o templo. Em 1774 a Catedral foi devorada por chamas, inexplicáveis. Guillaume chefiava a reconstrução, ferido, a empreitada interrompeu-se, o mestre inválido, retornou à França.

Gervásio registrou: a maioria dos obreiros acreditou num determinismo fatal: o templo foi cenário do assassinato; o incêndio misterioso teria purgado o crime mas o acidente terrível constituiu o terceiro aviso. O Santuário jamais poderia ser consagrado, conspurcado que fora. Mas potestade de quem; do Céu ou do Inferno?

Tremi: que eflúvios envolveram a Catedral?

A *Mulher Grávida* me ladeava, esperava a resposta, conquanto de olhos baixos. Fui ríspido, que lhe poderia dizer? Disse-lhe que o Santuário poderia arrancá-la do suplício, mas a salvação dependeria somente dela, da força irradiante da fé que pudesse concentrar.

Ela elevou os olhos remansosos de porcelana, sorriu.

Mas, perdoem-me os leitores em antecipar o acontecido. Não foi por muitas horas que a *Mulher* nos acompanhou, nem até à distância necessária para vislumbrar no horizonte a floresta de pináculos da Catedral do imolado; do *alter ego* de Henrique Plantageneta, do doce Arcebispo cujo sangue verteu — pela honra de Cristo — aos pés do altar-mor.

Pois foi naquela noite que o inacreditável ocorreu, sob as vistas dos três testemunhadores que, intemperantes, não lograram o descanso reparador, tocados que foram pelo fantástico. Acampamos entre a planície e as elevações que pareciam se estender até as fímbrias marítimas, cobertas de certa vegetação não portentosa mas espessa. Ao oposto a planura ressumava um branco leitoso, envolta em neblina, manifestada prematuramente, antes de findar as Vésperas.

O *Mercador*, que já desfiara sua estória, pelejava em ingressar no sono profundo; os religiosos, dormentes, talvez debatessem ainda as evidências do Mal e a conduta indesvendável da agregada, entorpecidos entre a imaterialidade angélica e as provas conspícuas do satanismo terrestre; a *Mulher de Bath* extasiada, procurando desvendar a fisionomia do próximo esposo; o *Escudeiro*, sonhador com novas aventuras provençais; o *Vendedor de Indulgências*, embalado pela possibilidade de falsificar alguma relíquia do Arcebispo.

Os outros certamente ressonavam, encantamento poderoso, decorrente dos abemolados madrigais do alaúde, jacente agora ao lado do *Estudante de Oxford*.

Eu, atolado em devaneios, semi-dormência, imerso nos arabescos da memória, perdido em dédalos de suposições. Fui então abruptamente importunado; agarrado e sacudido. Tão logo abri os olhos deparei com o *Tintureiro*, tocado pela tênue luz que provinha de fora da tenda. E ele, em gesto desabusado, tapou-me a boca com a mão direita e com vigor tal que meus dentes rilharam. Aquietando-me o importuno largou-me e, com o indicador repartindo os lábios, impôs-me silêncio. Em seguida, em novo gesto, como que me ordenou que saísse. Esvaziei-me de pensamentos, obedeci hesitante: enfiei-me no capote e amarrei como pude o mocassino feltrudo. Segui desordenado o homem que já ia lesto, em direção aos flancos do talude, além do qual erguiam-se os cômoros cobertos pelo matagal. Ele se esvaiu nas trevas nevoentas, mas a candeia levada pelo parceiro permitiu alcançá-lo.

Encosta acima, ofegantes caminhamos, distanciando-nos aos poucos do acampamento. Deparamos assim o terceiro homem, o *Tecelão* que, acocorado junto à moita, mostrava no semblante ensombrado as marcas do pavor.

Os três, transidos, pretenderam falar em uníssono. Mas foi o *Tintureiro* que assumiu a precedência, inteirando-me de acontecimentos sinistros. Ouvi-o, estupefato:

— É difícil começar, senhor! Vimos a *Mulher Grávida* saindo da barraca do *Cozinheiro*. Andava com dificuldade, mais se arrastava do que caminhava, nas horas mortas, mas estávamos despertos! Saíamos do matagal, satisfeitas as necessidades; bebemos demais, incautos no assalto contínuo ao odre. Todos dormiam, ninguém nos viu, muito menos a *Mulher* que, com esforço, foi galgando o sopé. Escondemo-nos, abaixamo-nos junto ao tronco derreado do olmo, achamos que também ela fosse aliviar-se. Mas a curiosidade é uma força insidiosa, esqueci-me que esta é a noite de sábado e, mesmo assim, decidimos aguardar a ímpia criatura. Tanto ficamos que o *Tecelão* se pôs a dormitar e o *Tapeceiro* subiu à macega para mais verter águas.

"Eu, o mais atento, acreditava que ela voltaria acompanhada de algum amante mas, pobre de mim, que poderia imaginar? Senhor, a *Mulher* não voltava e o tempo disparou, como sói acontecer nas Completas.

"Eu, o mais vigilante, farejei algo indecoroso, maculando os sagrados intentos dos fidos viajantes. A intrusa, réproba; pecadora impenitente à cata de parceiro ou a endemoninhada partindo para o conciliábulo satânico?

"Eu, o mais temeroso, e ainda o mais entendido em acontecimentos nefastos, convenci os companheiros. Esperar, aguardar que a execranda retornasse. Mas, inseguro, hesitava em adiantar-me, espreitando-a, temia contemplá-la desnuda; ela poderia ter se transformado em serpente! Nenhum de nos alçava coragem para enfrentar a verdade.

"Então, eis que o cimo dos montes e da mata foram aos poucos sendo tornados por uma iluminação danisca. Não a alba que se exercitava ou a lua com seu palor azulado. O clarão se formava além do matagal e das elevações e logo o azulecente se investiu em vermelho pálido, tinto o nevoeiro, como se algum monstro vomitasse as entranhas, ou então algum vulcão rompesse antros subterrâneos com horríssonos estertores.

"Mas essa luz rutilante não perdurou mais do que um bocejo, desaparecendo em augusto mistério. Encovardados mantivemo-nos colados ao chão, crentes de feitiços rudes. Todavia a quietez se restaurou, adequando-se aos caudais nevoentos. Vingou o silêncio, impérvio como a brenha profanada: por nós e pelo assombroso".

Não me contive, dirigi-me ao *Tintureiro*, que cuidei ser o mais preclaro:

— Mas por que eu o escolhido? Por que eu para saber desse mal assombro? Para saber dessa visagem?

— Senhor, vossos silêncios; vosso recato! Vossa distância dos peregrinadores, indício seguro do homem incomum; diferenciado como convém ao ilustre, ao sábio, sem dúvida invulgar personagem. Poeta — pelo que sabemos — não fosse essa dádiva, por si só, a circunstância que vos destaca dos outros. O único confiável para saber dos fatos; capaz de nos ouvir sem replicar motejos. Sem voltar-nos o rosto, refutando-nos com zombarias. Bebemos, e muito, mais do que devíamos, mas o que vimos, vimos! E seis olhos mais valem que um par, conquanto cada memória possa transverter a realidade. Sois o único capaz de amortecer nosso espanto! Contudo algo me empenha: ver não é acreditar, como posso escapar dessa férvida emoção?

O *Tintureiro* me privilegiou, concedeu-me ampla e exclusiva confiança; dizia pelo trio. Mas eu estava impotente, zelo algum lhes poderia outorgar, vacilava ante o portento visível. Assoberbava-me ainda outro aspecto do espanto; indagação ponderável, mas não ousei falar-lhes. Por que motivo a tríade foi favorecida com a demonstração feérica? Favorecidos ou penalizados? A *Mulher* disse, de início, de luzes maviosas; a tia sugeriu anjos. Depois a rapariga mencionou entidades sinistras, torpentes. O *Tintureiro* disse do que viu e mesmo duvidou do visível, concluindo que ver não equivale a *acreditar*, do que merece minha concordância. A luz foi a realidade única, mas poderia ser tida como celestial, divina? Se assim fosse os três teriam testemunhado certa exibição deslumbrante: *mirabilia vero dicimus*, o maravilhoso nada mais é senão o inexplicável, emanado de Deus. Assim os videntes nada teriam a temer; ao contrário, gratificados ante o aceno providencial! Mas eu estava convicto de que muita coisa ainda iria acontecer, impossível aliviá-los esteiado apenas na intuição.

Engolfado sustive as dúvidas: alegria ou desgraça; beleza ou hediondez? Subsistente o incogitável: por que o trio? Haveria determinismo sacro ou arbítrio profano? E a questão ingente: qual a parte desempenhada pela *Mulher Grávida* no dúbio enredo? Pergunta insolúvel: o incógnito foi gerado na Terra ou despenhado dos céus?

Sei que coisas acontecem cair do firmamento, não tão firme assim, "coisas" vistas mas nem sempre encontradas; ver é parte da percepção e o visto superou a realidade terrestre. Indago pois: seria o perceptivo certo dom excelso atribuído por Deus aos escolhidos?

Coisas cadentes, ígneas, flamejantes, quem sabe prenúncios, advertências paradisíacas ante a incoercível insensatez humana! Presságios — análogos aos *barbati phaenomena astri* — agouros de pestes, guerras, malefícios; quais as origens? Arte diabólica ou divina nessas precipitações? Quem desconhece os fastos do apóstolo Tiago? Martirizado, morto em Jerusalém, seu corpo desapareceu, até quando na Galícia, por toda uma noite perdurou uma chuvarada de estrelas, ao tempo de Carlos Magno. A vasta campina passou a ser conhecida como *campus stellae*, em hispânico Compostela. Depois, na primeira metade do século IV, nessa região, foi descoberto o túmulo de Tiago, o nosso São James. A descoberta foi anunciada ao papa pelo rei das Astúrias, Afonso II, e a torrente estelar passou a ser tida como milagrosa; sinal divino indicando a tumba do Santo. Assim surgiu o Santuário e a peregrinação.

Não, nada poderia explicar aos três romeiros, procurei apenas incentivá-los nas descrições, para que da tríplice percepção mais realidades obtivesse. Rompi assim meu devaneio, tornei-me resoluto:

— E depois, e depois?
— Depois cobramos alento — continuou o *Tintureiro*, áspero e contrafeito ante minha longa alienação. — Alguma atitude deveria ser tomada. A ânsia de tudo ver e saber nos avassalou, acicatados pelo miasma da curiosidade, impelidos não só pelo resplendor, mas sequiosos em descobrir do paradeiro da *Mulher* danada. Embrenhamo-nos na selva, arrostamos covas e híspidos abrolhos, sob a luz débil da lanterna de tempestade: investimos por cardos e urtigas, emaranhamo-nos em urzes e tojos, ferimos os pés e as mãos e até os rostos em galharias e cascalhos; deparamos com animais noturnos, peçonhentos. Qual motivo levou a *Mulher* a enfiar-se em tão ínvio terreno? Rareando a mata os cômoros declinaram. Ao fim da encosta deparamos com uma planura imprevista e, um pouco mais, alargando a visão por mais de uma centena de jardas, defrontamos com uma coisa adusta e admirável, com luzes várias e arfantes. Vi, senhor, uma coroa imensa, arrimada ao solo: coruscante de ouro e pontilhada de gemas raras: crisólitas, rubis, safiras, berilos, carbúnculos e diamantes. Coroa real que de relance me lembrou a de Carlos Magno, de Otão I ou de Eduardo, o Confessor ou então de algum rei visigodo! Depois, mestre, a coroa se inflamou, separou-se do chão, fendeu as névoas e sagaz desapareceu para os lados da Mancha. Ouvi então certo som cavernoso, soturno! Como vagalhões golpeando rochedos!
Acreditei ter obtido o essencial, acrescido do acústico. Voltei-me ao *Tecelão* que logo entendeu meu intento:
— Meus olhos mentiam, não sei como narrar! Era uma roda imensa, pensei na Roda da Fortuna, na carta do baralho zíngaro! Estendida no chão, mas girava lentamente, dispendendo incandescências, chispas diversicolores! Não lhe vi o eixo e muito menos quem a acionava: rodava, rodava, distribuindo aos homens o destino de cada um: hoje rei, amanhã mendigo! Ao começo muda e quando se foi com zurraria monstruosa, que só poderia partir de algum endriago, mistura de hidra e dragão, cediço devorador de virgens!
Encarei então o *Tapeceiro*, o mais robusto dos confrades, que sustinha a candeia na mão esquerda, conquanto lanhada por

espinhos. Em passadas cambaleantes mostrava a maior embriaguez, mas a voz lhe acudia firme, liberta do vinho licoroso:

— Fiquei estarrecido, senhor! Faltou-me a fala, árduo dizer do assistido. Descomunal rosácea, semelhante àquelas encontradiças nas fachadas das catedrais: o grande círculo armado em fragmentos vítreos multicores, cintilantes quando penetrados pelo sol! Se nos pórticos dos templos a rosácea se ergue vertical, ali, na planície nevoenta, a rosa estava deitada, repousante! Talvez buscando alento para retornar de onde escapou, mais do Paraíso do que das catedrais! Juro por Santa Etheldreda que não era obra profana, espelhava o sagrado; com luzes revoltas configurava um braseiro alumbrante, carregado de pompa, irradiando júbilo em triunfante turbilhão. Senhor, não senti medo, não pensei em fugir, não temi pela vida! Tanta era a magnificência que olvidei os companheiros, dou por certo que me ajoelhei, suportei o ímpeto de orar; indolor a mão sangrenta e me convenci que o suco das vides transportou-me ao inebriante, refeito em tranquilidade!

Interrupção brusca e, com o lenço amarfanhado e fletindo o olhar, procurou pensar as lacerações da mão, pousando a lanterna ao solo. Depois, elevando o lume de tempestade, aproximou-se mais de mim, fitando-me. Notei-lhe assim os olhos baços, a pele enrugada como pergaminho pristino, lábios descorados, inteirando-me da idade provecta.

— Acredite, senhor! Nesta vida nada tem realidade, o real e quebradiço, uma só verdade existe: a fantasia que respiramos!

Tentei falar (dizer-lhe o quê?), mas ele ergueu o braço, havia mais a ser proferido:

— Logo que a rosa mística perfurou as brumas eis que um vendaval aconteceu. Inesperado chegou, inesperado partiu, deixando-nos intimidados. Arrojamo-nos ao chão quando a ventania ondulou a mata e vergou árvores; acompanhada de um sibilar agudo, tonitruante. Mesmo ocorrido com rapidez permanecemos colados à terra, sem bravura sequer para levantar os olhos. Depois, dissipado o ventanejar, o *Tintureiro* disse coisas perturbantes: com certeza fora o vento druida, capaz de congelar ou abrasar o mundo, submetido ao talante do mago Merlim, o senhor das florestas, sopro que pode elevar dólmens e afundar menires, sobretudo desatador de loucuras!

Estranhei, os outros nada disseram do vendaval, contudo rememoraram sons, bramidos. Apenas mantinha-se certa constante: a névoa, a neblina pesada, o brumoso movediço.

O trio disparou o imaginativo, cada qual escolheu sua verdade, premidos pelo compulsivo congruente do conhecer. Mas nenhum deles conseguiu aglutinar os cinco sentidos, suprema condição conformadora do real.

O *Tintureiro*, o mais moço de todos, foi lépido, tolhendo qualquer outra indagação, sua proposta soou como desafio:

— Vamos, senhor, siga-nos até o chapadão dissecado, ajude-nos a procurar o lugar onde a "coisa" estava, e procurar mais a forasteira. Se a coroa se foi, roda ou rosácea, esvaiu-se, a *Mulher Grávida* deve estar em algum lugar. Ela caminhou para cá seguida por nós, auxilie-nos a encontrá-la.

— Não — respondi incisivo —, não vejo como possa acompanhá-los. A noite é densa demais, temeridade seria aventurarmo-nos; a névoa se apresta, indevassável. Não me animo a enfrentar espinhos e nem arriscar-me num alcantil profundo. Não importa o destino da *Mulher*, mais do que nós elas têm necessidades naturais, mas sabem cuidar-se; na certa enveredou por outro lado, quem nos diz que não voltou à tenda? Iremos amanhã, antes que os outros despertem: dissipadas as trevas o mundo não se mostrará incognoscível.

O acampamento permanecia quedo, a noite era mais lânguida do que enigmática, desfeita a cerração pelo vento, o ar frio avançava do Sul; agitava as tendas, farfalhava as ramagens; caíam folhas prateadas dos plátanos, as folhas vermelhas das faias, as escuras dos carvalhos.

A trindade encaminhou-se para a barraca do *Cozinheiro*. A estamenha desgastada da vedação foi entreaberta pelo *Tapeceiro* que espiou para dentro. Em seguida, acercando-se dos confrades, segredou-lhes o que eu já adivinhava: a recém-chegada se fora.

Sem tardança o trio demandou o aprisco improvisado, lá estava a montaria do vigário.

Aproximaram-se de mim, como que rogando por alguma explicação, entretanto permaneci calado. Inconforme o *Tintureiro* me solicitou sôfrego:

— Senhor, já ouviste falar em Melusina? Na criatura que jamais poderia ser contemplada desnuda; da mulher-serpente que, aos sábados, se toma entidade execrável?

Sim, eu conhecia a lenda de Melusina, da donzela de Espever, que se transformava em dragão quando surpreendida ao banho. Sabia dos escritos de Gautier Map, de Froimont e John de Arras; sabia dos textos apócrifos. Mas que poderia dizer à tríade aparvalhada, crédula e inculta? Melusina, mortal para quem a esposasse, que ao banho se tornava sereia! Não retruquei, que lhes poderia dizer?

— Mas estamos na noite de sábado, senhor! É quando a despição acontece e os testemunhos revelam mais: quando não é o banhar-se é o partejar secreto e só Deus sabe o quê! Mestre, a criatura veio pejada, que entende disso tudo?

Intranquilo fiz certo gesto de desalento, mantive a quietez e avancei devagar para a tenda.

Esperar, dormir se possível, aguardar o gotejante das horas, *acta est fabula*: logo raiaria um novo dia.

O Astro não se mostrara ainda, mas já clarejavam as nuvens ligeiras, debruadas de peltre. Um tordo trinava, acreditando que já estávamos em maio. A luz salutar difundia-se aos poucos, suficiente para arredar os temores trevosos.

Acreditei ter sido o primeiro a despertar, a compor-se, a deixar a tenda: a lastimar o vento áspero, persistente. Acertado estava que ao findar do dia alcançaríamos Bob-up-and-down, no limiar da floresta de Blean, quando faríamos rápida parada. Mas enganei-me, logo deparando com o trio inevitável que me aguardava junto dos escombros da fogueira.

Não havia como descumprir a promessa, acompanhá-los-ia.

O *Tintureiro*, que fiquei sabendo originário de York, adiantou-se em caminhar. Escoltei-o de perto, seguido pelos outros. O *Tapeceiro*, natural de Lincoln, munira-se de um longo tirso de extremidade rombuda e o *Tecelão* de uma podadeira, obtida não sei de onde.

Mesmo sob a luz crescente a incursão foi penosa; o matagal em aclive era intrincado, eivado de espinhos e de armadilhas naturais, gretas e fissuras ocultas pela ramaria intocada. Ao alcançarmos a crista — incerto o guia — paramos para respirar. Mais duzentas jardas em declive e o mato foi rareando, entreabrindo-se através dos cômoros, quando os três cuidaram reconhecer a eira onde o avejão acontecera. Mas nada havia, apenas erva rasteira, tufos de capim escuro, destituídos de qualquer interesse.

Avançamos silentes e o solo começou a modificar-se. Deixei-os à vontade: que vasculhassem a contento a charneca forrada de estêvas, azevinhos e giestas e amortalhada de orvalho. Na baixada a névoa se esgarçava, a visão mais e mais aumentava para Este.

Parei, sentei-me num tronco apodrecido, forrado de musgo, acompanhei-os com a vista: iam longe, separados agora, esmiuçando a charneca para todos os lados, rafeiros buscando a presa.

Súbito o *Tapeceiro* — o mais distante — elevou o bordão gritando palavras inaudíveis, gestos de triunfo: não hesitei, corri o mais que pude. Quando lá cheguei o triângulo já se formara, curvados sobre o solo.

Havia um sulco de mais ou menos dois côvados de largo, que se alongava por muitos passos, formando um arco constante. Rego profundo, de vários côvados, mantendo-se em regularidade perfeita; como se produzido por poderosa e imane charrua. Mas o chão, longe de se mostrar revoluto, estava amassado, com a vegetação subjacente triturada, comprimida por algum peso descomunal.

Ajoelhei-me junto à depressão, estirei a mão direita ao fundo do sulco, senti intensa umidade da relva, comprimida ao ponto de excretar sumos. Apertei na mão a amostra macerada, senti-lhe o aroma penetrante e selvagem; libertos os humores vegetais em obra funesta.

Não consegui atinar, por mais absurdo imaginativo que conclamasse: qual a causa daquele efeito; que poder arcano obrou ali; que entidade onipotente fendeu a terra e liquifez o relvado? Levantei-me, alonguei o olhar buscando o trio transtornado, acompanhei-lhes o percurso. O *Tintureiro*, acompanhando o sulco, demandava o Sul; o *Tapeceiro* se detivera num ponto, a Oeste; o *Tecelão*, olhos colados ao solo, postara-se a Este: eu, parado, no extremo Norte: delineado um círculo completo.

Esperei, atento à movimentação dos três, perdido em cogitações improfícuas; a impenetrabilidade do enigma me petrificou. E eles, que pensariam? Lá estavam, juntos agora, mesmo distanciados era visível o gesticular, o desacordo, o incrível enfrentado. A constância do rego, o arado prodigioso, a circularidade estarrecedora!

Junto a mim, afirmou o *Tapeceiro*:

— Senhor, os sinais da rosácea!

O *Tintureiro*, em voz roufenha:

— Achamos, meu senhor, os vestígios da coroa!

O *Tecelão* arrematou, num som catarrento:

— Localizamos, mestre, as trilhas da roda!

A estrutura do mundo se desarranjava em minha mente, sacudia a célula da razão que se desmoronava! Pensei, arfante: a trindade era bem equipada de metáforas: a Rosa Celeste; as vastas curvas siderais, círculos dos astros divagantes; a Rosa dos múltiplos roteiros da alma, dádiva suprema do Suserano do Universo! A Coroa, perfulgente, de algum magnífico soberano, deste ou de outros mundos? A Roda da Fortuna, lembrando apenas que o livre arbítrio inexiste, pois tudo está escrito, posto e bem determinado!

Entretanto, para os quatro, não foi esse o maior segredo, o superlativo logo eclodiu.

Começamos a voltar, isolados nas lucubrações, cada qual aluído em seu labirinto, desfeito na memória o vulto esmaecido do trigésimo primeiro peregrino.

Atentos aos rumos, arfantes, quando o *Tapeceiro*, vislumbrando a sorveira-brava, sugeriu algum descanso; mais para o cérebro do que para os corpos. Acordamos com a proposta: bocas áridas, lábios túmidos, intensa sudação; eu, mocassino esfrangalhado e plantas dos pés doridas.

O vento abrandara e o sol se investia de plenitude, despedindo-se as nuvens da coloração plúmbea, ganhando tonalidade alvadia, radiante. Bem abril era, vigor pleno do Astro, firme na trajetória de Áries.

Ao aproximarmo-nos da árvore deparamos com a *Mulher* estatelada.

Engastada na folhagem; ressupina, tabardo e saia levantados, escondida assim a cabeça. Desviscerada, no baixo ventre uma flor sangrenta, estraçalhada!

— E o nascituro, o filho? Onde esta o recém-nascido? — urrou o *Tapeceiro*.

Debandamos ao redor em procura frenética. Tapetes de folhas ovaladas, bolotas verde-escuro esparramadas, flores de cinco pétalas fanadas, de certo violáceo desbotado, capim de forragem; galhos, muitos galhos e nada mais.

Nada encontramos, próximo ou distante.

Aproximei-me do corpo da *Mulher Grávida*, fui tomado de estranha compulsão; queria mais uma vez ver-lhe o rosto, os olhos níveos de porcelana. Genuflexo, abaixei-lhe a saia, desci-lhe o tabardo. O grito foi contido na garganta, custei em me firmar em pé, cena medonha! A face alva e amortecida, os lábios grossos e incolores mas, por Deus, não havia olhos! Apenas cavidades escuras e exangues — como poderia ser assim — extirpados os globos, sem traço de sangue algum!

Recuei aparvalhado, os três — como se tocados por um só comando — lançaram-se ao sinal da cruz. Nenhuma palavra existe, em nosso ou outro qualquer idioma, capaz de traduzir o horror sentido.

Eis que a trindade se lançou de joelhos, cada qual sentiu necessidade incontida de falar, de dizer alguma coisa; sentia-os possuídos, por quem?

As falas não pareciam pertinentes aos atores, dir-se-ia que declamavam ideias vindas do além, ditos implantados na célula da razão por alguém inexistente, espelhando o fantástico; a tríade apenas interpretava, vozes ecoantes na consciência unitária; cumpriam papéis. E, conjugados, formaram ainda um coro sobrenatural; orantes pela rapariga saqueada, dos olhos e dos conteúdos ventrais.

Atento acompanhei o recital, canto funerário, nênia, talvez soprada sobre os confrades pela alma de algum poeta: emergente do passado ou mergulhante do futuro, versos de algum ingente vate que haveria ainda de nascer.

O *Tintureiro* começou:

— A morte possui centenas de mãos e percorre milhares de caminhos;

O *Tapeceiro* continuou:

— Surgente na aparência de tudo, mas também invisível e despercebida;

O *Tecelão* prosseguiu:

— Penetra sussurrante o ouvido e, em choque súbito, vulnera o crânio;

O *Tintureiro* continuou ainda:

— O homem pode andar pela noite portando luz, mas pode ser tragado pelo abismo;

O *Tapeceiro* mais acresceu:

— O homem pode galgar degraus à luz diurna, mas pode resvalar no degrau partido; [7]

O *Tecelão* concluiu:

— Tudo é irreal, irreal e elusivo!

Os três, juntos, salmodiando:

— O senhor do Inferno andou por aqui! Aqui obrou Lúcifer, insurgente!

— Oh! Thomas, Arcebispo, salvai-nos, salvai-nos!

— Deus está nos deixando, deixando mais e mais, a nós que vamos ao seu encontro!

— Abençoado Thomas, orai por nós!

O sol já navegava alto, inútil a procura daquilo que a Mulher carregava no ventre. Regressamos, apressados, pois o préstito já devia andar longe.

---

[7] Falas acima inspiradas em *Murder in the Cathedral* (1935), de T. S. Eliot (1888–1965).

O 31º Peregrino

Mistério, mistério tenaz; a palavra chave é atrocidade, pois de tudo é capaz o humano, ao entanto haveria o inumano? *Mysterium iniquitatis*, intocado até pelas religiões. O Senhor é todo poderoso, pleno de bondade, assim como pode o maléfico acontecer?

A peregrinagem continuou, restituída ao número inicial de crentes, voltados aparentemente ao Santo Arcebispo.
Cavalgando eu ainda permanecia ajoelhado junto ao cadáver insepulto. Angustiava-me os olhos, mais do que o ventre conspurcado. Níveos olhos, plácidos, ebúrneos, moldados em porcelana rara, para onde foram? E o destino ignorado da criança?
Horripilante: o ventre baixo sangrou mas as cavidades orbitais estavam límpidas, hígidas, como se nunca tivessem abrigado esferas.
Não, eles não foram arrancados e nem mesmo extirpados; foram sugados, chamarizes irresistíveis!
Ventosas agiram em manobra exemplar. Sugar; palavra asquerosa, abjeta, mórbida! Sanguessugas ativando ventosas nos flancos de moribundos. Lagartixas, eu as vi muitas vezes, em paredes úmidas, nodosas, sugando insetos de um só golpe, suprimindo o espaço após catatonismo traiçoeiro e espetacular. À distância, olhos protuberantes, paralisada a presa, dócil, magnetizada: o acreditado magnetismo animal. E, abocanhando a vítima, aplacada, a lagartixa se torna ágil, invisível no lance da fuga, livre da visão humana.
Insuportável desconhecer o portador das ventosas que agiram sobre a *Mulher*: extravagante dos olhos ignorar-lhes o destino!
Vejo as cavidades oculares limpas, iguais a certas conchas bivalves, que abrigavam ostras. Lábios sugando num só golpe a suculência desejada: olhos saborosos, semelhantes às ostras. Que monstros seriam portadores de bocas sugantes?
Que poderio insondável, terrestre ou extraterrestre, suportou a ação ignóbil? Procedemos ingenuamente: *Obscurum per obscuris, ignotum per ignotius.*

Contudo estou consolado, sei que a incompreensão será eterna. Pois, nutrido estou de uma certeza: impossível partilhar da plenitude da realidade.

Assim termino eu, Geoffrey Chaucer, poeta, a estória da Mulher Grávida, o trigésimo peregrino, temeroso em ter revelado acontecimentos tais que, talvez, devessem ficar ocultos.

Mas não me arrependo, pois disse de portentos para mim indecifráveis, inacessíveis até para Thomas Becket, mártir de Canterbury, muito louvado pelos caminhantes.

Eu, *Deo adjuvante*, rogo ao Todo Poderoso que tenha piedade de minha alma. Amém.

FINISIA FIDELI

Finisia Fideli *nasceu em São Paulo no ano do Quarto Centenário da capital paulista. Estreou na ficção científica com a publicação do conto de* FC hard *"Exercícios de Silêncio"* — *na antologia* Conto Paulista *(1983), resultado de um concurso literário promovido pela Editora Escrita do jornalista Wladyr Nader, com Marcos Rey, Roniwálter Jatobá, Márcia Denser e Wladir Dupont no júri. Mais tarde, ela faria resenhas de livros de ficção científica para a revista* Escrita, *de Nader, que foi participante do Primeiro Fandom e autor da coletânea de* FC Lições de Pânico *(1968); um contemporâneo de Carneiro e Scavone.*

Republicado na década de 1990, esse conto recebeu o Prêmio Tápirài, conferido pelo jornalista Marcello Simão Branco. O texto chamou a atenção da pesquisadora norte-americana M. Elizabeth Ginway, que o considerou exemplo da subversão do papel do herói masculino em uma FC *centrada na tecnologia, pela introdução de um argumento feminista. "Exercícios de Silêncio" fez parte da antologia* Os Melhores Contos Brasileiros de Ficção Científica *(Devir, 2008).*

Ainda na década de 1980, Fideli publicou o conto fantástico "As Múltiplas Existências de Áries" (1985), além de dois trabalhos na antologia poética Mulheres entre Linhas *(1986), também resultante de concurso e publicada pela Secretaria de Estado da Cultura de São Paulo.*

A autora retorna na década de 1990 com a FC *humorística "Quando É Preciso Ser Homem" (1991), conto publicado na* Isaac Asimov Magazine Nº 21 e no livro português O Atlântico Tem Duas Margens: Antologia da Novíssima Ficção Científica Portuguesa e Brasileira *(1993)*. *O decênio também viu a publicação de "Estrela Marinha no Céu", na* Folha da Tarde; *"O Ovo do Tempo" (1994), na antologia* Dinossauria Tropicália *(Edições* GRD*); e este "A Nós o Vosso Reino", na antologia* Estranhos Contatos: Um Panorama da Ufologia em 15 Narrativas Extraordinárias *(1998). Publicou ainda os contos "A Ressurreição de Lázaro" (2001), fantasia humorística impressa na revista* Quark *Nº 10, e "Apenas Humano" (2009), no* Terra Magazine, *a revista eletrônica do Portal Terra. "A Ressurreição de Lázaro" também foi visto, em 2009, na revista feminista norte-americana* Femspec.

Influenciada *pela ficção científica da* golden age *(1938 a 1948) das revistas americanas — especialmente por autores como Clifford D. Simak, Arthur C. Clarke e Isaac Asimov —, Finisia Fideli registra igualmente a influência da principal autora do momento feminista da* FC *americana nas décadas de 1960 e 70, Ursula K. Le Guin. Fideli foi uma das primeiras escritoras a exercer uma militância por uma postura feminista na ficção científica brasileira, com ensaios publicados nas revistas* Cult *e* Ciência Hoje, *e falando em eventos de fãs como a* V InteriorCon *(1997). Ginway observou sobre ela que, "embora não seja uma escritora particularmente prolífica pelo número de histórias, ela não obstante exibe alcance e profundidade incomuns. Seus textos não são radicalmente feministas; antes, representam um exame da voz feminina na sociedade brasileira."*

"A Nós o Vosso Reino" é a outra noveleta de tema ufológico, nesta antologia. O enfoque está na formação de cultos místicos que afirmam receber instruções mediúnicas de seres extraterrestres. Sobre ela, Ginway escreveu: "'A Nós o Vosso Reino' é tipicamente brasileira no seu foco em religião e espiritualidade. Como David Hess demonstrou, brasileiros instruídos e de classe média são menos céticos quanto ao paranormal e a entes e atividades espirituais, do que suas contrapartes americanas. De fato, muitos brasileiros praticam um sincretismo religioso (mistura de práticas religiosas) que não é típica da cultura americana." A pesquisadora americana, que escreveu sobre Fideli no ensaio "Finisia Fideli: Encontrando a Voz Feminina na Ficção Científica Brasileira" (2007), enxerga nesta noveleta uma prática de sincretismo religioso — o que também a conecta a "Zanzalá", de Afonso Schmidt —, e a uma "ansiedade milenarista do país".

A versão incluída aqui foi revista pela autora, que, após uma overdose de leitura de Jane Austen, quis alterar o fecho da história — e, por conseguinte, algo do posicionamento da heroína perante a sua vida sentimental.

A NÓS O VOSSO REINO

Possessão

Quando a coisa se infiltra dentro dele, a sensação é de que mergulha num tanque de geleia fria. Ela penetra em todos os seus orifícios, começando pela boca, depois nariz, ouvidos, ânus, e o preenche completamente.

Depois, há uma espécie de expansão. Ele incha de dentro para fora, sua pele se estica e começa a formigar. O comichão é tão forte que se ele pudesse, seria capaz de arranhar a pele até arrancá-la fora.

Mas ele não pode, não tem nenhum domínio sobre o corpo. Mãos, braços e pernas ficam paralisados, não são capazes de nenhum movimento voluntário. Apenas o cérebro trabalha incessante, numa expansão de consciência. Tudo se torna mais claro, quase brilhante, mais nítido e perceptível, a ponto dele enxergar no escuro e sentir dor na luz do sol. Essa sensação de poder o fascina, era isso que ele sempre havia buscado. Se pudesse ter alguma escolha, pediria para ficar inconsciente. Isso não acontece e ele é obrigado a passar pelo processo do começo ao fim. E aceita esse sacrifício como um preço a pagar pela transcendência.

Finisia Fideli

A Coisa não tem cor, mas ele sente como se ela fosse de um cinzento baço, doentio. Também não tem forma física, embora a impressão de viscosidade seja incontestável. Tem individualidade e um nome. Mas Coisa se aplica melhor a uma criatura que se apresenta como um parasita que precisa de um corpo humano para se expressar.

E ela usa o *seu* corpo. Quem observasse o processo, não perceberia nenhuma alteração. Palavras como "mergulhar" ou "expandir" apenas dão uma pálida imagem das impressões que o acometem. De fato, em nível físico, nada ocorre. Seu rosto não muda, sua pele não se estica nem ele incha por dentro. Nada transforma sua voz ou seu olhar. As reações não são físicas, mas mentais.

Imersão

Ele tinha um bom conhecimento teórico sobre mediunidade e, na primeira vez, julgou que era o que ocorria. Chegou a ficar contente, mas o desconforto foi tão grande, que entrou em pânico. Sempre teve medo de água e aquela impressão de afogamento o apavorava mais do que tudo, e foi só o começo.

Palavras como "estupro" ou "vampirismo" pareceram suaves para explicar sua experiência. Ele tentou lutar com todas as forças, mas foi inútil, acabou dominado, sem reação. A Coisa falou bastante dentro de sua cabeça, mas ele custou a entender o significado, cego de terror. Por fim, houve um desprendimento súbito, como se uma capa de borracha se descolasse do seu corpo de uma só vez, e tudo acabou.

Outra coisa que ouvira falar sobre os médiuns é que eles se sentiam fortes e revigorados após uma incorporação. No seu caso, acabou vomitando tudo o que tinha no estômago e um pouco mais. Ficou tão esgotado que precisou sentar no chão, tremendo, sacudido por soluços. Por fim, adormeceu no ladrilho frio do banheiro e, ao acordar horas depois, lembrou-se vagamente de estar saindo do chuveiro. Tentou sem sucesso

esquecer o resto, mas as lembranças estavam gravadas em seu cérebro. Compreendeu que nada tinha a ganhar se oferecesse resistência, mas a criatura propôs uma troca em caso de sua entrega incondicional: realizar o maior dos seus sonhos — o do conhecimento.
Estava apenas começando.

Padrões de Conduta

— No presente, a interação entre dimensões começa a se fazer notar.

Com voz clara e monocórdia, Ênio Figueira iniciou a palestra para uma audiência de apenas quinze pessoas. Todas haviam sido convidadas pela dona da casa, uma mulher de meia-idade chamada Norma, jovial e empreendedora, proprietária de uma confecção de sucesso.

Ela conhecera Ênio há dois anos, durante uma viagem de turismo esotérico à Índia. Ele vivia num mosteiro naquela ocasião, e Norma se surpreendera com o homem alto, de pele bronzeada e cabeça raspada, vestido apenas com um longo manto amarelo, e que se dirigira ao grupo de turistas em perfeito português.

Ênio os conduzira pelas dependências do mosteiro abertas à visitação, e traçara breves comentários acerca do hinduísmo, a religião que fora aprender ali.

Todos haviam simpatizado com seu jeito calmo e seu porte tranquilo. Ele praticava yoga e meditação e tinha bom conhecimento de outras filosofias do lugar, como o budismo e o Tao. Informou que nascera no interior de São Paulo, e não se interessou por notícias do Brasil. Mas avisou que estaria em breve voltando para casa e que gostaria de manter contato com alguém do grupo.

Norma lhe entregara seu cartão e esquecera do assunto. Foi com grande surpresa que mais de dois anos após esse encontro, Ênio lhe telefonara e marcara uma entrevista.

O homem pálido, de cabelos pretos e curtos e barba grisalha que se apresentara em seu escritório, lembrava vagamente o outro vestido de monge na Índia distante. Usava roupas simples e muito limpas: uma camisa branca de mangas compridas, abotoada até o pescoço, calças cor de cinza, sapatos e meias marrons.

Explicara que estava desenvolvendo um ciclo de palestras para despertar a consciência espiritual das pessoas e necessitava de um local de reuniões.

— Onde você está morando? — Norma perguntara, meio confusa com o palavreado esotérico que Ênio despejava como resumo de seus ensinamentos.

— Vivo num pequeno sítio em Itapecerica da Serra — ele respondeu. — É uma herança de família, um pouco distante do centro da cidade, mas perfeitamente adequado às minhas necessidades.

— Que tipo de local seria bom para sua palestra? Um auditório, talvez?

— Não, nada disso. — Ele esboçou um sorriso. — Apenas um lugar confortável para um pequeno número de pessoas à sua escolha.

— É só isso?

— Só isso.

Sem pensar muito, ela oferecera sua casa. Morava com a filha adolescente de um amplo sobrado numa rua residencial no bairro de Moema. A casa era grande demais para as duas, último resquício de um casamento de dez anos e dois filhos. O rapaz estudava e vivia com o pai nos Estados Unidos, e a casa às vezes ampliava ruídos distantes, confirmando a quase ausência de vida no seu interior.

A chance de reunir alguns amigos interessantes para ouvir uma palestra inocente sobre valores espirituais pareceu à Norma, naquele momento, uma coisa muito boa de se fazer. Olhando em retrospectiva, tempos depois, surpreendeu-se de estar no cerne de eventos que transformariam para sempre a vida de muitos.

— Os sentidos externos e a mente analítica estão deixando de ser os únicos meios de aprendizado para a raça humana — Ênio dizia.

Os presentes se entreolharam. Alguém estaria entendendo alguma coisa? Ele prosseguiu:

— É fundamental seguir as leis da dedicação à harmonia e ao equilíbrio. O trabalho abnegado abre as portas àquilo que é natural mas ainda não foi compreendido. O ser humano puro não teme se abrir às emanações sutis que o guiarão através do Plano destinado aos que ouvirem o chamado.

E foi assim que, uma hora depois, ele encerrou suas explicações sobre um novo tempo que estava chegando e de como cada um deveria se preparar para estar apto a fazer parte de um grande plano que se iniciava a partir dali.

Era noite, estava frio. Os sons da cidade caótica apenas se delineavam à distância. Na rua arborizada, um pássaro noturno piou. E quinze pessoas voltaram às suas casas, com uma estranha impressão de que, dentro delas, algo fora transformado.

CONTATOS

Miranda conhecera Ênio Figueira quando o grupo inicial já se ampliara para muitas dezenas de pessoas. Norma havia adaptado uma das maiores dependências da casa para esse fim, um amplo salão de jogos onde as mesas de pingue-pongue e bilhar haviam sido substituídas por dezenas de cadeiras, banquinhos e almofadões.

Havia uma perfeita organização por trás daquilo, com lugares marcados previamente por telefone, rígido horário para o início das palestras, distribuição de apostilas com o resumo dos temas, e a presença de pessoas indicadas por outros participantes, a fim de não haver problemas para a vida familiar da organizadora.

Seu professor de yoga, Michel, frequentava as reuniões há quase uma década, e costumava mencionar os temas debatidos no final das aulas, com um entusiasmo sempre crescente. Como Miranda parecia demonstrar interesse genuíno, ele insistiu várias vezes com ela para que o acompanhasse. As reuniões aconteciam uma vez por mês, sempre numa sexta-feira à noite, e com um público cada vez maior. Não era preciso pagar nada, exceto um valor simbólico pelas apostilas.

Curiosa, Miranda resolveu aceitar o convite, para alegria de Michel.

— É difícil não ter quase ninguém com quem partilhar uma coisa dessas — ele comentou, satisfeito, enquanto dirigia com a velocidade possível num final de tarde, através de uma Avenida Ibirapuera atulhada de carros.

— Mas você sempre introduz algo no final das suas aulas, Michel, e todo mundo gosta.

— Não é a mesma coisa. Você precisa ver o Ênio para entender — ele falou.

— Quer dizer que ele é bastante carismático?

— Não, ao contrário. Por isso mesmo que é preciso vê-lo. As coisas que ele fala parecem tocar você de alguma maneira. Mas o sujeito em si mesmo, é um cara bastante comum.

— Já estou começando a gostar — Miranda afirmou, em tom de brincadeira. — Não suporto esses metidos a iluminados que prometem a salvação eterna em módicas prestações — de preferência depositadas na conta bancária deles mesmos.

— É isso aí — Michel concordou. — Ele parece não dar a mínima pra dinheiro, e o que ele prega requer esforço e engajamento pessoal.

— Nada de paraíso instantâneo, então?

— Nadinha, você vai ver só!

Quando chegaram ao sobrado, devido ao trânsito faltavam apenas cinco minutos para o início da palestra. Miranda surpreendeu-se com o jeito esbaforido com o qual Michel praticamente jogou-se para fora do carro e correu para a porta da frente, seguido por ela. Os nomes de ambos constavam de uma lista, mas a pessoa que a conferia atrapalhou-se com os nomes: Michele, Marina... Quando por fim adentraram no salão de reuniões apinhado, só encontraram dois lugares separados, e foram obrigados a sentar no chão.

Do lugar onde se encontrava, Miranda tinha uma boa visão do homem que se postava ao lado de uma pequena escrivaninha, segurando umas folhas de papel manuscritas. Estava a uma distância de apenas uns três metros dele, e ela sentiu uma certa decepção: era um sujeito magro ao ponto de parecer doentio, vestido como um escriturário pobre: camisa branca, calças escuras, sapatos velhos. O cabelo e a barba eram curtos e grisalhos, a expressão concentrada na leitura atenta daqueles papéis. Realmente, ele não era nem um pouco carismático.

Aproveitou para observar o local onde estavam. O salão era amplo e arejado, e dava para o jardim interno da casa, onde uma grande porta envidraçada havia sido aberta. A noite estava agradável e era possível sentir o perfume das plantas. Miranda desejou poder ir até lá, mas permaneceu quieta, pois ao seu redor espremia-se quase uma centena de pessoas.

Tinha gente de todo tipo, mas a maioria era de jovens na casa dos trinta anos, com um predomínio de mulheres entre os mais velhos. Alguns casais, pais e seus filhos, mas nenhuma criança, apenas jovens, pois, segundo Michel explicara, Ênio não permitia a presença de crianças antes dos catorze anos.

O silêncio era quase absoluto, enfatizado por cartazes espalhados por todo o canto pedindo quietude e contemplação. Miranda adorou a terminologia. Quietude era tudo o que faltava numa cidade grande, e contemplação era o que procurava quando começara as aulas de yoga com Michel. Aprender a olhar para dentro de si ao invés de ficar buscando algo impalpável lá fora, capaz de se concentrar num assunto de cada vez, reduzir a ansiedade e, se possível, pôr as costas no lugar.

Tudo isso, com a prática equilibrada que Michel lhe havia transmitido, Miranda já quase conseguira obter. Era uma aluna dedicada e assídua além de ser uma mulher bonita, com um corpo perfeito, longos cabelos claros e olhos verdes, o que despertara a atenção do professor, que aos poucos se tornara seu amigo. Isso não era muito difícil para ela, sempre alegre e de bem com a vida. Mas o professor de yoga era um sujeito tímido que se sentia deslocado num mundo competitivo e hostil, e a amizade de ambos era uma espécie de atração de opostos.

Para ela, a vida era sorridente. Nascera numa bela cidade praiana, onde concluíra os estudos básicos. Depois, viera para São Paulo estudar. Formara-se assistente social, e não mais voltara para a casa dos pais, exceto nos feriados. Atualmente trabalhava meio período num grande hospital público e o resto do tempo numa rede de supermercados. Era bom estar em contato com muitas pessoas, ajudá-las a resolver seus problemas, mas faltava alguma coisa, que nem mesmo a religião conseguira explicar. Nascera católica, virara espírita e agora tinha uma relação pessoal com Deus. Contudo, ainda faltava alguma coisa.

Ênio começou a falar de supetão. A maioria das pessoas sobressaltou-se, muitas correram para os seus lugares, e um burburinho percorreu a sala, logo substituído por um silêncio concentrado. Ele falava devagar e num tom baixo, embora tivesse uma ótima dicção. Miranda desconfiou que era um modo de obrigar todo mundo a fazer silêncio, senão seria impossível ouvi-lo.

Nessa noite ele estava dando sequência a um tema de interesse geral: "A energia do dinheiro em nossas vidas." Embora Michel já tivesse adiantado alguma coisa sobre o assunto, Miranda teve que se esforçar para acompanhar os pontos de vista defendidos pelo palestrante, mas, em pouco tempo, achou que suas ideias eram mesmo dignas de uma observação mais atenta. Em resumo, Ênio explicava que, se vivemos em um mundo material cujas estruturas estão baseadas numa moeda qualquer desde o início das civilizações, de nada valeria o esforço de viver contra isso, procurando refúgio em algum tipo de utopia onde o dinheiro não existisse. O melhor seria viver como se o vil metal fosse uma espécie de sol, capaz de iluminar e fecundar muitas existências, a paga justa por um trabalho bem feito, ou como sementes que só crescem em terreno adubado — se forem bem espalhadas, é claro.

Ganhar dinheiro de forma compulsiva, guardá-lo avidamente, escondê-lo, seria como tentar aprisionar este sol: ele acabaria se apagando e todo o seu brilho desapareceria.

Miranda gostou do conceito, embora o considerasse um tanto ingênuo. Havia milhares de exemplos de pessoas que só viviam para ganhar e guardar dinheiro, e a única coisa que acontecia é que ficavam muito, muito ricas.

A Nós o Vosso Reino

Matutando sobre esses pensamentos, não percebeu que Ênio lhe dirigia um olhar severo. Quando o encarou, ele disse:

— Pessoas muito ricas, que têm muito dinheiro guardado, não são exatamente um exemplo de existência ensolarada.

Miranda sentiu que seu rosto ficava vermelho, e a surpresa impediu qualquer reação. O fato é que Ênio falava como se tivesse ouvido os pensamentos dela, e isso era perturbador. Convenceu-se de que se tratava de uma coincidência, e tentou prestar atenção ao final da palestra, mas não pôde. Tinha certeza de que ele comentara um pensamento seu, uma crítica, aliás, e isso era no mínimo surpreendente. A palestra chegou ao fim, e algumas pessoas fizeram perguntas, rapidamente respondidas. Por estar mais perto da saída, Miranda aguardou que Michel a encontrasse. Ele chegou animado, perguntando se ela havia gostado, se achara muito difícil, se tinha alguma dúvida.

— Gostei, achei muito esclarecedor. A ideia das sementes em campos adubados não me é estranha, mas ilustra muito bem os pontos de vista do Ênio.

— E quanto a ele, o que você me diz? — quis saber o amigo.

— Não sei bem, não é o que eu esperava.

— Eu não havia dito que ele era um sujeito bem comum? — insistiu Michel.

— Ao contrário, eu o considero absolutamente incomum!

— E ambos riram à vontade.

Nesse momento, Norma se aproximou e cumprimentou Michel, perguntando quem era sua jovem amiga. Foram feitas as apresentações, e Miranda simpatizou com Norma imediatamente.

— Gostaria se ser apresentada ao Ênio? — Norma perguntou à moça, que, ao contrário de Michel, não ficou muito entusiasmada e sugeriu deixarem para uma próxima vez.

O amigo, contudo, insistiu:

— Imagine só, você não pode perder uma oportunidade dessas! Eu mesmo levei mais de um ano para ser apresentado a ele.

Conformada, Miranda deixou-se levar até um pequeno grupo, no centro do qual Ênio Figueira dava algumas orientações para a reunião do próximo mês. Norma pediu licença e apresentou Miranda como uma nova aquisição do grupo.

— Como assim? — Miranda estranhou essa maneira de se referir a ela, como se ela pretendesse um dia voltar a assistir alguma outra palestra dele.

O homem lhe dirigiu um olhar minucioso, medindo-a de cima a baixo. Sem um sorriso, nem lhe estender a mão para um cumprimento, afirmou:

— Você demorou a chegar, Miranda.

Por um breve instante, ela pensou, ingenuamente, que ele se referia ao fato deles quase terem se atrasado para o início da palestra. Mas logo depois percebeu que não se tratava disso, mas que ele a estaria esperando. A moça considerou a afirmação com bastante desconforto. Não fez nenhum comentário, disposta a encerrar a noite o mais breve possível e esquecer para sempre esse assunto. Contudo, Michel parecia tão impressionado que insistiu em saber que espécie de demora a que Ênio se referia.

— Miranda era aguardada pelo nosso círculo de adeptos há muito tempo. Demorou a encontrar o caminho até nós, mas agora está aqui, e não há tempo a perder. Deve voltar amanhã, às dezoito horas, para uma reunião com os mais próximos.

— Desculpe, mas não estou entendendo nada — ela disse.

— Estou aqui a convite do Michel, e não tenho nenhuma intenção de voltar amanhã. Boa noite a todos.

— O dia é amanhã, sábado, às dezoito horas — Ênio afirmou enfaticamente. — Você não pode faltar.

Miranda reafirmou que não pretendia fazer parte de nenhum grupo de iniciados. Essa havia sido a primeira e última vez que assistia uma das palestras e que, apesar de lisonjeada com o convite, não iria voltar. Cumprimentou Norma com um aceno de cabeça, e saiu da casa.

Ênio a viu sair e, sem mudar de expressão, disse a Michel:

— Conto com você para explicar à sua amiga que ela está sendo infantil. Não se trata de um convite, mas de algo mais sério e importante. Diga a ela o quanto é essencial que o grupo dos mais próximos esteja completo o quanto antes. Se ela não se convencer, apele para sua curiosidade.

Michel disse que compreendia, e saiu atrás dela. Antes, porém, Ênio advertiu:

— Não pretendo tolerar falhas, Michel.

Ofício

Durante todo o caminho de volta, ele tentou convencer Miranda de que ela estava sendo objeto de um grande privilégio. O grupo dos mais próximos era composto pelos primeiros a conhecer Ênio Figueira, acrescido de alguns poucos que haviam sido especialmente escolhidos. Suas reuniões traçavam os rumos do Plano, estabeleciam contatos com pessoas influentes, expandiam o campo de ação para novas cidades.

— Parece que estamos falando de planos de batalha, Michel.

— Mas isso é uma guerra, você não entende, Miranda? As ideias do Ênio precisam chegar a um número maior de pessoas o mais depressa possível.

— Por quê?

— Ele diz que não resta muito tempo. Os recursos do nosso planeta estão se esgotando, a Natureza está sendo envenenada, é preciso fazer alguma coisa.

— Então ele pretende fundar alguma organização de preservação da vida selvagem ou algo assim?

— Não seja irônica. O Plano ao qual Ênio se refere está na esfera espiritual.

— Cristo, parece que seu mestre é um pouco pretensioso, não é? E você diz que ele não liga para nada, que só quer ajudar as pessoas a viver melhor. Agora ele é um messias que vai salvar o mundo!

Michel ouviu esse comentário com tristeza, e, se não estivesse empenhado numa missão especialmente designada por

Ênio, teria desistido nesse instante. Mas, mesmo magoado, quase implorou a Miranda que lhe desse o benefício da dúvida. Ela tinha estado na reunião, conhecido as pessoas que a frequentavam. Não pareciam um bando de fanáticos ignorantes iludidos por algum culto maluco. Era gente de bom nível de cultura, com boas intenções, desejo de saber mais e melhorar suas vidas.

— Você é curiosa, Miranda, não negue. Não gostaria de "visitar os bastidores", saber o que Ênio pretende? Mais ainda: não gostaria de saber por que ele quer que você faça parte disso?

— Não estou curiosa em relação a isso, Michel. Existem muitos grupos similares ao de Ênio alertando para o fim dos tempos. É um conceito antigo, de que a virada do milênio trará, invariavelmente, mudanças avassaladoras. Sabe o que eu acho que vai acontecer de verdade? As pessoas vão beber, soltar fogos de artifício, comemorar na praia ou algo assim. No dia seguinte, a ressaca vai estragar o feriado e depois disso a vida vai prosseguir como se nada tivesse acontecido.

— Existem indícios de que desta vez não será tão simples — Michel afirmou.

— Que tipo de indícios? Não me venha com aparição de cometas, terremotos ou catástrofes naturais, porque isso sempre aconteceu e o mundo não acabou.

— Ênio não se refere ao fim do mundo, mas a uma transformação radical no modo de pensar das pessoas e nas condições de vida do planeta.

— Mudanças levam tempo. Quanto mais radicais, mais tempo demoram. Você acha que as pessoas vão transformar suas vidas só porque o calendário marca uma data diferente?

Não houve resposta, apenas silêncio. Miranda percebeu que seu amigo estava magoado e não fez mais nenhum comentário. No fundo, sentiu-se aliviada. Aparentemente Ênio Figueira havia envolvido Michel de um modo que beirava o fanatismo. Estranho... O professor de yoga era uma pessoa ponderada e não parecia suscetível a ideias mirabolantes ou a cultos obscuros. Era também esperto e não seria enganado por um grupo de malucos. Ele parecia de fato satisfeito com os ensinamentos obtidos através de Ênio, e só desejava dividir sua satisfação com alguém que compartilhasse suas ideias.

Mas Miranda já tinha tido sua cota de desapontamentos em relação a religiões, quando decidira abandonar para sempre a sua, ao testemunhar uma injustiça cometida contra uma coleguinha judia que frequentava o mesmo colégio de freiras onde ela cursara o primeiro grau. A pobre menina havia sido impedida de entrar no colégio na véspera da sexta-feira santa, sob a acusação de que seu povo "havia matado Jesus". É claro que quem dissera isso era uma Irmã idosa, provavelmente caduca, mas Miranda jurara nunca mais fazer parte de uma instituição medieval. Abandonara o colégio no fim do curso, deixara de acompanhar as missas, os ritos católicos. Abandonara qualquer outra religião instituída, preferindo informar-se através de leitura e de cursos. Isso a levara a uma bela viagem através de muitas filosofias modernas e antigas. No final, a conclusão era a de que todo mundo pregava fazer o bem e praticar a caridade. Se o negócio era esse, não precisava de batismo ou fazer parte de uma estrutura arcaica.

Quando chegaram em casa, Miranda agradeceu a carona e desceu rapidamente do carro. Michel não respondeu ao seu aceno e partiu sem dizer uma palavra.

Os Arautos

O trabalho de Miranda no hospital público envolvia apoio e orientação a usuários de drogas e seus familiares. Era um posto que quase ninguém queria, principalmente porque nos últimos anos esse problema vinha acrescido da terrível ameaça da AIDS. A reabilitação de um viciado sem recursos é sempre difícil, mas se ele fosse portador do vírus, e se tivesse contaminado esposa e filhos, configurava-se uma tragédia.

Miranda exercia seu cargo com carinho. Tinha facilidade em lidar com o público e sentia ser capaz, de um jeito ou de outro, de ajudar as pessoas com conselhos, orientações, e até obtendo os remédios para tratamento ou um leito para internação. Contudo, no final de um dia especialmente difícil, ou quando era informada da morte de um de seus "protegidos", sentia que a esperança se esgotava, e um cansaço intolerável a envolvia.

Naquela manhã, contudo, teve uma boa notícia: a mãe de um jovem viciado a quem Miranda havia atendido com orientações há alguns meses veio contar a ela que seu filho alcançara plena recuperação. Com entusiasmo, contou que o filho estava envolvido com um grupo religioso que o havia salvo das drogas, e que o rapaz estava tão contente que resolvera retomar os estudos.

— Que ótima notícia, Antônia! Sua família tem muita sorte — comemorou Miranda. — São raros os casos de recuperação em tempo tão curto. Quem foi que o ajudou?

A resposta da mãe do jovem a gelou por dentro. Antônia explicou que uma psicóloga que atendia seu filho o levara a uma palestra de um sujeito chamado Figueira. O rapaz ficara tocado com as palavras desse guru e havia pedido a ele uma entrevista particular. Após alguns encontros, já se sentia forte o suficiente para tolerar a desintoxicação, e depois de apenas duas semanas numa clínica especializada, havia sido liberado para seguir com sua vida.

— Sobre o que o tal Figueira conversou com seu filho?

— Isso eu não sei dizer. As entrevistas foram feitas na casa dele, em Itapecerica. A psicóloga o acompanhou até lá, mas teve que esperar noutra sala enquanto os dois conversavam a sós. Meu garoto também não quis me contar a conversa, mas só pode ter sido coisa boa, porque depois disso ele se recuperou.

— Interessante. Eu conheço Ênio Figueira, mas não fazia a menor ideia que ele se ocupasse de pessoas dependentes de drogas — Miranda comentou, intrigada.

— Pelo que eu soube ele atende pessoas doentes, inválidos, gente com todo tipo de problema. Acho que esse homem é um santo, você não acha?

Miranda não respondeu. Na cabeça daquela mãe, havia acontecido um milagre, logo, Ênio devia ser um santo. Mas na mente dela a imagem que se apresentava era a de um homem normal, com um discurso capaz de envolver pessoas frágeis. Ela não estava muito impressionada, mas ficou feliz com a alegria dessa mulher a quem a esperança havia retornado. Só isso já justificava um pouco de boa vontade da parte dela.

Nessa mesma tarde um funcionário do supermercado onde ela trabalhava comentou que havia lido umas apostilas com o resumo de palestras do Ênio Figueira e achara o autor uma espécie de profeta da "nova era", capaz de transformar os conceitos ultrapassados das velhas religiões. Estava ansioso para vê-lo pessoalmente e aguardava uma vaga para a próxima palestra, mas havia uma enorme lista de espera a ultrapassar.

À noite, em casa, Miranda encontrou uma mensagem de Michel em sua secretária eletrônica. Pedia desculpas pelo mau humor e avisava que o convite para uma reunião particular na casa de Norma havia sido refeito para o próximo sábado.

Miranda achou coincidências demais para um só dia e telefonou a Michel.

— Está bem, você venceu — falou num jeito brincalhão. — Prometo ir no sábado e conhecer, afinal, os mistérios do "grupo dos mais próximos", seja lá o que isso signifique. Você me leva?

— Com prazer.

Havia dado o primeiro passo. O caminho, ela não conhecia, muito menos o destino final. Mas, como dizem, o que vale é caminhar.

Iniciação

Era uma tarde maravilhosa, com um céu violeta e nuvens rosadas. O jardim da casa de Norma havia sido preparado com mesas e cadeiras nas quais se espalhavam algumas dezenas de pessoas. Havia perfume de jasmim no ar, a temperatura era agradável, nada poderia ser mais perfeito.

Caprichara na pontualidade. A jovem filha de Norma a recebera na porta e a acompanhara até o jardim. Michel não pudera entrar com ela, o convite era só para Miranda. Aparentemente, o rapaz se sentia lisonjeado com o fato de ter sido ele a conduzi-la até Ênio, e isso lhe bastava.

Foi oferecido chá. Ninguém se apresentou ou lhe deu boas-vindas. Estava se sentindo muito deslocada, mas foi "salva" quando Norma chegou e a cumprimentou com um abraço carinhoso.

— Ênio já vem, está na sala de estar numa entrevista pessoal com um de nossos patrocinadores — Norma comentou, pedindo a todos que se sentassem e fizessem silêncio a fim de preparar o ambiente para a reunião.

Miranda ficou cismando com essa história de "patrocinador", mas após alguns minutos seu devaneio foi interrompido com a chegada de Figueira. Ambos se fitaram intensamente, e foi só. Ênio se serviu de chá, no qual misturou uma colher de mel, sentou-se e começou a falar.

— Tenho boas notícias. A área ao redor do meu sítio já foi adquirida, e é preciso iniciar as edificações o quanto antes. Mobilizem seus contatos com os empreiteiros. A mão de obra deve ser gente nossa, voluntários. Nenhum estranho deve entrar nos limites da propriedade, para não gerar desarmonia. As plantas dos prédios já estão disponíveis. Peço atenção redobrada com a localização das entradas segundo os pontos cardeais. O aquecimento deve ser por energia solar. Apenas o prédio principal deve ter rede elétrica, por causa dos computadores e das antenas parabólicas.

— E quanto à vegetação? — alguém perguntou.

— Vamos desmatar só o essencial. Tem uma figueira enorme lá, deve ser muito velha. Quero que abram caminhos como raios partindo através dela.

— Que maravilha, uma figueira! Não é uma bela coincidência? — Norma comentou, deliciada.

— Você ainda duvida que não existem coincidências, não é? Muitos de vocês duvidam, eu sei. Alguns têm medo de acreditar. Precisam de provas. O que vocês desejam, milagres? Ah, eu pos-

A Nós o Vosso Reino

so fazer alguns, gostariam de ver? Talvez uns truques de prestidigitação para ajudar a convencer os mais resistentes. Ninguém está disposto a trabalhar duro para alcançar as metas do Plano, nem são capazes de uma entrega total, sem questionamentos. Parem de pensar do modo antigo, ele não nos serve mais. Alguns já pressentem o que vai acontecer, sobretudo os jovens. Eles não sabem como lidar com isso, não têm o conhecimento. Sabem o que fazem? Procuram as drogas, julgando que elas poderão expandir suas mentes, facilitar o caminho. O que eles conseguem é se extinguir. Já há ruína que baste, e ainda vai piorar. Quem vai mostrar o caminho a esses jovens?

Miranda sentiu o olhar dele sobre ela. Isso a incomodava e ela procurou não dar atenção, mas acabou por encará-lo.

— Você vai cuidar deles, Miranda. Eles têm nos procurado em número cada vez maior. Não posso desviar da meta principal, por isso está encarregada dessa tarefa a partir de agora.

— O que devo fazer?

— Três vezes por semana, à noite, você fará preleção a respeito dos riscos relacionados ao uso do fumo, álcool e drogas. Também se avistará em particular com os casos mais graves.

— Não sei se sou capaz. — Miranda se ressentia do seu tom autoritário.

— Você tem feito isto nos últimos anos, conhece todos os recursos disponíveis. Se precisar, temos muita gente que pode ajudar entre nossos voluntários.

— Onde serão essas reuniões? — ela perguntou.

— Em minha casa, em Itapecerica.

— Mas eu moro do outro lado da cidade e não tenho automóvel!

— A casa é grande. Pode morar lá se quiser. — Ela detectava um tom esperançoso em sua voz quase sempre imutável?

— De jeito nenhum. Não pretendo abandonar meu trabalho no hospital e no supermercado.

— O seu trabalho é outro, mas você ainda julga não estar pronta. Seu tempo virá.

Miranda ficou perplexa, mas o assunto mudou para outra área, e ela foi novamente ignorada. Ao se despedir do grupo, Norma a informou que conseguira carona para ela com uma das participantes que morava perto de sua casa.

— Como Ênio imagina que conseguirei fazer o que ele deseja?

— Não se preocupe, menina. — Norma beijou seu rosto num gesto tranquilizador. — Os recursos vão aparecer.

Quando chegou à sua casa, havia um recado gravado na secretária eletrônica. Tinha sido sorteada no consórcio e o seu carrinho popular finalmente chegara.

Despojamento

Miranda começou o seu trabalho "voluntário" no sítio de Ênio, conforme havia sido determinado. Com seu novo carro, ficava mais fácil deslocar-se de um lado a outro da cidade, e, embora os horários e o trânsito sempre representassem um certo contratempo, passou a apreciar essa nova atividade, que envolvia pessoas jovens necessitadas de ajuda.

A casa de Ênio era ampla e isolada, em meio a uma área de mata nativa. O chão era de cerâmica e os móveis de madeira pareciam muito antigos. Era confortável embora muito simples, sem nada supérfluo. Miranda não viu um televisor ou um aparelho de som, mas a cozinha era bem abastecida, tinha um fogão novo e uma boa geladeira. Sabia que Ênio tinha um computador, mas este não estava visível. A casa era tão limpa que lembrava o colégio de freiras de sua infância. Ela nunca viu empregados, mas como só ia à casa à noite, julgou que alguma outra "voluntária" se ocupava dessa missão. Tampouco encontrava Figueira. Sabia que ele estava presente porque o ouvia se movimentando no interior de seus aposentos particulares, mas outra pessoa abria a porta para ela e para o grupo de jovens. Era um homem de idade incerta, talvez na casa dos quarenta. Usava o cabelo curto e uma barba bem aparada e vestia-se com o mesmo asseio descuidado de Ênio: roupas cinzentas, limpas e descombinadas. Era calmo, discreto e bastante simpático. Apresentou-se como Pedro Ramos, e confidenciou que havia sido padre até conhecer Ênio e juntar-se a ele na realização do Plano.

Numa noite, antes que Miranda fosse para casa, eles tiveram um breve diálogo:

— Estamos erguendo uma espécie de monastério aqui, você sabe — comunicou a Miranda —, e parece que eu sou o primeiro irmão da nova ordem. Muitos virão depois de mim e é preciso deixar tudo pronto para quando eles chegarem. Alguns vêm de longe e encontrarão um abrigo aqui.

— Quer dizer que estamos na origem de uma nova religião?

— Uma nova *ordem*, Miranda, que envolve uma mudança radical nos rumos da humanidade. Veja, os ensinamentos obtidos aqui podem deflagrar uma reviravolta no destino do planeta como um todo. Somos parte de um mecanismo muito maior. Cada peça dessa incrível máquina tem uma função. Do menor parafuso até a mais sofisticada engrenagem, tudo deve estar em seu lugar preciso para que o todo funcione com harmonia.

— Concordo, Pedro, mas até agora não encontrei nos ensinamentos de Ênio nada que possa mudar o destino da humanidade. Não precisa ficar escandalizado, eu creio que a mensagem que ele traz é séria, mas não tem nada de novo. Veja bem: ele pede que as pessoas auxiliem os mais carentes através de trabalho voluntário, que participem de palestras, que levem uma vida mais saudável. Qual é a novidade? Tem gente falando isso há mais de dois mil anos, e apenas individualmente as pessoas conseguem se transformar.

— Desta vez será diferente.

— E por que seria diferente? Cada ser tem um percurso único e cada um tem seu próprio tempo e seu próprio jeito de alcançar sabedoria. É impossível fazer todo mundo atingir o nirvana ao mesmo tempo.

Pedro riu com vontade e se despediu dela com um abraço. Como era raro que alguém do grupo ousasse uma manifestação de afeto, Miranda quase se sentiu grata pelo gesto dele.

— Ênio me avisou que você deve ser convencida pela lógica e não pela fé. O que importa é que estejamos todos juntos.

As conversas com Pedro se repetiram nos dias subsequentes. Ele parecia disposto a falar sobre qualquer tópico que Miranda desejasse explicação, e a contar a ela os avanços que o grupo obtinha. O número de participantes aumentava sempre. A maioria apenas se interessava pelas palestras, e alguns compareciam uma única vez. Mas melhorava a qualidade dos que efetivamente se envolviam no Plano, através de trabalho voluntário ou de doações em espécie ou dinheiro. Contudo, o grupo dos mais próximos permanecia limitado a algumas dezenas de pessoas. Elas se encontravam nas reuniões em casa de Norma, e ocasionalmente na chácara de Itapecerica. Apesar desses encontros, pouco se conheciam, e ignoravam quase tudo da vida pessoal uns dos outros, segundo orientação de Ênio, que dizia que estavam juntos apenas para trabalhar, e que as reuniões não eram sociais.

Através desses diálogos, Miranda ficou sabendo que a busca de Ênio pelo conhecimento vinha de longa data, desde sua juventude no interior de São Paulo, quando a família o colocou num seminário. Ele nem chegou a se ordenar, mas, devido a sua facilidade com idiomas, aprendeu latim, grego e italiano, ampliados depois para francês e espanhol. O contato com as diversas culturas o estimulou a viajar pelo mundo, trabalhando em projetos culturais.

— Ele era funcionário público?

— De alto nível — respondeu Pedro. — Na verdade, ele se formou em Direito Internacional, mas nunca exerceu. Sempre esteve ligado à difusão da arte, música e cultura do Brasil. Isso o levou a muitos países e o auxiliou a entrar em contato com muitas filosofias diferentes.

— O que ele procurava?

— Seu próprio caminho. Você sabe que Norma o conheceu num mosteiro na Índia. Naquela época ele já havia estado num outro mosteiro no Japão, além de ter participado de muitos grupos cristãos ao redor do mundo. Em nenhum deles encontrou a resposta que procurava. Então resolveu voltar para casa, e foi aí que sua missão ficou clara.

— De que forma?

— Ah, isso ele vai lhe contar um dia. Parece que teve uma revelação. A partir daí, começou seu trabalho de dar palestras, as pessoas foram se aproximando e o resultado você está vendo.

— Você realmente acredita que Ênio e o movimento que ele está criando vão transformar alguma coisa neste mundo em que vivemos? Tudo bem, não critico suas crenças. Mas como você mesmo mencionou antes, acho que se trata de uma questão de fé. Eu, por outro lado, penso que já temos religiões de sobra, todas muito bem intencionadas, mas incapazes de comandar os destinos das pessoas, exceto para guerras ou para a fogueira.

— Nossa, que cinismo!

Miranda refletiu por uns momentos diante da afirmativa de Pedro, e achou que a palavra "cinismo" era um pouco forte para definir seu ponto de vista. Sorriu.

— Por favor, não me interprete mal. O fato é que não gosto da ideia de ser conduzida por qualquer religião. Prefiro traçar meu caminho e arcar com a responsabilidade.

— Muito nobre, mas também muito difícil. Você não se acha arrogante demais, desdenhando do auxílio dos Mestres?

— Ao contrário, meu ponto de vista é justamente este: existem tantos mestres, todos tão sábios e mais iluminados que nós. Por que seguir apenas um, se no fundo todos os caminhos vão acabar no mesmo? Existem infinitas maneiras de se obter o conhecimento, como alguém pode se anunciar como único portador da resposta?

— Ênio sabe a resposta, Miranda, por que é tão difícil para você aceitar isso?

— Se acha que ele é o dono da verdade, Pedro, então quem é o arrogante aqui?

Pedro não respondeu a essa pergunta. Miranda preferiria que Ênio passasse a conversar mais com ela. Mas ele manteve-se distante.

REVELAÇÕES

Após um dia particularmente difícil, Miranda teve dificuldade em pegar no sono. Estava quente, e ela havia chegado em casa depois da meia-noite. Ficou muito tempo dando voltas na cama, levantou-se, tentou ler ou assistir televisão, sem resultado. Tomou um chá de erva-cidreira, e ainda assim, não conseguiu dormir. Já estava amanhecendo e ela resolveu tomar um chuveiro rápido e chegar mais cedo ao trabalho. Tinha acabado de se enxugar, quando alguma coisa a derrubou no chão.

Sentiu-se de imediato tolhida em seus movimentos, envolta numa substância fria, com a pele formigando. A visão nublou-se, e ficou difícil respirar. Um grito morreu em sua garganta quando algo viscoso penetrou em sua boca e começou a infiltrar-se pelas narinas, provocando uma expansão interna em seu estômago e pulmões. Quando percebeu que seria completamente envolvida, começou a lutar mentalmente contra aquilo que tentava dominá-la com violência. Dentro da cabeça cresciam seus protestos — NÃO, NÃO, NÃO, NÃO, até que alguns movimentos voltaram e ela conseguiu sentar-se e depois, com esforço, ficar de pé. Aos poucos sua respiração voltou ao normal ela percebeu que estava livre. A visão, ainda turva, clareou-se com a luz da manhã e ela divisou, destacada contra o vitrô do banheiro, a silhueta de uma figura cinzenta e escura como fumo, cujos olhos grandes e brilhantes transmitiam tanta raiva que ela julgou que se fosse capaz, a mataria ali mesmo.

Nesse momento, ganhou coragem e enfrentou a aparição. A voz saiu rouca, mas seus pensamentos eram de que a criatura se afastasse, que nunca mais tocasse nela e que desaparecesse para sempre. Seus sentimentos misturavam asco e raiva, além de medo. Sua postura firme, contudo, não deixou dúvidas, e quando finalmente conseguiu gritar, soltou meia dúzia de palavrões enquanto sentia-se forte o bastante para afastar a monstruosidade.

No minuto seguinte estava apoiada na parede do banheiro, na segurança de sua casa, e o sol não deixava dúvidas de que estivesse completamente acordada.

Quando conseguiu se recuperar, ligou para o hospital avisando que não iria trabalhar porque estava doente. Tentou engolir um café, rumou para a academia de yoga e procurou por Michel, que a recebeu com surpresa e ouviu, preocupado, todos os detalhes do ocorrido. Sua reação foi de incredulidade.

— Você sabe que teve um pesadelo terrível, Miranda — ele tentou confortá-la —, não precisa ficar tão impressionada assim. Foi uma noite difícil e você estava esgotada.

— É mesmo? Não sabia que cidreira provoca alucinações, meu amigo. Exceto se alguém colocou alguma outra erva na caixinha de chá.

Ambos acabaram às gargalhadas, num riso quase histérico, que carregou para longe as últimas influências daquela experiência assustadora. Miranda, contudo, afirmou ao amigo que tinha certeza de que não havia sonhado, pois tudo tinha sido muito real e ela estivera completamente acordada. Havia recebido algumas impressões durante o ocorrido, e estava segura de que Ênio Figueira tinha relação com aquilo. Além disso, o lábio inferior estava marcado por uma contusão que ainda teimava em sangrar. Tinha manchas arroxeadas no pescoço, braços e pernas, e um abaulamento na parte posterior da cabeça, onde tinha batido ao cair no chão.

— De que modo ele estaria envolvido? — Michel perguntou a ela, enquanto pressionava um lenço de papel sobre sua boca ferida.

— Não sei, mas acredito que ele sabe exatamente o que me aconteceu. Acho que tive contato com uma criatura completamente diferente de nós, mas real e verdadeira. Não foi uma miragem, nem um pesadelo, tenho certeza.

— Meu Deus do Céu — Michel balbuciou —, será que você foi contatada por uma criatura dos centros suprafísicos?

— Uma o quê?

— São extraterrestres que têm como missão auxiliar o nosso planeta a atingir um estágio transcendente no próximo milênio. Eles estão entre nós como amigos, ou como guias e instrutores.

— Quer, por favor, falar português?

— Desculpe. Ênio me falou que há muito tempo ele foi abordado por uma criatura de uma outra esfera, que está disposta a nos auxiliar. Segundo ela, se a Terra não se alinhar imediatamente com as vibrações de outros mundos civilizados, a virada do século trará a destruição de nosso planeta e da nossa civilização.

— É esse o objetivo de tudo isto, então? As palestras, os grupos de ajuda, a construção do monastério? Evitar o apocalipse? Enviar-nos para outro planeta?

Michel apenas balançou a cabeça, numa muda afirmativa. Suas mãos tremiam.

— É possível que o Ênio acredite mesmo nessa história. Sabe o que eu acho? Não creio que essas criaturas estejam a fim de nos ajudar, e muito menos que elas sejam amigáveis. O que me aconteceu teve muito pouco aprendizado e bastante violência, Michel. Nunca senti tanto medo em minha vida! Estou acostumada com situações complicadas, trabalho com viciados e conheço a vida deles. Muitas vezes ouvi que, por mais que lutem, as drogas parecem envolvê-los, tirar suas forças, empurrá-los para um precipício. Foi assim que eu me senti, não foi agradável e espero nunca mais passar por isso!

A firmeza de Miranda esvaiu-se nesse momento. Lágrimas irromperam sem controle, e Michel a amparou num abraço apertado para que ela não caísse. Ela se achegou ao seu peito, sentindo a elástica força de seu corpo magro, enquanto ele enterrava o rosto nos longos cabelos dela.

— Calma, não tenha medo. — Ele murmurou palavras carinhosas ao ouvido dela. — Tive receio que você não me considerasse mais seu amigo, agora que está tão envolvida no trabalho com Ênio. Confesso que cheguei a sentir ciúmes dele, mas tenho que ser honesto com você. Não acredito em nenhuma má intenção. Ênio é uma boa pessoa, quase um homem santo, não existem interesses escusos em sua empreitada. Se está mesmo em contato com extraterrestres, são criaturas elevadas que só querem o bem da humanidade. Elas não atacariam você com violência nem causariam mal.

— Então o que me aconteceu? — ela perguntou, entre soluços. — Quem pode ter sido responsável pelo ataque que sofri? Aquela coisa medonha não era um anjo ou uma criatura iluminada, tenho certeza.

Michel concordou com ela, dizendo que talvez houvesse entidades inferiores dispostas a sabotar o trabalho de Ênio, tentando atingir uma de suas colaboradoras. Era uma explicação possível, mas Miranda ainda não estava de todo convencida. Durante o ataque, havia recebido algum tipo de informação. Essa comunicação tinha sido feita no nível dos pensamentos, e nesse momento ela estava aterrorizada demais para entender tudo. Além disso, havia expulsado a entidade com tanta fúria, que nem tivera tempo de saber de fato o que estava acontecendo.

Miranda não tinha ideia de como encarar a interpretação de Michel. Soava tudo tão irreal e distorcido para que pudesse acreditar.

Estavam no escritório da academia de yoga. Michel encontrara um substituto para suas aulas, e tentava, sem muito sucesso, acalmar Miranda. A manhã havia passado rapidamente e ele percebeu que a fadiga cobrava sua cota, impedindo ambos de raciocinarem com clareza. Enquanto oferecia um copo de água a ela, perguntou se não desejava ir até o hospital para tirar uma radiografia.

— Essa pancada na cabeça pode ser perigosa. Não quer consultar um médico?

— Não, acho que não é nada grave, só preciso de um analgésico.

— Nesse caso, eu conheço coisa melhor — ele afirmou, ajudando-a a se levantar da cadeira onde estava sentada, e a conduzindo para a rua. — Vamos passar em minha casa, eu tenho umas gotas de arnica que uso quando sofro alguma contusão. Foram receitadas pela minha médica homeopata, funcionam melhor do que analgésico e não fazem mal para o estômago.

Durante o trajeto de carro até a casa de Michel, a moça observou-o com cuidado. Ele era um homem bonito, de trinta e poucos anos, alto e magro, de gestos suaves como os de um bailarino e fortes como os de um atleta. Sua mãe era descendente de franceses, e seu pai búlgaro. O resultado era uma mistura que combinava uma pele alva, cabelos fartos e escuros, além de olhos grandes, negros e amendoados. Embora se conhecessem há alguns anos, Miranda sabia pouco sobre ele, exceto o que a timidez permitia descortinar. Era filho único, e como ela, seus pais moravam em outra cidade. Formara-se em Educação Física, mas sempre se interessara pela yoga, combinando a prática e a filosofia. Ele nunca se casara, mas, embora fosse muito assediado pelas alunas, mantinha-se discreto e ninguém sabia se ele tinha um amor em algum lugar.

— O que você está olhando? — Michel perguntou, um pouco surpreso pelo olhar descarado dela.

— Estava admirando seu perfil. — Ele sorriu visivelmente embaraçado e ela prosseguiu: — E pensando que, afinal, nos conhecemos muito pouco.

— Ah, mas eu sei tudo sobre você! — Ele a encarou fixamente por alguns instantes. — Conheço seu trabalho e o carinho que tem pelas pessoas. Sei que, quando pode, você vai visitar seus pais na casa deles, e que está sempre em contato com a família. Sei que está solitária há mais de um ano, depois que aquele cretino do seu namorado sumiu e fez você chorar escondida no vestiário da academia. E sei também que sou capaz de contar *tudo* o que quiser saber sobre mim.

Miranda arregalou os olhos, muda de surpresa. Chegaram a casa dele, em Pinheiros, sem mais nenhuma palavra. Ele abriu a porta do pequeno apartamento de dois dormitórios, completamente decorado com mobília e enfeites no estilo indiano. Enquanto ele ia buscar o remédio no banheiro, ela ficou na sala, observando a vista do décimo quinto andar. Quando ele retornou, ela apontou um quadro com a figura exótica de um homem com cabeça de elefante e perguntou quem era.

— É Ganesha, uma divindade protetora dos artistas, escritores e poetas. Dizem que abre os caminhos e conduz para novas experiências.

Miranda observou a figura e em seguida tomou o remédio que Michel lhe oferecia. Depois, apontou para um corredor e perguntou:

— A que caminhos esse corredor conduz?

Michel respondeu que ele ia dar nos quartos. Quando ela se dirigiu para lá, seguiu-a, um tanto embasbacado.

— É aqui que você dorme? — Apontou para o quarto maior, deixado numa suave penumbra.

Michel meneou a cabeça numa afirmativa e perguntou se ela estava cansada. Ela respondeu que sim, e então, sem nenhum aviso, ele a pegou no colo e a carregou firmemente através do quarto até sua cama.

— Você gostaria que Ganesha a conduzisse para uma nova experiência? — Sorriu um pouco sem jeito para a moça que se espreguiçava na enorme cama de casal.

— Alguém dorme aqui com você?

— Não ultimamente.

— Então acho que vou aceitar a interferência de Ganesha.

Na Terra como no Céu

Acordaram enroscados nos lençóis, nas primeiras horas da manhã. Uma pequena fresta na veneziana despejava uma lâmina de luz sobre os olhos claros de Miranda, que reclamou baixinho e procurou se esconder ocultando o rosto num espaço perfeito que havia entre o ombro e o queixo do rapaz.

Ele riu e a abraçou com força. Depois, saltou da cama e ligou o chuveiro. Um banho rápido e ele voltou ao dormitório, onde Miranda ainda aproveitava os últimos minutos de preguiça antes de se levantar.

— Está com fome? Quer tomar um banho?
— Sim e sim — ela respondeu, ensaiando um sorriso, mas o lábio inchado a impediu.
— Tem uma toalha limpa para você no banheiro. Se quiser se trocar, devo ter umas camisetas novas da academia guardadas por aí. Vou deixar uma sobre a cama e preparar alguma coisa para comermos na cozinha, tá bem?
— Ótimo, obrigada. Pode me emprestar uma cueca?
— Como? — ele perguntou, divertido.
— Não existe nada mais confortável do que uma cuequinha de algodão, você não sabia?
— É claro que sim, uso uma nova toda manhã. Mas como é que você sabe disso?
— Deixa pra lá. Vou tomar banho.

Saltou da cama com leveza e correu para o banheiro. Michel ouviu o barulho da água corrente e foi pegar uma camiseta e uma cueca limpa, que colocou sobre a cama, conforme o prometido. Então a ouviu soluçar. Correu para o banheiro e a encontrou, enrolada na toalha, fitando o espelho com uma expressão desesperada. Só então se deu conta que o rosto dela inchara terrivelmente. O lábio estava deformado, tinha manchas escuras no pescoço, nas costas e nas pernas, que a luz mortiça da madrugada não permitira vislumbrar em detalhes. Agora, na claridade inclemente, o ataque da manhã anterior aparecia com todas as suas horríveis cores.

Comovido, abraçou-a carinhosamente.

— Isso vai sumir em alguns dias, não se preocupe. Vou preparar outra dose do remédio.

— Eu sei, Michel, mas estas marcas não permitem que eu me iluda, você não percebe? Nós vivemos um momento de total felicidade noite passada, e eu fingi esquecer o que aconteceu comigo. Mas a verdade é que alguma coisa asquerosa tentou se apoderar do meu corpo, e se isso tem algo a ver com Ênio e o grupo dele, eu preciso saber.

O rapaz suspirou contrariado.

— Eu também faço parte do grupo dele, Miranda.

— Não do grupo dos mais próximos, meu bem. Ênio economiza informações entre os seus seguidores, mantendo-os afastados da verdade. Desconfio que bem poucos têm ideia do que está realmente acontecendo.

Michel teve que concordar com ela, e pediu para que ambos tomassem um desjejum antes de qualquer outra atitude.

— Você disse que estava faminta — argumentou.

— É verdade. Não como há mais de vinte e quatro horas.

— Nesse caso, vamos já para a cozinha. Tenho granola, iogurte, pão integral, mel e suco de laranja, que tal?

Miranda sorriu.

— Maravilhoso, mas eu preciso de um pouco de cafeína para conseguir ligar meu "motor de arranque".

— Chá preto serve?

— Claro! Onde foi que você aprendeu a comer assim, tão saudável?

Michel explicou que aos dezoito anos, juntara umas economias e com uma poupança da mãe, realizara um sonho: conhecer a Índia como um andarilho. Colocara uma mochila nas costas e conseguira visitar dezenas de cidades, aldeias e templos, aproveitando caronas em velhos caminhões, em lombo de burro ou caminhando. No final de dois meses, estava dez quilos mais magro e apenas com a passagem de volta, mas aprendera yoga, aprendera a comer, a respirar e a viver em harmonia, e se tornara uma outra pessoa.

— Isso mudou toda uma perspectiva de futuro — ele explicou. — Quando voltei, sabia que queria ter uma academia de yoga, e, depois de muito trabalho duro, consegui.

— Você é incrível, Michel. São poucas as pessoas que fazem do trabalho uma coisa maior do que ganhar dinheiro ou obter sucesso.

— Você também é assim, amor. Adora o que faz, e transforma uma missão difícil em algo capaz de trazer alegria para você e para todo mundo que a cerca.

— Pois é, nós somos um pouco parecidos — ela ponderou.

— Mas você tem uma ligação afetiva com Ênio, e eu só consigo sentir medo.

— Nós vamos tirar isso a limpo, Miranda. Hoje, sem falta. Vamos conversar com ele e descobrir o que aconteceu. Você vai ver que ele não tem relação nenhuma com o ataque, ao contrário. Ele vai nos ajudar.

Miranda queria dizer que não acreditava nem um pouco nisso, mas calou-se para não magoar Michel. Estava tão envolvida com ele, que seu coração se enchia de felicidade, só em compartilhar uns instantes juntos em seu apartamento. Era um sentimento novo e surpreendente, e ela lamentava não terem tido oportunidade de viver momentos assim antes, quando não pairava uma nuvem escura e ameaçadora sobre eles.

Até onde todos esses acontecimentos estranhos a tinham levado... À beira de um colapso nervoso, sentindo-se ameaçada por criaturas sobrenaturais. Mas, seguindo caminhos tortuosos, encontrara Michel. Talvez por isso tudo valesse a pena.

Depois do desjejum, telefonou para os dois empregos e disse que havia sofrido um acidente e que não poderia ir trabalhar. Como dificilmente faltava a um dia de trabalho, suas desculpas foram aceitas. O fim de semana se aproximava, e ela pretendia ter tudo resolvido na segunda-feira seguinte. Nem tinha acabado de desligar o telefone, o aparelho tocou. Michel atendeu e falou umas poucas palavras, com um semblante carregado que preocupou Miranda.

— Era Norma — ele anunciou, ao desligar. — Disse que Ênio está a sua procura. Ele mesmo a mandou ligar para mim, pois acredita que estamos juntos. — Sorriu, com expressão confusa. — Quer ver a gente sem demora em Itapecerica. Nem me dei ao trabalho de negar que você estava aqui. O que quer fazer?

Miranda empalideceu. Ênio *sabia* que ela havia pedido ajuda a Michel. Seriam ambos tão óbvios? Tinha certeza que não. Seus sentimentos pelo rapaz haviam aflorado recentemente. Ninguém poderia supor que ela iria correndo para os braços dele, exceto... se tudo já tivesse sido previamente planejado. Nesse caso, Michel estaria envolvido numa trama para enredá-la. Afastou esses pensamentos com veemência. Se não pudesse confiar em Michel, estaria perdida numa paranoia sem retorno. Tomou uma decisão:

— Só existe um jeito de descobrir o que está acontecendo, você não disse? Vamos ter que ir para Itapecerica, exatamente como Ênio falou.

Seja Feita Vossa Vontade

Quando saíram de casa, começava a chover. A semana havia sido quente e seca, mas pelo barulho dos trovões e a cor escura do céu no meio da tarde, não havia dúvida que em breve seriam alcançados por um temporal. Ventava bastante, movendo as copas das árvores e levantando vórtices de poeira do chão.

Michel resolveu acelerar o carro ao máximo, aproveitando o fato do trânsito de veículos ainda não estar muito intenso. Às vezes, levava-se mais de uma hora para atingir Itapecerica. Pretendia ganhar terreno antes da chuva começar a cair para valer, o que normalmente transformava a cidade num caos.

Tiveram sorte, a maior parte do caminho estava livre, apesar da chuva que agora caía torrencialmente, transformando o dia em noite, fazendo a temperatura baixar rápido e provocando calafrios involuntários em Miranda, que começou a tremer.

— Miranda — o rapaz falou, preocupado —, tem uma blusa no banco de trás. Você está tremendo de frio. Vista, vai se sentir melhor.

Miranda agradeceu a oferta e, enquanto vestia a blusa, afirmou que sua tremedeira não era de frio.

— Estou apavorada, Michel. Quanto mais nos aproximamos do sítio, mais aumenta um peso dentro do peito. Tenho medo de nunca mais sair de lá.

— Por favor, meu bem, isso é imaginação, você está delirando! Ênio não é um monstro, é nosso amigo e orientador. Nunca faria nada que a gente não quisesse. Ele apenas quer esclarecer as coisas, confie em mim.

Miranda não respondeu, nem falou mais o resto do caminho. Mas sua visão nublada pelas lágrimas se confundia com a chuva que castigava o parabrisa do carro.

Ao chegarem à casa de Ênio Figueira, o temporal havia amainado. Desceram correndo do carro, e Miranda chamou a atenção de Michel para o vistoso carro importado que estava estacionado perto da entrada.

— Norma — Michel afirmou, dando a mão para Miranda antes de entrarem. — Ela disse que também havia sido convocada. Você estará entre amigos, Norma te adora.
— É mesmo? E você, meu caro professor?
— Eu te amo.

Miranda apertou a mão dele com força, e no minuto seguinte estavam nos braços um do outro. Ele a beijou com suprema delicadeza, tentando incutir coragem. De mãos dadas entraram na casa, envolta em sombras e cercada pelos ruídos do vento através do bosque que se estendia ao redor.

O lugar estava quase às escuras. Na sala de estar, iluminada pobremente com um lampião de gás, estavam Pedro e Norma. A mulher veio na direção do casal, informando que estavam sem energia elétrica depois que um raio caíra nas redondezas. Ao ver Miranda, teve um sobressalto.

— Meu Deus, menina, o que aconteceu com seu rosto?

Miranda não teve tempo de responder, porque nesse momento Ênio se juntou a eles. Aproximou o lampião do rosto dela, observando com cuidado, da mesma maneira que se faria com um animal de laboratório. Sua expressão, embora interessada, era fria.

Miranda pensou em dizer algo, mas Pedro adiantou-se:

— Isso acontece com garotas idiotas que resistem ao chamado da responsabilidade. — A voz de Pedro ampliou-se no ambiente quase vazio, e uma sombra fantasmagórica se projetou no teto.

A moça procurou proteção no ombro de Michel.

— Você está agindo como uma adolescente tardia — disse Pedro, com voz carregada de sarcasmo —, e esse romance fajuto só vai complicar ainda mais as coisas.

— Do que você está falando, Pedro? Eu gosto dela.

Michel ofendeu-se com as insinuações. Norma falou num tom conciliador:

— Calma, meus queridos, está claro que vocês precisam de muitas explicações. O que Pedro tentava dizer, é que Miranda não entendeu que a ela foi concedida uma grande dádiva. Ela foi *escolhida*, compreendem? Foi honrada com a presença do Mensageiro, e não sabendo como reagir, assustou-se e impediu o seu contato esclarecedor.

— Eu quase fui estuprada — Miranda afirmou, num fio de voz.

— Quem é esse "mensageiro"? — perguntou Michel diretamente a Ênio, que continuou silencioso, fitando a moça com intensidade, e foi Norma quem respondeu:

— É nosso contato com as entidades extraterrestres que estão aguardando em órbita do nosso planeta. Você já sabe que estamos sob a proteção de seres elevados que desejam resgatar os humanos que sobreviverem à destruição da Terra. Eles vão usar este local como um ponto de encontro, e levar com eles a maioria de nossos agregados.

— Isso eu já tinha ouvido falar — confirmou Michel, e Norma continuou:

— Faltam poucos anos para a virada do século. É a data final. A humanidade não verá o próximo milênio. O Mensageiro necessita infiltrar-se em criaturas humanas para executar seus desígnios. Ele escolheu Miranda, mas ela não entendeu.

— Ah, entendi, sim! — Miranda explodiu. — O que aquele asqueroso nojento precisa é de um corpo para poder agir sem ser notado! E vocês consideram isso um privilégio? Eu chamo de vampirismo!

Nesse instante, Pedro agarrou Miranda pelos pulsos. Ela tentou se desvencilhar, mas ele conseguiu arrastá-la até os aposentos de Ênio sem ser detido pelos outros, que ficaram atônitos e não esboçaram reação. Pela porta entreaberta, brilhando levemente no quarto às escuras, Miranda divisou a mesma silhueta enfumaçada que a atacara em sua casa. Ela entrou em pânico e começou a gritar desesperadamente. Isso tirou Michel do torpor que parecia envolvê-lo. Ele correu na direção dos gritos e colocou-se entre a criatura e Miranda, já dentro do quarto. E então, foi subjugado.

Diante de todos, Michel foi possuído pela criatura, que se infiltrava nele como uma nuvem de vapor escuro, envolvendo-o por completo e depois penetrando em seu corpo através da boca e das narinas. Michel tentou reagir, caiu no chão em convulsões violentas.

Seus sentidos se ampliaram: era capaz de enxergar perfeitamente na ausência de luz, captar os sons mais distantes no bosque. Sua mente parecia explodir com os gritos desesperados de Miranda. Viu quando Ênio a agarrou pela cintura, berrando que ela era ingrata, incapaz de perceber que havia sido designada para carregar a semente de uma nova espécie.

— Sua tola infantil! Não compreende que você e eu estamos no centro desta mudança? — Ênio gritou, o rosto crispado. — Eu a vi em sonhos e sabia que você era minha! Michel foi usado para trazer você para mim, e somente isso. Vocês quase estragaram tudo!

Ênio voltou-se para Michel, seu tom de voz atenuado, sua expressão suavizada.

— Mas agora ele compreende, não é, Michel? Agora ele está sendo doutrinado. Sua vontade não determina coisa alguma, só existe a vontade do Mensageiro. Seus desejos pessoais estão enterrados, sua própria personalidade individual sufocada. Ele é parte do todo, é uma engrenagem do grande mecanismo, ele não existe mais.

Miranda, enfurecida com esse discurso absurdo, pisou com força no pé de Ênio, obrigando-o a soltá-la. Correu na direção de Michel, agora estendido no chão, imóvel. Apoiou a cabeça dele no seu colo e o confortou, pedindo que ele fosse forte e expulsasse a criatura, do modo como ela o fizera. Houve um momento de confronto, quando a Coisa a fitou com raiva através dos olhos de Michel. Em seguida, ele fechou os olhos, a expressão do rosto suavizou-se. Michel respirou profundamente, e, por uma fração de segundo, todos tiveram a sensação de que o ar se modificava, vibrando levemente. O rapaz se sentou e olhou em torno, incapaz de coordenar seus movimentos. Tentou se erguer, mas não conseguiu. Encarou Miranda. Havia lágrimas em seus olhos.

— Eu não devia... — balbuciou. — Não podia ter feito o que fiz... eu não sabia. — Seu corpo foi sacudido por soluços.

— Miranda, eu te amo. Mas você foi destinada a ser a semente de uma nova era. Você pertence a Ênio, ao Mensageiro, à nova raça que vai surgir.

— Escute, eu não *quero* pertencer a mensageiro nenhum, não quero fazer parte dessa loucura! — Miranda reagiu com veemência. — Você não sabe quem são eles, e o que têm em mente. Eles ficam acenando com o fim do mundo, para manobrar as pessoas com facilidade, sem resistência. Não sabemos se a vida vai acabar na virada do século! O futuro ainda não aconteceu.

"Vem comigo, meu amor, vamos embora daqui. Esse monstro não é capaz de submeter ninguém que resista a ele."

Michel olhava para ela fascinado, mas ela podia divisar a dúvida em seu rosto. Uma parte dele, a que tinha esperança, chamava por Miranda, pela realização do seu amor e de um futuro em comum. Mas outra parte, ainda maculada pela presença da criatura, era compelida a ser fiel a Ênio e aos outros.

De repente, o quarto iluminou-se com o clarão de um raio, provocando um sobressalto em todos, como o súbito despertar de um sonho estranho. Miranda ficou de pé, numa atitude defensiva. Quando Pedro se aproximou, ela correu para a sala, gritando para que Michel a acompanhasse, mas ele não foi capaz de fazer nada. Ela alcançou a porta, e no caminho tropeçou na mesa de centro, sobre a qual o rapaz havia deixado as chaves do carro. Instintivamente, pegou as chaves e saiu porta afora, para a noite escura e fria, onde a chuva voltava a cair com força.

Entrou no carro e ligou a ignição. Os outros a seguiram até a frente da casa. Ela implorou para que Michel a acompanhasse, mas ele foi impedido por uma muda interferência de Ênio.

Miranda não esperou mais. Pisou no acelerador e fugiu dali a toda velocidade.

Livrai-nos do Mal

Era início da madrugada, e se a chuva provocara algum tipo de dificuldade no trânsito, já tivera tempo de se dissipar. Miranda percorria o caminho que saía de Itapecerica em direção à cidade de Embu, sem nenhum obstáculo. As ruas estavam completamente desertas e ela teve que fazer um enorme esforço de concentração para poder dirigir o automóvel no meio da chuva, com os olhos cheios de lágrimas e o corpo tremendo de frio e de medo. O tempo parecia dilatar-se. Quase por instinto tomava o caminho certo, incapaz de afastar seu pensamento de Michel, a quem ela sentia ter abandonado, e que também não seguira com ela, não confiara no seu amor.

Quando deu por si, já estava em São Paulo, correndo pela Avenida Francisco Morato. Ali o fluxo de automóveis era maior, e ela percebeu que mais à frente, onde a pista fazia um declive acentuado, havia um enorme alagamento. Um caminhão do Corpo de Bombeiros tentava avançar pela pista contrária, tudo estava na maior confusão. Diminuiu a velocidade, ponderando se valeria a pena continuar em frente ou tentar um desvio pelas travessas que a levariam para uma região mais alta e menos problemática, mas não teve tempo de decidir nada, porque seu carro foi abalroado por trás e por pouco não foi jogado sobre a grade que dividia as pistas. Assustada, olhou pelo retrovisor e seu coração quase parou: tinha sido o carro de Norma que a atingira, e era Michel quem estava no volante. Miranda alegrou-se, ele a havia seguido, afinal, mas bem a tempo percebeu que Ênio Figueira estava no banco do passageiro.

Miranda acelerou o carro, tentando aumentar a distância e evitar nova colisão. Era difícil esgueirar-se entre carros, ônibus e caminhões mais e mais compactados, num lento fluxo na direção do alagamento. De longe, percebeu que os veículos mais altos conseguiam atravessar a grande extensão de água com uma certa dificuldade. Outros se afastavam, aguardando sobre as calçadas. Agora chovia ainda mais forte, a água brotava para fora dos bueiros, jorrando com incrível violência. Michel se aproximava mais e mais. Tinha os olhos vidrados e a expressão pétrea, tão ausente e assustadora que obrigou Miranda a tomar uma decisão: tentaria atravessar a água, porque mais do que tudo temia cair nas mãos dos dois homens que a perseguiam.

O carro de Michel, que Miranda guiava, era uma perua de tamanho médio, que tinha um motor forte e era fácil de manobrar.

Miranda acelerou em primeira marcha, com cuidado para não parar o carro durante o percurso dentro da água. Conseguiu vencer sem dano algumas dezenas de metros, mas então um violento jorro de água explodiu bem diante dela, lançando a tampa de um bueiro a vários metros de distância. O nível da água subiu rápido, o carro morreu e, em segundos, a água já ultrapassava a metade da porta.

Pessoas gritaram para que ela saísse dali sem demora. Ela olhou para trás e viu que Michel deixara o carro na parte ainda seca do estacionamento de uma lanchonete e corria na direção dela, gritando freneticamente para que ela saísse do carro e se colocasse em segurança. Ela tentou obedecer, mas a porta não abriu. Os vidros também pareciam emperrados, e ela começou a dar socos e chutes no parabrisa, tentando escapar, mas as forças lhe faltaram. Lembrou-se de ter lido numa revista que, se a pressão interna se equilibrasse com a pressão externa, era possível abrir a porta de um carro, mesmo que ele estivesse quase submerso. Respirou fundo, tentando manter a calma, e aguardou alguns segundos. Forçou a porta e ela ainda não cedeu. Michel vinha correndo dentro da água, que já atingira sua cintura. Continuava gritando por ela, e isso a animou a permanecer tranquila — ele parecia ter saído enfim da influência de Ênio. Tentou novamente abrir a porta, e desta vez conseguiu. A água invadiu ligeira o interior do carro, mas Miranda conseguiu sair e tentou subir na capota. Quase no mesmo instante, Michel alcançou-a a nado, e subiu com ela, enquanto o carro era empurrado por uma forte enxurrada.

Ela o fitou bem nos olhos, e só encontrou o alívio e a alegria por ter conseguido resgatá-la. Estavam salvos por ora, e puderam aguentar com calma a aproximação de um barco dos bombeiros. Foi então que ouviram Ênio urrando, inconformado por ter sido deixado impotente no carro de Norma. A água já atingira o estacionamento e subia rápido. Por não saber nadar e ter pavor de água, Ênio se recusava a abandonar o veículo, que começou a se mover na direção da enxurrada.

— Meu Deus, o carro vai acabar afundando — murmurou Michel, observando a cena à distância.

Tudo aconteceu muito depressa: o carro de Norma foi carregado com violência para a parte mais funda do alagamento. O nível da água subiu e começou a invadir o seu interior. Lá dentro, Ênio, aos berros, clamava por socorro. Os bombeiros conseguiram resgatar Michel e Miranda, no instante em que o carro em que estavam era tragado por um rodamoinho formado pelo bueiro que explodira, e submergir totalmente. Em segundos, o turbilhão chegou a Ênio, mas ele não saiu do carro e o barco dos bombeiros não o alcançou a tempo. Michel tentou mergulhar para salvá-lo, mas um dos bombeiros o impediu, explicando que a enxurrada estava muito forte e ele não conseguiria voltar. Mesmo assim ele quase saltou do barco, e desta vez foi seguro por Miranda, que o abraçou e pediu que desistisse, pois era tarde demais.

E, é claro, nenhuma nave espacial apareceu para salvar o seu messias.

Quando finalmente atingiram um local seco, estavam aos prantos, agarrados um ao outro, soluçando histericamente. Miranda sentia alívio, e Michel, desespero.

Perdoai nossas Ofensas

O médico de plantão preocupou-se com a aparência de Miranda e submeteu-a a alguns exames. Ela estava com pneumonia, e teve que ficar internada para tratamento, no hospital para o qual foram levados pelos bombeiros. Michel passou o resto da noite e o dia seguinte sentado ao lado de sua cama, apreensivo com seu estado de saúde, que se agravou rapidamente. Toda a sua energia parecia ter se esvaído. Respirava com enorme dificuldade, estava pálida e febril. A maior parte do tempo delirava, murmurando frases desconexas. Mas aos poucos, começou a reagir ao tratamento e no terceiro dia de internação amanheceu sem febre e recuperou a consciência.

Michel perguntou se ela queria que ele avisasse seus pais, mas ela o impediu. Estava muito abatida e não tinha como explicar o ocorrido, antes de colocar as próprias ideias em ordem. Michel disse entender como ela se sentia, pois ele também estava mergulhado numa confusão de sentimentos. O melhor seria esperar o tempo correr.

— Você já tomou alguma decisão? — ela perguntou, temerosa da resposta dele.

Estavam conversando no apartamento de Michel, e os acontecimentos ocorridos durante a enchente, já faziam parte do passado.

— Antes, me conte o que você conversou com Paulinha, a filha da Norma — ele pediu.

— A garota me ligou para avisar que a mãe dela teve que ser internada numa clínica de repouso. Ela teve um colapso depois da morte de Ênio. Todos nós fomos interrogados pela polícia, mas parece que as investigações apontaram para irregularidades no uso das doações feitas ao grupo do Ênio.

— Foram feitas para uma seita de cunho religioso, e nós temos liberdade de culto em nosso país — Michel comentou, numa reação quase agressiva.

A moça concordou e prosseguiu:

— Sei disso, mas a seita não tinha um registro e o dinheiro era todo depositado em nome do Ênio. Aparentemente, era dinheiro demais, e isso despertou a curiosidade da Receita Federal. Aí é que encontraram as irregularidades.

— O que isso tem a ver com Norma?

— Bem, a Paula me contou que a mãe doou uma soma muito grande, e isso deixou sua firma numa situação financeira complicada. Tudo foi feito sem a aprovação dos sócios, e eles caíram como lobos sobre Norma, que não soube resolver a situação, e, abalada com todo o resto, acabou tendo um colapso.

— E agora, o que vai acontecer com ela? — Michel demonstrou preocupação verdadeira.

— Bem, o pai da Paulinha veio dos Estados Unidos para tentar remediar a crise na empresa, enquanto Norma se recupera. Acho que ela vai conseguir.

— Também acho, ela é uma mulher de fibra — ele comentou, emendando a seguir, carinhosamente: — Como você.

Depois, caminhando pela sala, e evitando encarar Miranda, continuou:

— Respondendo sua pergunta: minha decisão foi tomada, e eu conto com sua compreensão. Com o dinheiro do seguro do carro, comprei uma passagem para a Índia, além de equipamentos para acampar, e alguns dólares para me manter em movimento durante um tempo. Desde que montei a academia, nunca tirei férias, por isso meu sócio concordou em ficar tocando o negócio sozinho por enquanto, até a minha volta.

— E quando isso vai ser? — a moça perguntou, com a voz embargada.

— Ainda não sei. Preciso ficar longe para resgatar alguma coisa que foi perdida quando Ênio morreu: minha fé, minha lealdade, talvez minha alma.

— Você não é culpado pelo que aconteceu.

— Talvez não, mas a maior vítima nessa história foi mesmo o Ênio.

— Ele foi *voluntário* para isso. Ficou maravilhado com a sensação de poder — Miranda afirmou com segurança. — Deixou-se envolver, nunca reagiu, nunca pediu explicações. E era capaz de carregar a todos para um pesadelo coletivo, só para continuar obtendo esse poder. Agora está morto, o Mensageiro o abandonou. Mas o perigo continua, meu bem, eles não vão soltar sua presa tão fácil. Pedro está tentando reorganizar o grupo.

A Nós o Vosso Reino

— Eu sei — Michel sentou-se, a cabeça entre as mãos. — Ele tentou entrar em contato comigo várias vezes, mas eu recusei. A maior parte do grupo dos mais próximos debandou depois da morte de Ênio.

— Eles também estão sendo investigados pela polícia.

— As outras pessoas, que apenas compareciam às palestras, perderam a confiança julgando que o líder não foi capaz de salvar a si mesmo e que, portanto, ou foi castigado ou era incompetente.

— Acho que Pedro vai tentar transformá-lo num mártir — Miranda sugeriu.

— É possível, mas levará tempo para que eles se reorganizarem. Acho que, por ora, não oferecem nenhum perigo.

— Assim espero.

Miranda aproximou-se dele, segurando suas mãos e obrigando-o a encará-la. Michel não opôs resistência; ao contrário, trouxe-a para si num abraço apertado. Ficaram muito tempo assim, em silêncio, os corações batendo juntos. Finalmente ele se afastou.

— Meu avião sai hoje à noite. Um táxi virá me buscar dentro de uma hora. Vou levar pouco comigo, e embora sabendo que vou magoá-la, quero que acredite que sua lembrança estará no meu coração, todos os dias. Quando eu tinha a metade da idade que tenho hoje, comecei uma peregrinação que agora vou tentar terminar. Não peço que me espere, só desejo que saiba que eu não a estou abandonando, estou à procura do homem que tenho que ser para encontrá-la outra vez.

Miranda começou a chorar, e ele a amparou com carinho. Depois, tirou o quadro de Ganesha da parede e o entregou a ela.

— Guarde com você. Ele foi nosso cúmplice e nosso protetor no melhor momento de nossas vidas.

Em seguida ele abriu a porta e se despediu dela.

— Por favor, vá agora, senão eu não vou conseguir partir.

Miranda não falou nada. Saiu em silêncio, levando o quadro consigo. Quando chegou à rua, estava decidida a não se abater.

Ela já tinha enfrentado desafios que a maioria das pessoas nem sonhava enfrentar.

Além disso, tinha que ficar atenta para qualquer movimento que Pedro fizesse em sua direção. O final do século se aproximava rápido, e em breve eles saberiam quem tinha razão. Chegou a sorrir, imaginando uma cena de holocausto onde uma gigantesca nave espacial sumia no horizonte deixando todos os incrédulos amargarem a morte numa nuvem de poeira radioativa.

Mas em seu coração, sabia que, mesmo que isso fosse verdade, preferia ficar e lutar.

Encarou a figura de Ganesha — meio homem, meio elefante, meio deus, meio mortal. E pediu:

— Abra meus caminhos.

A imagem retribuiu com um sorriso maroto, e seu olhar, cheio da paciente sabedoria dos elefantes, a convidou a ponderar sobre a diferença entre a fé e a credulidade, que empurrava pessoas boas como Norma e Michel para cultos estranhos que acenavam com o apocalipse e apontavam para uma rota de fuga onde se abria mão da responsabilidade e do livre arbítrio.

Faltava pouco para o final do milênio.

Agradecimentos

O organizador desta antologia deseja agradecer aos herdeiros de Rubens Teixeira Scavone e Afonso Schmidt, especialmente Marcio Scavone e Rosana Schmidt, por terem facilitado o nosso trabalho, permitindo esta homenagem à qualidade e à contribuição das histórias desses autores à ficção científica brasileira. Oxalá outros herdeiros tivessem disposição semelhante. Os colecionadores R. C. Nascimento e Luiz Marcos da Fonseca (especialmente) franquearam ao organizador a primeira edição de *Zanzalá*, de Schmidt, para comparações. Glória Flores, como sempre, foi além da atividade básica de revisora ortográfica. Na Devir, Maria Luzia Kemen Candaloft fez a intermediação com autores e herdeiros, e Douglas Quinta Reis, o Diretor Editorial, permitiu que este projeto viesse à luz. Finalmente, Vagner Vargas refreou-se no ataque alienígena à Brasília, para produzir outra arte de capa de grande qualidade.

LÍDER EM FICÇÃO CIENTÍFICA

O Jogo do Exterminador
Orson Scott Card
ISBN: 85-7532-257-5

Confissões do Inexplicável
André Carneiro
ISBN: 978-85-7532-278-9

Orador dos Mortos
Orson Scott Card
ISBN: 978-85-7532-290-1

Os Melhores Contos Brasileiros de Ficção Científica
Roberto de Sousa Causo, ed.
ISBN: 978-85-7532-303-8

Tempo Fechado
Bruce Sterling
ISBN: 978-85-7532-330-4

Trilogia Padrões de Contato
Jorge Luiz Calife
ISBN: 978-85-7532-332-8

Os Melhores Contos Brasileiros de Ficção Científica: Fronteiras
Roberto de Sousa Causo, ed.
ISBN: 978-85-7532-401-1

Xenocídio
Orson Scott Card
ISBN: 978-85-7532-407-3

Anjos, Mutantes e Dragões
Ivanir Calado
ISBN: 978-85-7532-422-6

Angela entre dois Mundos
Jorge Luiz Calife
ISBN: 978-85-7532-452-3

Assembleia Estelar: Histórias de Ficção Científica Política
Marcello Simão Branco, ed.
ISBN: 978-85-7532-453-0

Rua Teodureto Souto, 624 - Cambuci
São Paulo-SP, CEP 01539-000
Fone: **(11) 2127-8787** Visite o nosso site: **http://www.devir.com.br/**